Quase verdade

Quase verdade

Jennifer Kaufman e Karen Mack

Tradução:
Alice Klesck

Casa da Palavra

Este livro foi revisado segundo o Novo Acordo Ortográfico da Língua Portuguesa.

DIREÇÃO EDITORIAL
Martha Ribas
Ana Cecilia Impellizieri Martins

PRODUÇÃO EDITORIAL
Mônica Surrage

PRODUÇÃO GRÁFICA
Meyrele Torres

TRADUÇÃO
Alice Klesck

COPIDESQUE
Laís Alcantara

REVISÃO
Ana Letícia Leal
Marina Boscato Bigarella

CAPA
Andrea Vilela de Almeida

DIAGRAMAÇÃO
Filigrana

CIP-BRASIL. CATALOGAÇÃO-NA-FONTE
SINDICATO NACIONAL DOS EDITORES DE LIVROS, RJ

K32v Kaufman, Jennifer
Quase verdade / Jennifer Kaufman e Karen Mack; [tradução Alice Klesck]. - Rio de Janeiro: Casa da Palavra, 2011.

Tradução de: A Version of The Truth
ISBN 978-85-7734-111-5

1. Mulheres - Ficção. 2. Verdade e mentira - Ficção. 3. Romance americano. I. Mack, Karen. II. Klesck, Alice. III. Título.

11-5937. CDD: 813
CDU: 821.111(73)-3

CASA DA PALAVRA PRODUÇÃO EDITORIAL
Av. Calógeras, 6, sala 1.001, Centro Rio de Janeiro 20030-070
21.2222-3167 21.2224-7461
divulga@casadapalavra.com.br
www.casadapalavra.com.br

AGRADECIMENTOS

Quase verdade é um trabalho de ficção, mas foi escrito com a crença na natureza misteriosa e espiritual de nossa vida selvagem, que vem diminuindo a cada dia. Como o narrador de *A divina comédia*, de Dante, nossa heroína Cassandra se encontra perdida na vida selvagem – uma vastidão de florestas antigas, espécies ameaçadas e uma imensa quantidade de personagens míticos. No afã de criarmos o mundo estranho e secreto de Cassie, recorremos aos autores e clássicos transcendentais da natureza, incluindo Ralph Waldo Emerson, Walt Whitman, Henry David Thoreau e John Muir, todos possuidores de uma paixão visceral e uma visão impetuosa dos milagres da vida selvagem, e que acabaram encontrando a verdade da natureza.

Quanto às descobertas estranhas e incríveis de Cassie, gostaríamos de agradecer pelos trabalhos de vários veteranos especialistas aviários que pesquisaram amplamente e registraram a história do "agora você vê, agora não vê mais" pica-pau-bico-de-marfim. Obrigada a Tim Gallagher *(The Grail Bird)*, reconhecido como uma das primeiras pessoas a avistar o icônico pássaro, Phillip Hoose *(The Race to Save the Lord God Bird)* e Jack Hitt *(13 Ways of Looking at an Ivory-Billed Woodpecker)*.

Quanto ao personagem "Sam", o papagaio *African gray*, gostaríamos de agradecer a Sandi Shapiro e seu papagaio chamado Seymour; a Joanna Burger, por sua obra informativa e agridoce intitulada *The Parrot Who Owns Me*, e a Ruth Hanessian, por sua orientação encantadora com *Bird on the Couch*. As duas autoras possuíram papagaios e escreveram sobre aves incrivelmente semelhantes a Sara, ave amada e já falecida, que pertenceu a Jennifer. Também gostaríamos de agradecer a Sharman Russell (*An Obsession with Butterflies*), por suas descrições da Polygonia-C-albom, e outras maravilhas aladas.

Nosso agradecimento especial pelo belo trabalho e incansável dedicação dos voluntários e equipe do Malibu's California Wildlife Center (Centro da Vida Selvagem de Malibu, Califórnia), localizado nas montanhas de Santa Monica, cujo programa de salvamento, reabilitação e liberação salva milhares de animais nativos a cada ano.

Nosso tímido professor de geologia, Hank, se transformou num rimador desbocado graças a Robert Nachman, que gentilmente nos permitiu reeditar diversas partes de seu trabalho. Agradecimentos também a Franck Verhagen, artista e cavalheiro.

Sinceros agradecimentos a Kim Dower, cuja energia, ingenuidade e otimismo incansável nunca deixaram de nos impressionar. E à inteligente e talentosa Frances Jalet-Miller, única pessoa que conhecemos que conseguiu reescrever *Guerra e paz* e torná-lo melhor.

Finalmente, somos gratas ao excelente pessoal da Bantam Dell, principalmente nossa estimada editora Danielle Perez, por sua inteligência sagaz, incentivo e orientação sempre astuta. E à nossa agente literária e heroína lendária, Molly Friedrich, agradecemos por sua integridade, humor e aconselhamento sábio.

E por último, porém mais importante, às nossas famílias, toda nossa gratidão e nosso amor.

PRIMEIRA PARTE

"Você é o que finge ser."
Kurt Vonnegut Jr.

Prólogo

Fui reprovada na segunda, terceira e nona séries. No fundo, eu sabia que era imbecil. Ninguém, de fato, disse isso. Na verdade, todos faziam um grande esforço para evitar o assunto. Eu não era burra, era simplesmente o oposto de inteligente – o que, à época, significava lenta, desfocada, indisciplinada e não participativa. Minha mãe dizia que eu tinha a fiação defeituosa. Como se eu fosse algum tipo de eletrodoméstico inútil. Nem sei dizer quantas vezes quis desistir. E, aos 16 anos, finalmente desisti. Em vez de aulas na autoescola, minha mãe me deixou obter meu diploma de supletivo, equivalente ao ensino médio. O fato era que nós duas estávamos exaustas.

Como me senti quando Frank, bêbado feito um gambá, despencou da estrada em sua F150 superturbinada e se matou. Uma testemunha descreveu a caminhonete do meu marido como se tivesse despencado da ribanceira, rumo ao oceano, igual a um monte de louça caindo de uma bandeja. Eu o imaginei acelerando de volta para casa, à meia-noite, em seu estado habitual de afabilidade, com seu CD do Johnny Cash no máximo, sua camisa havaiana tremulando ao vento e então – *bum!* Todo aquele carisma de figurão e *sex appeal* se espatifaram em pedacinhos.

Na manhã seguinte, quando a polícia chegou com a notícia, o tempo estava uma droga. A chuva que tinha começado a cair estranhamente tarde, ainda no começo da primavera, continuava, deixando as ruas cheias de poças com folhas mortas e o céu cor de água de louça suja. Eles devem ter me achado bem durona ao me entregarem um saquinho com os seus objetos pessoais, a agenda manchada de sangue, a carteira, o relógio e os trocados que tinham tilintado em seu bolso. Acho que ficaram preocupados por eu estar em estado de choque. Mas eu já tinha passado por isso alguns anos antes, quando o veneno de nosso casamento entranhou por baixo da superfície, como uma água-viva. Ele estava morto e eu não estava em prantos.

Não sou uma pessoa ruim. Mesmo. Só não sou a viúva enlutada. E isso é inaceitável em nossa sociedade, a menos que você tenha matado o filho da mãe, o que eu não fiz. Porém, logo depois do enterro, quando confessei minha ausência de sentimentos, o terapeuta de nosso centro comunitário me disse que eu era o exemplo da fantasia de liberdade para donas de casa divorciadas e infelizes. Acontece assim. Numa manhã, seu parceiro sai de casa e, pouco depois, você recebe *o* telefonema, aquele pelo qual você esteve esperando durante todos aqueles desagradáveis anos. Está claro. É o fim. Você está livre. Uma vida encurtada por uma coincidência feliz.

A pior parte foi a semana após o enterro. Minha mãe e eu ficamos sentadas, lado a lado, no sofá de couro brilhoso de Frank, como dois corvos num cabo telefônico, enquanto passava a procissão de gente com expressão solidária e voz sussurrada. Os silêncios eram longos e estranhos. Não há como começar uma conversa interessante numa hora dessas. Não dá pra falar de algo divertido que você tenha feito no fim de semana anterior, ou qualquer coisa boa que esteja acontecendo em sua vida – festas, sucesso profissional, férias ou grandes compras. E você nem se atreve a mencionar a pilha de livros de aconselhamento sobre o luto empilhados na mesa de centro. *Quando Deus não faz sentido*, *O manual de recuperação do luto*, quatro edições de *Por que coisas ruins acontecem com pessoas boas*, e uma versão em brochura de *Atravessando uma crise pessoal* (esse, na verdade, pode ter alguma utilidade).

Não. Você fica limitada a um leque bem restrito de opções. Como a comida, o serviço do velório, a recapitulação do acidente (em que ângulo exato a caminhonete virou no penhasco), e, a propósito, onde você guarda o uísque? Na maioria das vezes, as pessoas acabam bebendo demais e contando histórias sem graça sobre o falecido.

"Lembra daquela vez que o Frank ficou totalmente doidão, mergulhou pelado na piscina do casamento e encharcou os vestidos de todas as damas de honra?" Ha, ha, ha. "Cassie, há algo que eu possa fazer?" Todos me perguntam isso, enquanto mergulham suas cenouras cruas na pasta de creme azedo.

Eles não gostariam de saber. Que tal quitar os cartões de crédito de Frank, livrar-se dos troféus horrendos de futebol de seu tempo de ensino médio, jogar fora a parafernália de drogas escondida na gaveta fedorenta de meias. Ah, e quanto a pegar as cinzas dele, escolher a urna e despachar para a sua família na Flórida, que nem se mexeu para vir, mas me garantiu que teria sua missa assim que recebesse os restos mortais. Aliás, será que eu poderia mandar o computador, seus apetrechos de viciado em drogas, sua coleção country e, sim, até mesmo a sua caminhonete, a qual eu ficaria feliz demais em mandar, se não estivesse achatada como uma moeda no trilho do trem. Também perguntaram sobre o seguro de vida, que ele sacou anos atrás para comprar a porcaria da caminhonete.

Eu sei que não é bom falar mal dos mortos. Mas a desonestidade é melhor? A maioria das pessoas que vem aqui está bem-intencionada. Mesmo que estejam totalmente enganadas. Vieram para prestar suas condolências a alguém que não gostava muito delas e oferecer solidariedade a alguém que não quer esse tipo de ajuda. Certo. Ele tinha, sim, alguns amigos que sentirão sua falta. E, apesar de sua deslealdade comigo, era um bom amigo para eles. Minha mãe sempre acreditou que todos têm algo de bom e de ruim. Eu preciso me lembrar disso.

Ainda assim, não estou me lamentando. No entanto, sofro pela culpa, pela raiva venenosa, pela frustração e, ah, sim, cheguei a mencionar que estou falida? Isso é, sim, um tipo de pesar, posso lhe garantir. E nem sempre me senti assim. Houve uma época em que eu só queria que ele me amasse. Não de um jeito apaixonado. Não esperava isso. Eu queria que ele me amasse do jeito que se ama quando se leva uma vida comum – fazendo as mesmas coisas cotidianas, seguindo as mesmas rotinas sem novidade, sabendo o que vem a seguir, dia após dia, até você se deitar na cama ao lado dele, à noite, e ouvir os sons familiares do tráfego a distância. Eu queria que ele me ligasse quando chegasse no trabalho, ou quando estivesse a caminho de casa, ou quando estivesse preso no trânsito e apenas quisesse ouvir minha voz, da forma como eu gostaria de ouvir a dele. Eu queria que ele me deixasse dinheiro para as compras, que consertasse o DVD, me dissesse para dirigir com cuidado, reclamasse dos negócios, deixasse toalhas molhadas no chão do banheiro, elogiasse meu vestido, mas acrescentasse que estava muito decotado ou apertado demais.

Nos últimos meses, ele mal esteve presente. De manhã, já tinha saído antes mesmo que eu tomasse café, e raramente nos falávamos durante o dia. Quando eu ligava pra ele, sua voz parecia rude, como se ele estivesse no meio de alguma coisa, mas nunca ligava de volta. Não tínhamos um horário combinado para jantar, nada assim, e eu logo parei de perguntar o que ele gostaria de comer, porque ele sempre respondia "tanto faz". Na última vez em que fiz jantar para Frank, ele disse que o frango estava mal passado e empurrou o prato com tanta força até o outro lado da mesa, que ele caiu no meu colo e espatifou-se no chão. Mesmo antes que ele admitisse estar saindo com outra pessoa, eu já tinha percebido. Não sou tão imbecil assim.

Quando eu disse a Frank que se livrasse dela, ou eu iria embora, ele fez o que a maioria dos homens faz. Mentiu. Segundo minha experiência, os homens preferem praticar o haraquiri a dizer na sua cara que preferem outra pessoa. Então ele me disse que ia mudar, me ofendendo por isso, tocando no ponto que me fazia cair de joelhos. Fez com que eu me sentisse imbecil. Você não deve contar aos outros seus segredos obscuros. Eles sempre voltam para te morder.

No fim, ele me magoou. Até um piolho consegue te magoar. A evolução disso tudo foi veloz e constante, como o começo das chuvas de novembro e os ventos gélidos de inverno. Eu não conseguia engolir, não conseguia me sentar, não conseguia me concentrar. Era como uma sentença fria e dura. Dava para ver quando ele usava um tom de voz falso, ou me olhava com um ressentimento petrificado. Aprendi a sequência, a mudança mecânica do movimento da boca, aquela coisa nervosa que ele fazia com os dedos quando mentia. Então lá estava eu, sentada numa casa vazia, com a correspondência empilhando e formando um monte de lixo na porta, os jornais molhados e não lidos poluindo a grama. Eu, deitada na cama a tarde inteira, as cortinas fechadas deixando apenas uma luz fraca, os DVDs em volta com prazo de devolução vencido, como pertences indesejados e espalhados junto com o lixo.

– Oi, querida, como vai indo?

– Ótima, mãe. Frank e eu estávamos de saída. Vamos a um jantar.

– Que bom. É chique?

– Mais ou menos. Estou usando meu vestido tubinho.

– Não se esqueça do presente da anfitriã. – Ah, sim. Uma adorável granada seria perfeito.

– Com certeza.

– Então divirtam-se.

Eu me sentia envergonhada como acontecia na escola, quando estudava a semana inteira e, ainda assim, não passava nas provas.

Simplesmente acabei me exaurindo. Fiquei farta de me esforçar, imune ao fracasso e, finalmente, não sentia mais nada. Desisti. Simplesmente não o amava mais.

Ninguém jamais planeja que isso aconteça. Eu me lembro da primeira vez que o vi, quatro anos antes. Ele era alto e magro, com as maçãs do rosto saltadas e os cabelos pretos lisos, presos num rabo de cavalo, como um samurai. Uma mistura de força bruta com graça. Quem poderia saber que ele tinha um coração de barata? Estava segurando um falcão-de-rabo-vermelho ferido, que, de brincadeira, chamou de resto de atropelamento. Quando entrou no centro de vida selvagem de Topanga, onde eu trabalhava com minha mãe, ele olhou em volta como um guerreiro, e seus olhos negros e penetrantes se fixaram no meu rosto. Frank me lembrou um falcão. Predador e perigoso. Eu não devia ter sido tão tola. O biólogo Konrad Lorenz provou que pintinhos saem correndo para se esconder quando avistam a silhueta de um falcão – mesmo um modelo de madeira.

Nós conversamos um pouco. Depois ele ligou. Frank era tranquilo, distante, tinha um ar sexy, relaxado. Problema. Como o diabo em pessoa. Lindo e magnífico na cama. Ele disse que gostava das minhas pernas longas, dos meus olhos verde-escuros, minha boca grande e de eu não falar sem parar, como as outras mulheres. Sempre me achei comum, mas ele fazia com que eu me sentisse bonita. Ele me arrebatou. Pegou pesado. Decidiu que era hora de se casar. Todos os amigos dele estavam casados. Sorte minha. A hora era perfeita. Ele me pediu em casamento depois de dois meses. Eu me sentia grata por tê-lo.

Depois que nos casamos, comecei a ajudar, em meio período, no negócio dele, uma empresa de reboque na Pacific Coast Highway. Todos os dias, surfistas, doidões e turistas estacionavam em local proibido ao longo da rodovia e voltavam molhados e cansados, encontrando um espaço vazio. Seu estacionamento ficava atrás do posto de gasolina da Mobil, em frente ao shopping mais caro de Malibu, e nos belos fins de semana ensolarados ele amontoava tantos carros que ficava parecendo o estacionamento de um festival de rock, ou uma feira de carros usados. Eu trabalhava num escritório/trailer apertado, com ar-condicionado, no alto de uma estrada empoeirada que dava no estacionamento. Ali chegava gente a qualquer hora, vestindo desde roupa de mergulho até biquíni e chinelo de dedo, às vezes de táxi, às vezes a pé, olhando vagamente para o aviso escrito à mão que informava que eles deviam 240 dólares ao serviço de reboque Frank's Towing (não aceitamos cheque!), além dos 65 dólares diários pela armazenagem, fora quaisquer multas municipais por estacionamento em área sujeita à reboque.

Frequentemente, eles deixavam as carteiras ou bolsas no veículo, e eu tinha de acompanhá-los até o carro, como prisioneiros, para que o destrancassem, e ficava ali em pé enquanto pegavam suas coisas, e depois trancavam o veículo novamente.

– Não vá entregar a chave para eles, hein – Frank me alertava. – Se tiverem chance, darão o fora.

– Como podem dar o fora? Estão cercados de carros. Dê uma folga aos garotos – eu diria, olhando os pés descalços cheios de areia e os rostos suados e aflitos.

– Quem mandou estacionar ali? Fui eu que mandei que parassem ali? Só faço o que a polícia me manda fazer. Não seja tão molenga – ele dizia, com ar de desprezo, dando um sorriso hostil.

Numa tarde, Frank passava por vários estados de humor. Desde a indiferença do "dane-se", passando pelos bicos e caras emburradas, até começar a tagarelar e dar sermões do estilo cafetão. Ele sobrevivia com sua esperteza e me assustava, acabando com a minha. Eu sempre sabia quando estava prestes a explodir. Mantinha o olhar fixo de um homem com uma mágoa séria: sobrancelhas provocadoras, e os músculos em volta da boca ficavam tensos e pareciam estalar. E eu ali sentada, rígida, esperando que se dissipasse o desconforto que pairava no ar, depois tocava a vida em frente.

Trabalhar no estacionamento fazia com que eu me sentisse uma migalha, principalmente com relação aos garotos que não tinham dinheiro nenhum. Eu ficava sentada na minha mesa, evitando olhá-los, enquanto eles ligavam para os pais. Depois, ouvia as histórias tristes, tristes, sentindo o constrangimento deles. Um garoto teve que esperar umas seis horas até que a mãe saísse do trabalho, na cidade, depois dirigisse até a praia, para pagar sua fiança. Na hora do rush. Esse talvez tenha sido o dia em que fiz a soma errada da nota, me atrapalhando com os números, e Frank ficou tão injuriado que rabiscou "CÉREBRO DE PÁSSARO", como um grafite, nas costas da minha cadeira.

Então, numa voz pouco acima de um sussurro, mas com a força de um grito, ele disse, na frente de todos, que aquele era um lugar de negócios, não "A CASA DA IMBECILIDADE" e que eu era uma aberração da natureza – uma fracassada sem futuro. Abandonei meu emprego nesse dia. Desisti. Foi mesmo. Disse a ele que preferia trabalhar no centro de vida selvagem. Olhando para trás, eu deveria tê-lo abandonado.

Agora já não tem importância. Parece que Frank hipotecou o negócio até o talo, e vinculou isso à nossa casa. Voltei a morar com minha mãe, na minha casa de infância, no alto do vale Topanga, uma pequena comunidade a trinta minutos de Los Angeles, com um sinal de trânsito e uma placa de travessia de tartaruga. É o tipo de lugar onde as pessoas são ligeiramente imprecisas quanto ao número de cães e gatos que possuem. Então, simplesmente deixam tigelas enormes de ração perto da porta dos fundos. Você vê gatos sarnentos, de uma orelha só, deitados pelas varandas, sinos de vento elaborados, e casas de passarinho entalhadas à mão. Minha mãe chama isso de rústico (em vez de desleixado), e eu sou inclinada a concordar com ela.

Meu quintal dos fundos faz parte da área de Preservação das Montanhas de Santa Monica, com quase um quilômetro de trilhas para caminhada, florestas, lagos, cachoeiras, cavernas misteriosas e lindas abóbadas verdes repletas com canções de centenas de passarinhos.

Quando criança, eu tinha liberdade para circular despreocupada de minhas falhas e deficiências. Passava finais de semana inteiros ao ar livre, num estado sonhador de imaginação resplandecente, inventando histórias sobre minhas realizações e incríveis façanhas. Via gatos selvagens, lobos, coiotes, raposas e falcões-de-rabo-vermelho que desciam torpedeando feito mísseis para espetar suas presas. Nesse mundo eu estava em casa, jamais temia os animais. Nem mesmo os perigosos.

* * *

E agora fiz minha parte, sentando na sala com conhecidos e parentes distantes, como minha tia-avó Stella, que tentou me prender com clichês depressivos de suas sessões de terapia, do tipo "encerramento", "círculo afetivo". Ainda bem que não tem mais ninguém vindo. Minha mãe e eu terminamos de embrulhar as caçarolas e tortas comidas pela metade, e guardamos tudo no freezer. Entro no meu quarto apertado, que não parecia tão pequeno quando eu era criança, e olho pela janela estreita, na direção das montanhas.

Essa era minha época favorita do ano. Logo as borboletas monarcas farão sua migração espetacular ao longo da costa da Califórnia, rumo ao México. Todo ano elas chegam ao mesmo local, manchas brilhantes de amarelo e preto caindo das árvores, como folhagem de outono. Forram as entradas de garagem e cobrem os para-brisas dos carros. Sempre tenho um grande cuidado para não amassar suas asas delicadas quando varro, devagarzinho, os degraus de nossa casa.

Sempre digo às pessoas que você não precisa ir à Amazônia, ou à Nova Guiné, para ser arrebatado pela natureza – basta passar pela porta da minha casa, em qualquer dia do outono, e verá esses seres gloriosos, revoando pelo ar – numa onda de cor iridescente – como fadas ou anjos disfarçados. Não importa em que estado de humor você esteja, ou mesmo que não esteja em estado de humor algum, só seguindo em frente, como um robô, tentando fazer com que o dia passe. Lá estão elas – rodopiando como pequenos fragmentos de um caleidoscópio colorido.

Minha mãe diz que observar as monarcas é um consolo pela dor de viver. Acho que eu não iria tão longe, mas, de qualquer modo, elas são um milagre. Seguem o sol – voam até oitenta quilômetros por dia e até trinta metros de altitude. E acabam chegando ao México bem na data programada, por volta de 2 de novembro, dia de Finados. Diz a lenda que elas são as almas dos parentes mortos voltando para casa. Senhor, eu espero que não.

CAPÍTULO 1

Eu não tinha a intenção de mentir em meu currículo. Apenas aconteceu. Foi depois da recepção gélida que tive nas duas últimas agências de emprego. Da primeira vez, um homem com perfil de roedor, olhos juntos demais e uma boca bicuda sugeriu que eu tentasse arranjar emprego num pet shop. O outro agente me conduziu até a porta de seu escritório, depois de uma rápida olhada em meu currículo, e disse que a única coisa que lhe ocorria era trabalho em telemarketing, da minha casa – que eu olhasse os classificados.

Como você pode imaginar, eu estava me sentindo um tanto murcha ao seguir para outra agência de empregos. Essa tinha um quadro de avisos perto da entrada, cheio de anúncios do tipo "sotaque é eliminatório" (como se fosse uma doença). "Fale americano, consulta grátis." Notei que nenhum deles tinha um pedaço arrancado da parte inferior, com os números de telefone rabiscados, na vertical. Sentei numa cadeira de vinil rachada, ainda morna do último traseiro suado, preenchendo os formulários, mas mesmo nessa espelunca o agente mal podia esperar para se livrar de mim.

Então, essa é minha situação hoje. Levando-se em conta a minha formação (formada pela Universidade de Lugar Algum) e minha idade (30), agora sou literalmente não empregável. Meus anos no centro de vida selvagem não pareciam importar para ninguém, principalmente para os funcionários das agências de emprego. Eles simplesmente passavam direto e focavam na minha formação, ou na falta dela. "Diga-nos, novamente, por que deixou o ensino médio?" Como se eu nem tivesse que estar ali.

Minha mãe estava sempre tentando me tranquilizar, com seu otimismo inabalável. – Eles vão lamentar não tê-la contratado. Todos os estudos dizem que os iniciantes mais lentos têm mais probabilidade de se tornarem bilionários.

– Que estudo é esse, mãe?

– Eu li no consultório dentário.

Dá a sensação de que estou de volta ao ensino fundamental, quando eu parecia ter a palavra *fracasso* escrita na testa. O que aparentemente era tão natural para todo mundo, era uma tortura para mim.

– Cassie, tente não segurar seu lápis como um prego – dizia a professora, respirando em meu pescoço como um inspetor escolar e retraindo-se diante de minha letra abominável. – E pare de chupar o lábio com tanta força. Deus, você vai arrancar um pedaço de sua boca. Por que não respira fundo e começa outra vez, mais tarde?

Esse era o sinal pelo qual eu talvez estivesse esperando – ela tinha desistido, e eu também. É possível que você esteja pensando que ela fosse acabar com o meu sofrimento, mas a questão é que ela simplesmente não se dava conta, assim como ninguém mais. O restante do ano eu passei "doente", ou atrasada às sextas-feiras, muito atrasada. Não fazia diferença alguma, eu era a imbecil do canto, com um *D* vermelho estampado no peito.

Às vezes, ouvia alguma amiga da minha mãe falando da filha, a pequena Stacy, ou a querida Susie:

– Minha filha é incrível. Um dia, ela simplesmente acordou e sabia ler tudo.

– É mesmo? – respondia minha mãe, de uma maneira monossilábica. – Mas que maravilha.

Eu continuava pensando. "Por que isso não aconteceu comigo?" "Quando eu 'simplesmente acordaria' e seria capaz de ler?" Depois, a cada fracasso adicional, "De qualquer jeito, o que há de tão bom em saber ler?"

Minha mãe sentava comigo durante horas, lendo coisas que achava que eu gostava. Seu livro predileto era um ilustrado com a antologia dos mitos gregos. Nós líamos sobre deuses e heróis como Atenas, Diana, Afrodite, Zeus. As histórias de que eu mais gostava eram aquelas em que os humanos se transformavam em pássaros, ou feras, ou flores. Mas minha mãe gostava das histórias em que os deuses concediam poderes especiais aos mortais. Acho que foi por isso que ela me pôs o nome de Cassandra. Em homenagem à bela deusa que podia ver o futuro. Ela adorava a magia – era isso que esperava de mim, quando me entregava o livro – mas eu não conseguia ler uma palavra.

No começo do ensino médio eu inventava os enredos dos livros que lia baseada no primeiro e último capítulos. Como resultado, as notas dos meus testes de compreensão eram variadas. Às vezes, eu chutava certo. Às vezes, não. Eu era um gênio em álgebra básica, mas se tivesse que calcular a distância que o sr. Smith levava de trem de sua casa, em Phoenix, até seu escritório regional, em Albuquerque, e a que velocidade o trem colidiu contra um trem de cargas que levava tecidos para Tucson – bem, você já entendeu. Ao longo dos anos de escola, as crianças sussurravam "densa", "duvidosa", ou "derrapada", tudo com *D*. Mas não os meus amigos. Nós nunca falávamos sobre o meu "problema". Na maior parte do tempo, eles ficavam alheios. Sempre eram recompensados com seus *A*s e eu sempre tirava os meus *D*s habituais.

– Deus, Cassie, esse teste foi tão fácil – diziam eles, incrédulos.

– Eu não estudei. – Eu ria, como se não significasse nada. *Atração mortal* se tornou meu filme favorito.

Acabei descobrindo um jeito de sobreviver. A maioria das crianças descobre. Escondia meus testes e trabalhos como se fossem pornografia. Quando minha mãe perguntava como eu tinha ido com o teste de gramática, eu dizia "ótimo", e se ela questionasse quanto ao dever de casa, eu diria "fiz na escola". "Fazer na escola" significava enfiá-los em minha carteira, juntamente com uma dúzia de outras folhas de exercícios que eu achava impossível de completar. Claro que eu sempre era descoberta. A professora ligava para minha mãe, que perguntava "o que há de errado com você?". Nós passávamos os fins de semana de férias completando tudo o que todo mundo tinha concluído durante as aulas. A ameaça de "aluna especial" pairava sobre mim como uma sentença de morte.

E assim a farsa prosseguia. Eu dava pequenos passos. Mas, na maioria das vezes, fingia tédio, ou falava com meu vizinho. Enquanto isso, minha imaginação fervilhava. Eu inventava palavras. Inventava a gramática. Criava fantasias loucas na mente, que eram muito mais divertidas do que qualquer coisa que eu tentasse ler na escola.

– Era uma vez um monte de provocadores desbocados que foram entrando pelo mato para colher frutas...

Foi mais ou menos nessa época que minha mãe, esgotada, contratou uma bela professora particular de cabelos grisalhos chamada Janet Monroe. Ela morava numa linda casinha com vista para o mar. O plano era que eu fosse à sua casa uma vez por semana ao longo do verão. Mas, depois de uma avaliação inicial, ela recomendou sessões de duas horas, três vezes por semana. No começo, eu me sentia como uma menina rica, embora soubesse muito bem que isso estava sendo um fardo sério nas finanças de minha mãe.

Toda tarde a sra. Monroe me conduzia pela casa, até uma varanda ensolarada, cheia de palmeiras, móveis estofados e tapetes persas desbotados. Você tinha que tirar os sapatos quando entrasse, e dizer "olá" ao papagaio dela – um *African gray* magnífico chamado Sam, que imitava a voz dela e logo aprendeu meu nome. Dele eu recebi meu primeiro assovio e um gritinho de flerte dizendo "oi, gata!".

Durante todo aquele verão, relutei com o processo da decodificação – aprendendo como uma palavra escrita representa um som. É algo que para algumas crianças é fácil como nadar, ou andar de bicicleta. Mas, para mim, era trabalho duro.

"Isso acontece, algumas vezes, com crianças espertas", a sra. Monroe dizia à minha mãe, com sua voz ofegante de fumante, que ia minguando. "Você tem uma disfunção de leitura chamada dislexia." Eu estava tentando digerir tudo isso quando ela pediu a Sam que lhe dissesse quem, além de mim, tivera um problema semelhante na juventude. Aquele pássaro era danado de brilhante. Ele disparou, – Einstein, Rockefeller, Edison, Picasso, Walt Disney e John Lennon.

– Pronto – disse ela, quando ele terminou. – Você está em ótima companhia.

Nós fazíamos um bocado de exercícios do livro e líamos em voz alta. Sam imitava minha voz elaborada e entrecortada quando eu lia, memorizava trechos e me dava um beijinho com o bico quando eu terminava. Cheguei a ponto de mal poder esperar para vê-lo. Então, setembro chegou e eu estava de volta à escola. Nunca mais vi a sra. Monroe.

Durante o outono ela ligou para nos dizer que estava doente. Um mês depois, minha mãe voltou para casa com Sam. A sra. Monroe tinha morrido e deixado ele para mim. O bilhete na gaiola dizia "Querida Cassie, depois de mim, você é a aluna preferida da sra. Monroe".

Os papagaios vivem com o mesmo par pela vida toda, mas, de alguma forma, Sam me aceitou. As tribos da América do Sul acreditam que os papagaios possuem almas humanas. E eu tenho que concordar. Depois que eu voltava da escola, ele se empoleirava no meu braço e me dava uma porção de beijos, na boca, nas orelhas. Às vezes, ele dizia "Eu te amo. Senti sua falta. Você passou?" Certo, ele estava repetindo o que minha mãe dizia, mas, mesmo assim, era para valer. Outras vezes, ele repetia minhas crises de depressão.

– Sou uma porca imbecil! – eu gritava.

E ele repetia, alegre, - Porca imbecil! Porca imbecil! Porca imbecil!

– Cale a boca! – eu gritava.

– Não! – ele tartareava de volta, batendo as asas e sacudindo a cabeça. Sam adorava me provocar. As minhas deficiências eram apenas um jogo para ele.

Logo que Sam e eu fomos morar com Frank, eles imediatamente se estranharam. Quando nós discutíamos, aquele papagaio fixava os olhinhos miúdos em Frank e assumia uma pose agressiva, ficava agachado em seu poleiro, com as asas abertas, bicando furiosamente o rosto e as mãos de Frank. Talvez fosse o seu tom de voz.

– Feche a droga da porta! – Frank berrava, quando se retraía do bico curvo e afiado de Sam.

– Feche a droga da porta! Feche a droga da porta! – Sam berrava, exatamente no mesmo tom de voz de Frank, como se estivesse debochando dele. Papagaios não ficam mansos diante da raiva.

Os dois nunca fizeram as pazes, embora eu tenha tentado argumentar com Sam. Ele continuava a atormentar, de pequenas formas. Sabia imitar o telefone e a campainha com tanta perfeição que, pelo menos uma vez, Frank saiu correndo até a porta e Sam começou a grasnir: "Porca imbecil!"

Mais de uma vez, Frank me disse para dar o Sam para alguém, ou ele "mataria aquela porcaria daquele pássaro". A situação ficou tão complicada que, a certa altura, eu disse à minha mãe que ela teria que ficar com ele por um tempo, até que as coisas esfriassem. Sam tampouco se entristeceu.

Eu volto a entrar no meu carro e sigo até uma pequena agência de empregos em frente à universidade, altamente recomendada... pelas páginas amarelas. Conforme entro pela porta, acabo entreouvindo uma agente dizendo a uma mulher:

– Desculpe. É tudo que tenho. Sabe, hoje em dia um diploma universitário não é melhor que um de ensino médio. Você realmente precisa de uma graduação maior, ou sair da área de auxiliar.

Então, em que área estou? Talvez fora da área. Fico vendo a mulher sair. Polida é a palavra que eu usaria para descrevê-la. Eu puxo o elástico da cintura da minha calça cáqui. Nunca terei uma aparência daquelas. De qualquer forma, o que é preciso para ter um visual bem composto como esse?

Não, eu não sou polida, sou comum – um tipo genérico de ser humano. Não me destaco naturalmente, como outras mulheres que conheço. Embora minha mãe discorde. Ela me diz que eu tenho "bons ossos", como os personagens de seus mitos clássicos, e que todas as suas amigas me acham bonita. Mas eu certamente não me acho assim, principalmente quando entro numa sala. Frank chamava isso de efeito "uau", algo que faz com que as pessoas o percebam. Talvez seja o meu cabelo. Eu uso puxado para trás, preso num rabo de cavalo comprido, com franja de Peter Pan. Não sei, sempre usei assim. Toda vez que eu usava o cabelo solto, ele me perguntava o porquê.

– Você fica melhor com ele fora do seu rosto – ele dizia. Mas, depois que nos casamos, ele nunca mais disse que eu estava bem. Na verdade, falando nisso, sempre que me arrumava, me dizia que eu havia me esforçado demais.

Pego o formulário de cadastro e começo a preenchê-lo, lentamente. Nome: Cassie Shaw.

Formação: Lá vem. Eu me lembro que teve um ano que assisti ao Campeonato Rose Bowl, com Frank. Quem jogou? Não era uma daquelas escolas grandes, do Meio Oeste? Michigan, ou Wisconsin. Uma arena repleta com milhares de alunos torcendo. Quem saberia? Um lugar que, quando perguntassem como era, eu poderia simplesmente rir e dizer – Frio como o inferno. – Certo. Vou fazer. Michigan. Conheço algumas coisas sobre Michigan. Eles fazem carros. Merda. Especialização: E agora? Minhas mãos estão tremendo. Bem, estou virando uma psicopata, então, que tal psicologia? Parece bom. Todo mundo sabe um pouco de psicologia.

Eu preencho o restante – carteira de motorista, número do seguro social, endereço (escrevo o número da caixa postal da minha mãe, faz dois anos que não recebemos correspondência), idade, etc. Se você pensar mesmo, quase tudo da ficha é verdade. De qualquer forma, todo mundo mente nesse negócio, não é?

– Então, o que achou de Michigan? – pergunta a agente. Eu me concentro na planta peluda que está num vaso pequeno demais, no parapeito da janela, com raízes serpenteando pelo fundo como se fossem minhocas.

– Um frio infernal – eu respondo. Ela ri.

– Bem, vejo por que você está aqui. Psicologia. O que pode fazer com isso?

– Certo. – Eu rio conspiratoriamente.

– Aqui diz que depois do centro de vida selvagem, você trabalhou no negócio de reboque de seu marido.

– Sim, trabalhei. Ele morreu, recentemente. – Certo. Então eu joguei a cartada de viúva. Pode me processar.

Ela imediatamente abranda. Eu detesto essa expressão. Pena. Surpresa. Dá até para ouvi-la pensando, "E você é tão jovem."

– Bem, não temos muita coisa no momento, mas temos uma posição de nível universitário. E é ciência comportamental, portanto, você tem alguma experiência.

Eu fico estranhamente orgulhosa pelo elogio – mesmo sendo baseado numa mentira absoluta.

– Olhe, eu não vou enganá-la. É basicamente atendimento telefônico, digitação, entrega de correspondência, arquivo, você sabe, atividades de frente num escritório. – Melhor que as atividades de fundo, que não me ofereceram. Eu casualmente concordo em fazer uma entrevista. Estou exultante. Isto é, até chegar à rua, quando começo a ficar nervosa pelas minhas mentiras. Mas isso não era apenas uma mentira. Era uma mentira da categoria 2, talvez categoria 3. Ora, vamos. Frank era uma porcaria de um mentiroso e Deus não lhe lançou um raio. Bem... Eu cuidadosamente olho para os dois lados, antes de atravessar a rua.

CAPÍTULO 2

O campus é vultuoso à minha frente, no alto da colina, como Oz. Prédios de tijolinhos, gramados paisagísticos, áreas verdes com caminhos e esculturas. Eu passo por baixo de uma abóbada de folhas, atravesso os portões Van Dorman, com um arco preto de ferro ornamentado, apoiado por dois pilares imponentes, que trazem as palavras de Cícero.

"O primeiro dever de um homem é buscar e investigar a Verdade." Continuo caminhando, segurando firme o meu currículo. Não vou pensar nas consequências.

Mentirosa, mentirosa. Vai acabar em polvorosa.

Quando eu era criança, as aulas dominicais de catecismo eram sobre Deus e Satã, os doze Apóstolos, os Dez Mandamentos e os Sete Pecados Capitais. O mundo, segundo conhecemos, é ordenado e administrável, com centenas de leis e punições metodicamente organizadas segundo a gravidade da transgressão. Não parecia haver áreas neutras, quando se trata de pecado – apenas uma paisagem inflexível de dor e punições excruciantes, ou recompensas celestiais, dependendo do caminho que você tomasse.

Eu me lembro da professora batendo com o giz no quadro, enquanto repetia uma porção de coisas que *tu não farás*. Não matarás. Não roubarás. Não cometerás adultério. Negativo, negativo. A vida é tão mais complicada que isso. E, francamente, mesmo uma criança tímida e sincera de jardim de infância, nunca me identifiquei muito com a o assunto em questão.

Eu acreditava em Deus de maneira genérica, mas não como uma danação eterna. Se você cometesse, de fato, um pecado, claro, haveria consequências, mas, no fundo, mesmo com 6 anos, eu sabia que Deus jamais ficaria olhando alguém ser cozido em caldeirões de óleo ou torrado na brasa, como estavam dizendo naquele canal religioso, num domingo, quando eu estava doente e não pude ir à igreja.

Resumindo, acho que eu acreditava que ser uma boa pessoa tem tudo a ver com sua consciência, e o fato de você poder ou não conviver com o que faz. Por outro lado, há sociopatas que matam garotas adolescentes e não têm qualquer resquício de culpa... gigantescos vácuos espirituais. Minhas professoras de catecismo sempre repetiam que o importante para nós, como bons cristãos, era viver sem pecado. No entanto, eu me lembro que não existe o *Não mentirás*, nos Dez Mandamentos. Eles meio que fazem uma alusão, no negócio do falso testemunho, mas não há um mandamento específico para *não mentir*. E você não acha que se fosse assim tão importante teria que estar nos Dez Mais?

Talvez seja porque há graus de verdade. Cascatas, mentirinhas, meias-verdades, esticar a verdade (como se ela fosse um elástico), contos da carochinha, e nem uma mentira deslavada tem o fedor não falsificado do mal. É como dizer para alguém que você está doente, quando só quer ficar em casa, comer pipoca e assistir ao canal de compras. Ou dizer a uma pessoa que ela está ótima, quando ganhou uma tonelada de peso, ou fazer óós e áás para o bebezinho recém-nascido de sua amiga, embora ele pareça um macaco careca. Ou dizer a alguém que ele é inteligente, quando não é. Todos no universo fazem isso – exceto os animais. Mas também, veja o exemplo de Sam. Se você pode falar, é inevitável.

E eu não estou dizendo isso para justificar meus atos. O que eu deveria fazer? Dizer à agência de emprego que eu não me atrevi a fazer o teste vocacional e só consegui terminar o ensino médio com supletivo e, mesmo agora, se eu não focar quando leio, as palavras ficam embaralhadas? Ninguém daria bola para o quanto progredi, só olhariam meu currículo. Não ligariam para o fato de que finalmente aprendi a ler como uma pessoa normal, só que mais devagar.

Entro no saguão da universidade e abordo uma jovem sentada atrás de um balcão de madeira, na recepção. Ela tem cabelos louros brilhosos, cortados na altura dos ombros, veste um suéter castanho-amarelado, e está calçando sapatilhas vermelhas pontudas aparecendo por baixo de sua mesa. Ela tem uma aparência de quem pode se dar bem com qualquer coisa. Até sair desfilando do Wal-Mart (como se ela algum dia fosse lá) com um carrinho cheio de itens sem pagar, e o segurança simplesmente sorriria e diria "Tenha um bom dia."

Isso jamais aconteceria comigo. Quando ainda estávamos no ensino médio, Tiffany, minha melhor amiga, e eu, num desafio, decidimos ir até o 7-Eleven da esquina e roubar alguma coisa. Fui até o caixa, usando uma pequena compra como distração, um pacote de chiclete, enquanto Tiff enfiava algumas barras de doce na blusa, fingindo arrumar o sutiã. Eu estava tão nervosa que estraguei tudo, mas o gerente não ligou para a polícia. Ele arrastava uma asa pela Tiff. Todo mundo sempre arrastou uma asa pela Tiff. Ela era uma garota assim. Como a recepcionista que está esperando que eu diga algo. Dou um sorriso bem amistoso.

– Oi. Eu vim por meio da agência, sabe, para a vaga em aberto.

– Perdão? – diz ela, com um olhar desmoralizador.

– Sou Cassie Shaw. Tenho um horário com a sra... – Ai, Deus, qual é nome dela. Eu remexo o papel. – Pearce?

– Quer dizer a *professora* Pearce? – Dando uma ênfase que diz, sua retardada, ela é uma professora universitária.

– Sim, acho que sim. – Ele pega o telefone e me dá um rápido sorriso, como se estivesse pensando numa piada particular.

– Oi, aqui é a Alison. A professora tem um agendamento com alguém, agora de manhã? – Silêncio. – Certo, eu direi a ela. – Ela me olha como se eu fosse um fiapo.

– Você deve estar no departamento errado. Aqui é psicologia. Desculpe. – Ela me despacha e volta a ler.

– Tenho certeza de que esse é o lugar certo. Fui enviada pela Agência Right Hand Gal.

– Ah. – Sua expressão diz tudo.

– Oi, é a Alison de novo. Ela é da Right Hand Gal. – Pausa. Ela ri. Não é uma risada agradável.

– Ela está um pouquinho ocupada agora. Você pode esperar ali – diz ela, com um ar de desgosto, apontando para uma pequena área de recepção, na parte de trás.

Tiff e eu temos uma lista que costumamos chamar de Livro Guiness do Comportamento Grosseiro. Inclui coisas como gente que ocupa duas vagas no shopping. Ou deixar o carrinho de compras em qualquer lugar, atrapalhando o carro dos outros. Ou sentar no carro, tomando uma garrafa d'água, arrumando o cinto de segurança, passando batom, ou até fazendo ligações no celular, enquanto você está ali esperando, pelo que parece uma eternidade, para estacionar na droga da vaga. Ou o vendedor que está de papo com outro vendedor, enquanto você está esperando que ele te atenda. Ou o palhaço que passa com as rodinhas da mala em cima do seu pé, e nem se importa. A bruxa do elevador também está nessa lista. Ela é aquela que fica ali, em pé, de rosto petrificado, enquanto você implora para que ela mantenha a porta aberta, enquanto você enfia a mão no espaço que vai se estreitando. Ela olha diretamente em seus olhos, enquanto deixa a porta fechar. Como se você fosse invisível.

Eu olho pela janela. Há um pequeno pátio no centro do prédio em U, coberto com hera. Os alunos estão descansando em bancos, ou se recostando na grama, repousando as cabeças em mochilas, aninhados sob o sol. Parece que têm todo o tempo do mundo para jogar *frisbee*, beber Coca-Cola e ler longos romances.

Eles me lembram os rostos vigorosos dos voluntários que costumavam trabalhar no centro de vida selvagem. A maioria era de garotos da faculdade, ou estagiários. Uma rápida parada a caminho de outro lugar. O centro era numa antiga cabine que pertenceu a algum escritor famoso, com uma lareira de pedras que ia do chão ao teto. Nós ficávamos sentados ali ao redor, tomando litros de café, e conversando durante horas. Eles sempre tinham tantos planos. Um semestre na América do Sul, para estudar a mata atlântica, ou na Áustria, para estudar os corvos. Férias no Havaí, no intervalo da primavera. Namorados na faculdade de direito. Namoradas nas turmas de pré-medicina. Possibilidades infinitas. Eles falavam sem parar, sobre "seguir sua paixão". Eu só tentava seguir com o meu dia.

Cheguei à conclusão de que eles eram membros de algum clube ao qual eu jamais pertenceria. A ficha caía de dúzias de maneiras e eu ia cuidar das minhas tarefas. Anéis de grau deixados na pia do banheiro. Caçadas ao tesouro em busca de brincos solitários perdidos. Carros elegantes com adesivos ambientalistas e crachás de estacionamentos universitários se alinhavam ao lado da minha lata-velha. Então conheci Frank e todos nós sabemos como aquilo terminou.

Agora ouço algo que parece com insetos gordos e carnudos batendo contra um para-brisa. Olho pela janela e o vejo. Ele é alto e magro, com cabelos cor de areia que caem em seus olhos, conforme ele persegue a bola de tênis e rebate contra a parede, depois voando ao céu. Sem pestanejar, pega outra bola no bolso e começa de novo. Plact! Seus braços são longos e musculosos e ele está usando um short vermelho desbotado, com uma camiseta azul marinho batida. Exala pedigree, como um cão de raça bem-criado. Não aquela beleza clássica, mas alguém que exige atenção.

– Ei, Sampras! – Alguém grita de uma janela do segundo andar. – Está pronto? Temos que ir. – Ele estreita os olhos ao alto, sob o sol, e sorri. Eu o vejo passar o braço na testa, ainda segurando a raquete de tênis, enquanto entra no prédio.

– Olá, professor Conner – Alison ronrona, mostrando seus dentes brancos perfeitos. Ela mudou totalmente de postura. Conforme ele passa, deixa um aroma de grama cortada, misturada com suor e colônia pós-barba. Com uma inspeção mais atenta, eu noto que ele tem um ar firme e controlado, que desmente seus cabelos bagunçados e a expressão distraída. Ele sobe a escada.

Agora encontram-se só a princesa malvada, com suas belas roupas e um emprego, e eu. Ela dirige os olhos para mim com um olhar do tipo "você ainda está aí"? Eu pego um jornal acadêmico na mesa e finjo ler. Seu celular toca, entoando uma melodia de gongo chinês new age. (Tiff acabou de trocar seu toque para um Chevy 56 queimando pneu.) Agora ela começa uma discussão com a amiga "Lanie" sobre a mostra "extravagantemente minimalista" que viu numa galeria, ontem à noite.

– Ver as imagens me fez perceber por que adoro Tchekhov. – Pausa. – Não. Eu disse a ele que estaria ocupada esta noite. – Pausa. Risadinhas. – Cala a boca. Tchau. – Mais risadinhas. Quero gritar. Estou ali sentada há quase uma hora.

Marcho até o balcão.

– Com licença. Tenho outra entrevista. Você poderia, por favor, ver o que está acontecendo? – Alison finaliza e liga lá para cima.

– Você pode subir agora. – Ela vai andando pelo corredor, me deixando sem saber para onde ir, exatamente.

– Que sala, por favor...?

– Dois-cinco-quatro, segunda porta à direita – ela grita, por cima do ombro. Eu a odeio.

Subo a escada de forma hesitante, tentando controlar minhas dúvidas heroicas, e bato na porta. Uma voz falhada do outro lado diz:

– A porta prende, dê um empurrão que ela abre.

Eu dou uma batidinha e nada. Depois dou um soco com o punho. Ela voa aberta e bate na parede.

– Brilhante. Entre – diz a professora Pearce, com um sotaque britânico acentuado e um sorriso de boas-vindas – nada do que eu esperava. Ela tem uns 70 anos, olhos escuros e brilhantes, e cabelos grisalhos enroladinhos, com tanta estática que quase ficam de pé sozinhos. Usa óculos pretos grossos, estilo coruja, e um conjunto rainha Elizabeth de lapela larga, num tom agradável de verde-escuro. Poderia ser alguma dama nobre num retrato, segurando um daqueles cachorrinhos disformes com cara de raposa, exceto pelos cabelos e óculos.

Seu escritório tem o mesmo visual – digno, porém estranho. Prateleiras de madeira perfilam as paredes, emoldurando uma lareira de tijolinhos com cornija entalhada. Tem música clássica tocando. Há papéis e jornais empilhados em sua mesa, junto com uma porção de coisinhas estranhas, aqui e ali. Ferramentas antigas de lareira, com manetes em formato de cabeças de cavalos. Buldogues de cerâmica com línguas vermelho sangue. Fotos em porta-retratos elegantes. Imagens de grupos de pessoas com ar distinto, em smokings e robes acadêmicos. Sorrindo, confiantes e bem-sucedidos.

– Desculpe pela espera. Aparentemente, houve uma confusão quanto ao horário. Então, aqui está você. O que pode fazer por nós? – diz ela, erguendo o olhar para mim por cima de seus óculos, com um ar de familiaridade e autoridade.

– Bem, me disseram que o emprego era apenas para serviços de escritório, mas eu ficarei feliz em fazer o que vocês precisarem. Posso fazer todo tipo de coisa. Até trocar seus pneus. – Ha. Ha. Eu rio, nervosamente. Ela não move um músculo.

– Por que não me fala de você?

Eu respiro fundo. – Bem... Eu trabalhava para meu marido, no ramo de automóveis – era basicamente um serviço administrativo, mas ele morreu há pouco tempo, e eu achei que deveria tentar algo totalmente diferente.

O rosto dela abranda. Sou apenas um disco quebrado. Quando as coisas ficam difíceis, jogue a carta da viúva.

– Então, aí está. Temos algo em comum. Eu perdi meu marido cinco anos atrás. Não é fácil, não é? Ele estava doente?

– Não. Nunca. Tinha pressão de bombeiro. Dirigiu para dentro de um precipício. Acabou assim, morreu na hora.

– Que horror – diz ela, lançando um olhar estranho. – Meu marido tinha doença de Huntington. Às vezes, acho que é melhor de outro jeito – acrescenta ela, enquanto abre a gaveta, tira duas pequenas xícaras de chá e um frasco prateado, com um *P* gravado na frente.

– Xerez? – E eu pensando, será que isso é algum tipo de teste? Quem bebe xerez a essa hora? Apenas serei educada.

– Ah, obrigada – eu digo, cautelosamente. Pearce já está servindo.

– Bem, o emprego é mais para trabalhar para mim e para o professor Conner, lidando com arquivos, transcrições, telefones e correspondência, ajudar a coordenar os eventos do departamento, e alguns projetos especiais. Ele vem querendo organizar essa biblioteca, por exemplo, antes que ela transborde para o corredor e nos carregue para dentro do caos – diz ela, erguendo a xícara transparente até os lábios com um floreio, erguendo suas sobrancelhas profundamente arqueadas e a virando, num gole só. Há guirlandas de pequenas violetas circulando a xícara, erguidas por fitas e laços cor-de-rosa.

– Descartes lá está ao lado de Deepak Chopra, e Muir ao lado de Miller. Henry, não Arthur. – Pearce começa a rir. Eu concordo nervosamente, tentando lembrar quem é quem. Realmente não leio um livro sério de literatura desde que cambaleava no assunto, durante o ensino médio.

Ela me faz algumas perguntas contundentes sobre minha formação inexistente, o centro de vida selvagem, depois passa o restante da entrevista me contando sobre seus anos em Oxford, seus livros, seus filhos, os outros dois maridos e um "amigo querido" que acabou de se mudar para a cidade. Noto que ela enche a xícara mais algumas vezes, antes de pedir licença para ir ao banheiro. Essa é a melhor entrevista que já tive. Estou empolgada, não disse duas palavras e acho que consegui o emprego.

Quando a professora Pearce volta rapidamente para a sala, de rosto corado, olhos tremulantes, dá a impressão de que tudo está resolvido.

– Gostei muito do nosso papo. Você vai começar amanhã?

Estou prestes a responder, quando o professor jogador de tênis enfia a cabeça na porta. Ele já mudou de roupa, está com uma camisa branca, jeans e uma jaqueta de couro gasto, e tem uma pasta de arquivo embaixo do braço, cheia de papéis. Seus olhos têm um tom indefinido de azul, e um glamour natural. Não sei dizer exatamente o motivo, mas ele me deixa meio constrangida. Olhá-lo faz com que eu me lembre das coisas da Costa Leste, como relógios de pêndulo, coqueteleiras prateadas, ou aquela garota do ensino médio, que foi admitida com antecedência à Smith, e disse a todos, um milhão de vezes, que seus ancestrais chegaram no Mayflower.

– Você vem? – ele pergunta à Pearce, conforme ela gesticula para que ele entre, com um aceno rápido e imperioso. – Só temos que esperar pela Samantha, se você não se importa – acrescenta ele, entrando no escritório, pousando sua pasta e, por um momento, protege os olhos da luz do sol que está entrando pela janela. Então, ele me vê. Por um momento, imagino se o cérebro desse homem combina com sua pasta – um cérebro cheio de conhecimento e literalmente transbordando.

– Oh, olá – diz ele, sorrindo, com interesse. Sua voz tem um peso rico de astro de ópera – talvez um vilão, ou um rei trágico. Ele recosta sobre uma das poltronas estofadas, enquanto Pearce fala sobre uma reunião na semana que vem, depois faz uma fofoca sobre uma mulher "seriamente alucinada", no departamento de psicologia. Ele ouve meio atento, meio distraído, me seguindo com os olhos. Então, percebo algo familiar.

Ele está apalpando os bolsos, do jeito que o irmão de Tiff fazia quando procurava seu maço de cigarros. Sim, ele está fazendo isso novamente. Apalpa mais fundo, mais deliberadamente e, finalmente, tira a mão do bolso e pega algumas moedas. Ele me vê observando e casualmente se inclina junto ao meu rosto, estreita os olhos e sussurra:

– Nunca comece. – Ele caminha até a pasta entupida e procura algo ali dentro. – Melhor assim – murmura ele, sem tirar nada.

– Essa é a Cassie, nossa nova garota – diz Pearce, entregando meu currículo a Conner e sumariamente enfiando as duas xícaras de volta na gaveta da escrivaninha.

– Conner é nosso especialista em comportamento animal – diz Pearce, gesticulando para ele de modo majestoso.

– Prazer em conhecê-la – diz ele, estendendo a mão e pegando a minha, com um aperto firme.

– Hora do chá, senhoras? – acrescenta ele, astutamente, com o olhar fixo no meu, por um minuto, depois focando os olhos no meu currículo.

– Universidade de Michigan – ele lê, enquanto fico tensa. – Ah, você trabalhou no centro de vida selvagem, em Topanga – eu ouvi falar daquele lugar. Quando esteve lá?

Estou prestes a responder, quando ouço “toc, toc”, numa voz suntuosa e lenta. Ergo o olhar e vejo, na porta, uma loura alta, segurando um colar de pérolas negras numa das mãos e um cigarro apagado na outra. Está com um tubinho preto decotado e sem mangas, e suas clavículas são arredondadas e viçosas, como um par de guidões.

– Não estou interrompendo? – Ela sorri e entra.

– De jeito nenhum. Estávamos esperando por você – Conner responde, educadamente. Ela caminha até ele, segurando o colar. Sem comentar, ele pega o colar, caminha até as costas dela e ergue seus cabelos, prendendo-o em seu pescoço. Quando ele termina, ela passa o braço ao redor do ombro dele e lhe dá um breve beijo nos lábios.

Penso nesse beijo por muito tempo. É o tipo de gesto que parece o oposto da intimidade – apenas um reconhecimento casual da presença de alguém, como num casamento... ou num enterro. Os beijos de papagaio de Sam são muito mais ternos.

Não consigo tirar os olhos dela, mas os olhos de Conner estão fixos em seus dedos longos, girando o cigarro, numa provocação imensa.

– É meu último – diz ela, colocando-o dentro do bolso dele. – As coisas que faço por você. – Ela ri. Uma risadinha alegre. Como aquele pessoal dos filmes britânicos que aluga uma casa na Itália para passar o verão, e todos se sentam à vontade, bebendo vinho e lendo romances russos.

– Como foi seu jogo? – pergunta ele, pegando sua pasta gorda e virando de costas para ela, mal ouvindo.

– Nada bom. Stacey ficou falando incessantemente em como preciso parar de correr com o meu *backhand*, depois almoçamos no clube. Agora estou acabada – diz, alegre. – Ah! – ela fala, parando drasticamente para ouvir. – Segunda sinfonia de Smetana.

– Você está absolutamente certa! – diz Pearce.

– Samantha consegue ouvir uma música apenas algumas vezes e lembrar dela – Conner nos informa, enquanto Samantha finge desconforto.

– Você está me deixando constrangida, Conner – diz Samantha, faceiramente. – Mas é verdade. Eu simplesmente tenho esse tipo de cérebro. Deixava todo mundo perplexo na escola. A professora tocava alguns acordes e eu dizia o título certo, toda vez. É um dom.

– Tenho um papagaio assim – eu digo, baixinho.

– O quê?! – diz Samantha, estreitando os olhos.

– Meu papagaio faz a mesma coisa – eu repito.

– Não brinca – diz Conner, com uma menção de sorriso.

– Sim. Se ele ouvir uma música somente algumas vezes, Sam – esse também é o nome dele, não é coincidência? – lembra do título e até do cantor. – Conner começa a rir.

– Mas veja que coisa – diz Pearce, tentando conter um sorriso, enquanto abre a bolsa e retira uma escova grande para pentear seus fios crespos e grisalhos, mas não adianta nada. Depois ela se levanta, sem cerimônia.

– Sim, bem, Cassie. Você vai se entrosar muito bem por aqui. Agora estamos saindo para uma recepção, mas, digamos, amanhã, por volta das nove? Está bom?

– Obrigada – eu digo, com um ligeiro aperto na garganta.

Consegui o emprego. Eu me sinto como uma colegial, com o coração disparado. Quando viro, vejo que Conner e Samantha já seguiram ao corredor, onde surge um lampejo de fogo e fumaça exalada.

– Temos alarme de fumaça aqui, mas ela não dá a mínima – Pearce murmura baixinho, alto o suficiente para que eu escute.

– E já era o adesivo – acrescenta ela, ao pegar um pequeno despertador de cobre e jogar na bolsa. A professora me flagra olhando.

– Nunca consegui usar relógio – diz Pearce, contente. – Traga sapatos confortáveis.

CAPÍTULO 3

A primeira coisa que eu vejo ao chegar em casa é um bilhete colado na porta da geladeira. "Ratão na cozinha!!! NÃO deixe fruta do lado de fora, ratos gostam. Coloque o pão e o cereal na geladeira."

O bilhete termina com uma cara triste. Minha mãe detesta matar ratos. No centro de vida selvagem eles ganham nomes como Monterey Jack (apelido Monty) e Brie, uma fêmea branquinha "queridinha", com pelo bege e garrinhas brancas nas patas. Aqueles rabos compridos feito enguias e as orelhas carecas arrepiam minha pele. Além disso, conseguem se espremer como panquecas e passar por baixo de portas e parapeitos das janelas. Minha mãe tem uma porção de métodos de meia-tigela para se livrar dos nojentinhos, mas nenhum deles funciona. Geralmente arma uma ratoeira do tipo *havahart*, uma daquelas caixas imbecis para pegar e soltar. Mas depois você tem que abrir o outro lado e deixar o rato sair. Fiz isso uma vez e ele voou furioso na minha cara. Eu *nunca* mais faço isso de novo. Agora, geralmente espero até que ela saia para trabalhar e depois simplesmente coloco uma ratoeira comum, abasteço-a com um pedaço de queijo e destruo o verme praguento. *Bon apétit*. Adoro animais, mas essas criaturas são sombrias e o oposto de natural.

A questão é que em Topanga todo mundo tem rato e todo mundo tem uma "história de rato". É simplesmente um fato da vida, como baratas, em Nova York, ou mentirosos, em Los Angeles. Falando em mentiroso, e se eu chegar para trabalhar, amanhã, e eles souberem? Alison ia adorar. A professora Pearce me olharia com pena e me ofereceria uma saideira de xerez. O que estou fazendo? A euforia decididamente passou.

– O que você acha, Sam?

– Você está deslumbrante. – Sam está de ótimo humor. Ele sempre está de ótimo humor quando eu chego em casa. Além disso, comprei um brinquedo novo para ele depois da entrevista. É um papagaio que brinca de esconde-esconde, com um espelhinho escondido embaixo das asas. Em dois dias ele vai tê-lo destruído.

Fecho todas as janelas e portas e abro a gaiola de Sam. Ele salta para fora e me segue pela casa, como um cão faminto, até que eu lhe dê sua comida. Pego seu jantar – sementes, pedaços de maçã, alface, cenoura e um pouquinho da sobra da noite anterior – pudim, macarrão, batata-doce. Ele gosta, particularmente, de massa de bolo. Experimenta e diz:

– O que é isso? Quero um pouco.

Depois do jantar, Sam vai marchando até o sofá e encontra seu posto de vigilância predileto. Frank costumava deixar a janela aberta, torcendo para que um gato da vizinhança o pegasse, mas Sam é esperto demais para isso. Estou prestes a lhe dar a sobremesa quando o telefone toca.

É Tiff. Ela sempre liga a essa hora. Atualmente, está trabalhando como assistente para dois advogados jovens chamados Seigelman e Stein. Eles têm um escritório que atende casos como acidentes de trabalho, divórcios, testamentos, direção sob efeito de substâncias, baixa criminalidade e qualquer outra coisa que entrar pela porta.

– Sabe da maior? – digo. – Arranjei um emprego.

– Você não me contou sobre um emprego.

– Bem, tudo aconteceu muito rápido. – Eu *não* vou contar a ela que eu menti.

– Você quer dizer que simplesmente entrou e *bum!* – eles disseram que você estava contratada? Qual é o tipo de emprego?

– Assistente na Universidade Stanfield. Começo amanhã, às nove.

– O que você vai vestir?

– Me disseram pra ir de sapatos confortáveis.

– Bem, vá arrumada. Você geralmente se veste como se fosse dez anos mais velha. E aquelas saias compridas. Você tem pernas muito boas, devia exibi-las. Deixa eu te emprestar alguma coisa.

Eu digo "Não, obrigada" porque não há uma única peça simples e sem enfeite em seu guarda-roupa. Ela não consegue usar nada que não tenha um detalhe de performance artística. É um reflexo dos seus dias de concursos, quando, na infância, seu sonho era se tornar uma patinadora profissional. Desde que consigo me lembrar, ela acordava às quatro horas da manhã para que pudesse estar no gelo por volta das cinco. Durante anos, a sua família gastou cada centavo que ganhava em treinadores, patins, taxas de inscrição e aqueles trajes de competição aveludados, com pedrarias. Mas, tristemente, Tiff nunca conseguiu alcançar a nota para a sua classificação. Sam subitamente começa a grasnir no meu ouvido. Quando eu falo no telefone ele fica com ciúmes, como uma criancinha de 3 anos.

– Você não pode fazê-lo calar a boca? – Tiff não é afeiçoada a animais, como se esperaria. – Detesto esse barulho! É tão irritante.

Agora Sam pegou embalo. É de arrebentar o tímpano.

– Onde você está? – eu pergunto.

– Quase em casa. Vem jantar. Deixe o Sam em casa.

Tiff e eu somos superpróximas, mas completamente diferentes. É assim desde que éramos crianças e líamos aquelas histórias nos livros de desenhos de animais. Ela sempre se identificava com o rato urbano e eu sempre me identificava com o rato rural. Para ela, o fluxo da vida não está ao ar livre – está nos lugares que têm telhados e paredes, e música e gente. Sempre que tentei puxá-la para o lado verde foi um desastre.

Alguns anos atrás, por exemplo, quando fomos até a lagoa de Malibu, eu me deleitei com a visão de uma garça branca rara, enquanto ela flertava com um grupo de surfistas doidões, numa praia próxima. Às vezes, ainda consigo fazê-la ir a caminhadas de fim de semana, mas, geralmente, até o fim do dia, estou achando que não vale a pena. A luz do sol faz seus olhos doerem. A floresta está "fervilhante" de mosquitos e carrapatos. A areia coça e irrita sua pele. Os campos pantanosos são molhados e sujos, cheios de heras venenosas, cobras, doença de Lyme.

Tiff vê nosso dilema de uma forma diferente. Eu sou basicamente sozinha, pondera ela, porque sou excessiva quanto à natureza, e os homens, via de regra, não acham isso nem um pouco atraente. Na verdade, na cabeça de Tiff, os homens veem mulheres como eu como "esquisitas e desagradáveis e até ameaçadoras".

– Da próxima vez que eu te arranjar alguém – ela prega –, não fique falando sem parar sobre o centro de vida selvagem. Uma coisa é certa, Cassie, ninguém quer ouvir sobre os seres atropelados que você chama de "pacientes". Principalmente quando descreve a maneira como vocês fatiam os ratos congelados para servir de alimento. Outra coisa, suas histórias compridas e detalhadas sobre o reino animal são de matar de sono. Você está simplesmente se jogando para fora do mercado.

Ou:

– Sabe, Cassie, quando você faz aquele negócio com a comida na boca, e seu papagaio enfia o bico entre os seus dentes para tirar – sabe do que estou falando? – eu sei que você acha bonitinho, mas, confie em mim, não é. É nojento.

– Você está errada, Tiff. Todo mundo que tem um papagaio faz isso – eu argumento.

– Bem, não faça isso com um cara por perto, está bem? – acrescentou ela, sem desistir. – Prometa, Cassie. Deixe que eles descubram mais tarde, depois que gostarem de você, que você não é normal.

Certo, talvez ela esteja com a razão. Mas o negócio é o seguinte: eu encontro conforto na cor verde, nas folhas em formato de coração do filodendro, abundante e generoso, num maço de hortelã, nas folhas lobuladas do carvalho brilhando como tafetá e nas camadas da samambaia que erguem e mergulham, capturando a luz. Eu raramente falo sobre meus sentimentos nessa área, principalmente com Tiff, que não tem qualquer amor pela vida ao ar livre. Ela não tem aquele ímpeto de se desprender e se mesclar à paisagem, como uma lagarta numa casca de árvore.

– Desculpe, Cassie – ela diz, compassiva -, mas você já notou que sua mãe não tem qualquer senso de humor em relação a qualquer coisa natural? Tem sempre uma sensação oculta de predestinação e trevas – como o aquecimento global, que eventualmente causará a destruição em massa. Eu realmente não aguento. Mesmo que vocês estejam certas. Por que não podem simplesmente ignorar isso, como todo mundo?

Para mim é uma decepção, realmente é. Eu a amo, mesmo assim. Do mesmo jeito que amo Sam – embora os dois sejam incorrigíveis no que concerne ao setor verde. Quando você para e pensa, acha irônico que eu ame um pássaro que tem talento absolutamente zero para viver na vida selvagem. Sam, assim como a maioria dos papagaios domésticos, tem um senso profundo de lar, e se eu o deixasse voar livre, mesmo que fosse no quintal dos fundos, ele se perderia e nunca mais voltaria. Triste, mas é verdade.

Ainda assim, o verde é a parte mais importante da minha natureza, faz parte de mim, tanto quanto a minha pele. Quando me sinto vazia por dentro, eu juro por Deus, vou lá para fora, inalo os aromas frescos da terra e me sinto como parte de algo sagrado. E não como me sinto na maior parte do tempo. Uma criatura completamente à parte.

Tudo isso some quando estou na floresta, envolvida pelas tardes violetas, ou observando o dia heroicamente seguir adiante. Eu me sinto infinita e eterna, como se pudesse parar em qualquer ponto e fazer milagres.

CAPÍTULO 4

Eu parto pela floresta que vai escurecendo, seguindo o caminho que leva até a casa de Tiff. A grama é amassada no solo e tem um cheiro limpo de terra e flores recém-regadas. A brisa está flertando com as folhas, elas tremulam e balançam, e surge um estalo de gravetos, conforme eu aumento o passo. Eu costumava manter uma lanterninha no bolso do meu casaco, mas, por algum motivo, ela não está ali quando procuro. Só há um pacotinho de Kleenex e algumas moedas.

De vez em quando, eu e minha mãe ainda escalamos até aqui. Passei minha infância me deleitando com sua imaginação e ouvindo sua voz tranquilizante. Ela tinha um jeito de arregalar seus olhos ultra-azuis, como uma esfinge. Então, ela começava suas fábulas, me apresentando a um elenco eternamente crescente de personagens e seguindo em todas as direções, desde o homem verde da floresta, até as fadas subversivas e bêbadas, dríades psicóticas, e Herne, o Caçador. Ela inventava mundos como Euforia, A Toca do Sonho, Terra de Elfos e, o meu favorito, o Mar Desafiador – o lugar onde você mergulhava e desaparecia quando precisava recomeçar, um conceito com o qual sempre me alegrei em acreditar.

Foi perto dali, ano passado, no alto de uma árvore apodrecida, que eu descobri os pica-paus-bico-de-marfim. Realmente, foi bem por acaso, o tipo de descoberta que as pessoas tendem a fazer quando não estão à procura de absolutamente nada. E então, de repente, bingo, o sapato chuta uma pedra e embaixo está o mapa do tesouro enterrado, um saco escondido de dinheiro, ou um anel de diamante perdido – um novo futuro surge do nada e você nunca sabe por quê. Agora, eu gostaria de dizer que não acredito em visitas sobrenaturais, nem um pouquinho, mas ainda me sinto como se eu estivesse olhando para dois fantasmas. Os maiores e mais evasivos pássaros da América do Norte tinham ressurgido dos mortos, e estavam se pavoneando bem ali, à minha frente. Eu nunca sonhei que pudesse ver um, muito menos dois, ao longo de minha vida. Que criaturas estranhas e magníficas eles são, pensei, e completamente fora de seu reino.

O pássaro já foi chamado de muitos nomes, o pica-pau-bico-de-marfim, o Pássaro Lorde Deus, o Pássaro Graal. Há pessoas que passam a vida à sua procura, na esperança de ter um vislumbre, como se fossem o velocino de ouro. Ele ainda não está oficialmente registrado na lista nacional de extinção que passou pela mesa de todo mundo no centro natural, porém, a última aparição gravada em filme foi na Flórida, nos anos 1940. Os pássaros desapareceram de floresta em floresta, pântano em pântano. Ficaram sem habitat, como a maioria das espécies extintas. Desde então, as pessoas alegam terem visto essas aves, mas nunca foi provado. Uma visão aqui. Outra ali. Nenhuma delas bem-sucedida. E as histórias, sendo sempre histórias. A busca atingiu proporções míticas – a grande última visão teria sido em 2004, quando o pássaro foi capturado em vídeo, num pântano do Arkansas. Esperança renovada de uma descoberta momentânea. Mas, no fim, irrompeu uma controvérsia – a mesma velha disputa quanto à visão ter sido, de fato, legítima. Visões, frações de luz. Talvez um pensamento desejoso. Talvez, absolutamente nada.

Eu olhava os dois – que pareciam ser um macho e uma fêmea. O macho parecia um roqueiro punk, com penas brilhosas em preto e branco, e um topete vermelho espetado de moicano. Deus, ele era lindo. Fiquei na expectativa e congelei, mas tive vontade de sair dando cambalhotas e piruetas, e gritando "Eureka". Ele tinha um bico branco brilhoso enorme – um branco mágico – e eu lembro de pensar que me lembrava aqueles caras extravagantes da festa de Mardi Gras que desfilam no meio da rua, fazendo manejos e rodopiando, agitados, com suas plumas pomposas e seus chapéus cintilantes. Ele era radiante, radiante demais, até para um anjo.

Eu fiquei ali, inerte, pelo que pareceu uma eternidade, enquanto eles tratavam de sua missão – bicando o casco apodrecido da árvore com seus bicos gigantes, espalhando fagulhas pelo ar. Estavam em busca de alimento. Quase dava para ouvir os insetos correndo e lutando para salvar suas vidas. Os pássaros grasnavam ruidosamente, com um berro estranho, bicando o casco feito loucos, e passando minhocas de lá para cá e vice-versa, como se fossem pequenos chocolates. O sr. Minhôco e a sra. Minhoquete. Eles bicavam sem parar, como um velho casal, com suas capas de super-heróis e olhos dourados. Não sei por quanto tempo fiquei ali, antes que o macho olhasse abaixo e me avistasse. Pude ver seus olhos me encarando como uma repreensão fria. Eu havia invadido seu domínio, estragado a festa à fantasia. Azar o meu.

Abrindo suas asas de três palmos, ele soltou entonações tribais em nota dupla, enquanto a fêmea instantaneamente congelou. Ela ficou tão imóvel que parecia literalmente empalhada, como aqueles pássaros de olhos de vidro e penas desbotadas do Museu Histórico Nacional, no centro da cidade. Perdidos, extintos e solitários, tão solitários. Minha mãe e eu nunca mais voltamos àquela exposição – havia algo que nos desagradava naquelas cenas falsas da vida selvagem com pássaros mortos. Como corpos embalsamados em caixões forrados de cetim. Nesse momento eu devo ter mexido o pé, porque um galho estalou e foi o suficiente. O pássaro ganhou o ar como uma Fúria mítica e seu par foi atrás.

Essas são criaturas das florestas profundas, de pântanos escuros e aluviões de rios. Por que estão aqui? Não há qualquer registro de que já tivessem sido vistas na Califórnia. Mas elas também foram descritas como nômades de asas poderosas, capazes de voar por milhares de quilômetros. E essas montanhas têm dúzias de habitats. Portanto, não é impossível.

Fiquei sentada por tanto tempo que minhas pernas ficaram dormentes e eu cambaleei para ficar de pé. Depois esperei mais um pouco, mas esses pássaros não voltariam tão cedo. Caminhei o mais rápido que pude, sem sair correndo – como alguém deixando a cena de um crime – me abaixando ao passar pelos galhos, tropeçando em raízes saltadas. O serviço do parque tenta manter essas trilhas nas matas por centenas de quilômetros, mas na maior parte o mato acaba crescendo e fica assim durante anos. Às vezes, os caminhantes acabam morrendo sem deixar qualquer pista. Trilhas como essa são virtualmente intransponíveis, principalmente quando chove. Esse pensamento me consolou. Essa cadeia montanhosa constitui o maior parque de vida selvagem do mundo, localizado perto de uma cidade, um lugar que poderia esconder um segredo durante anos, manter esses pássaros ocultos, sem nunca serem descobertos.

Nesse dia, andei pela trilha até um ponto bem baixo do parque, desviando das piscinas de água e da lama, depois diminuí meu ritmo, passando a caminhar. Durante todo o tempo, estava planejando o que traria na manhã seguinte – binóculos, roupas mais quentes, um caderno, uma caneta. Então voltei no dia seguinte, e no outro também.

Na maioria das manhãs fazia um frio congelante e eu me encolhia no meu casaco pesado, me embrulhava num cobertor, conforme a neblina ia soprando as águas frias do Pacífico, e abraçando o solo encharcado, durante horas. O cheiro da trilha permeava o ar – o bálsamo de abeto e pinho e o apodrecimento de árvores caídas, a umidade pesada borbulhando sob a abóbada florestal. Não há excesso de cores no outono da Califórnia, mas, mesmo assim, os verdes se aprofundam e cogumelos de todas as cores explodem na grama alta.

Eu observava os bicos-de-marfim em sua rotina diária, enquanto as nuvens se solidificavam como espuma branca no céu. Às vezes, a chuva era suave como plumas de ganso caindo, outras vezes, era como chumbo grosso. Mas eu não me importava. Eu deixava meus pensamentos fluírem e fazia anotações de tudo que eles faziam, suas formas lindas, porém inquietantes, visíveis apenas no alto das árvores.

Quando eu era mais nova, eu vinha até aqui e fingia que era a única pessoa da terra. Eu podia aprender tanto ouvindo a floresta e os sons de sua beleza quanto lendo – toda aquela vida borbulhando sob a superfície, formando um anel após o outro nos gigantescos troncos de árvores. Agora há ainda mais. Segredos e mais segredos.

Ouço o estrondo distante do trovão conforme chego à porta de Tiff. Se fosse supersticiosa, diria que é um sinal. Talvez hoje eu tenha ido longe demais para conseguir o emprego. E se eles descobrirem? Manter as coisas escondidas é como viver com culpa. Tudo fica obscurecido.

CAPÍTULO 5

Quando chego à casa de Tiff, vejo todo mundo no sofá, assistindo à CNN. A antena parabólica, que provavelmente custa mais do que a firma que eles possuem, foi levada no último deslizamento de terra, então agora eles têm uma caixa de sinal a cabo do mercado negro arranjada por Guy Jr., irmão de Tiff, pouco antes de ele se alistar. Tiff o chama de irmãozinho caçula, embora ele tenha 22 anos, o que ela diz ser "simplesmente impossível". Ele foi encrenqueiro desde que posso me lembrar. Roubava o menino Jesus da manjedoura, na praça da cidade e agora, por causa de Guy Jr., não o colocam mais. Não era um garoto dos mais estudiosos, mas depois entrou na linha, ingressou na Marinha. Todos ficaram radiantes, até que ele foi mandado para o Iraque.

Adoro a casa deles. Fica bem no meio de um platô de eucaliptos gigantes, com folhas que os hippies roubam para colocar em suas banheiras. É uma casa típica de Topanga. Missão espanhola, com telhado vermelho, portas grandes de madeira e vigas. A família de Tiff está ali desde que Guy Jr. nasceu. Você pode ver as marcas de suas mãozinhas de bebê no cimento da entrada da garagem, com seus nomes escritos em cima.

Tiff vivia com um advogado que conheceu no trabalho, mas eles terminaram ano passado e agora ela está de volta à casa, vivendo com os pais. Todos da vizinhança os chamam de Tia Ethel e Tio Guy. Esse também é o nome da pista de boliche que eles possuem perto da Ocean Avenue, chamada *Aunt Ethel e Uncle Guy's Lovers' Lanes*. O tio Guy cuida da pista e a tia Ethel é a cozinheira da cafeteria, localizada nos fundos. Bem, cozinheira, não. Na verdade, ela é uma chef. É a única pista de boliche no país que serve verduras do campo e queijo de cabra.

Essa é a sexta pista de boliche que eles têm desde que eu os conheço. Estão sempre à beira da falência, fechando um lugar, depois, abrindo outro. Durante um período particularmente sombrio, Frank lhes deu um carro. Foi a única coisa boa que ele fez na vida. Embora ele o tivesse conseguido por meio de um imigrante ilegal, que ficou com medo demais para vir pegá-lo do estacionamento do reboque, pois achou que seria deportado.

Me ofereço para ajudar com o jantar, mas a tia Ethel enxota Tiff e eu lá para fora. Nós nos sentamos na varanda dos fundos e observamos o sol sumir por trás da linha arborizada do horizonte. Por um intenso momento, tudo fica com uma cor radiante, e, de repente, escurece. Tiff tirou sua roupa de trabalho e agora está vestindo jeans e um moletom, com seus cabelos louros platinados presos num rabo de cavalo simples. Não são muitas garotas que conseguem se dar bem assim, mas Tiff tem feições de boneca, a pele orvalhada como porcelana, um narizinho minúsculo e olhos azul-esverdeados. As vendedoras de balcões de cosméticos sempre lhe oferecem maquiagens grátis. Tiff geralmente diz sim, depois acaba comprando toda a porcaria que colocam em seu rosto. Acabo com metade de sua maquiagem. A verdade é que Tiff não precisa disso para ficar bonita.

Ela me entrega uma Corona, espreme um limão na garrafa e diz:

– Então, quanto vão te pagar?

– Não quero falar disso.

– Ruim assim, é?

– Eu não tinha muita escolha.

– Mesmo assim.

– Talvez me paguem um milhão de dólares.

Tiff fica quieta, por um minuto, depois começa a rir.

– Certo – diz ela -, olha a cena. Um homem chega à sua porta. É da *Publishers Clearing House*. Você é a srta. Cassie Shaw? Sim? Ora, então, esse é seu dia de sorte! Você acaba de ganhar *um milhão de dólares!* Lágrimas! Alegria! Minha nossa! O que vai fazer com todo esse dinheiro? Dar aos pobres? Salvar as baleias? (Sua mãe adoraria isso.) Tantas escolhas.

Eu vejo as mãos de Tiff voando ao rosto num gesto de verdadeira empolgação. Adoro quando ela fica assim. É tão divertido.

– Bem, eu sei o que eu faria – ela prossegue. – Iria direto ao shopping. Compraria uma Prada verdadeira, não uma imitação, e um diamante imenso e perfeito. Depois compraria um carro novo. Uma BMW, ou uma Mercedes, toda de couro macio por dentro. Eu iria abastecer sem pedir para colocarem só vinte pratas. Depois passaria uma semana num spa. Manicure, pedicure, limpeza de pele, massagens, chocolate Godiva. Talvez eu comprasse uma TV de tela plana para a minha mãe. E um daqueles fogões Viking que ela sempre quis.

– E se nós comprássemos dois apartamentos, na cidade? – eu interrompo. Agora ela me deixou empolgada.

– Chega de morar com nossas mães! – ela grita, alegre.

– E eles terão chuveiros que nunca vão ficar sem água quente! – eu acrescento.

– E um spa interno pra mim e um jardim de cinco acres para você, com todas aquelas varinhas que sua mãe adora usar, estragão, alecrim, lavanda. – Agora nós duas estamos rindo, animadas com as possibilidades.

Vejo o céu explodindo com um raio, como uma lâmpada queimada, quando a tia Ethel nos chama para jantar. Nuvens cinzentas vêm chegando, em silêncio furioso. Estão prevendo uma enorme tempestade esta noite e isso não será bom. Já tivemos dois deslizamentos de terra esta temporada e ainda estão contendo as encostas para manter a terra fora da estrada.

A TV fica ligada durante todo o jantar. Eles costumavam assistir a *Jeopardy!* e *Roda da Fortuna*, mas agora mudaram para a CNN, que hoje em dia só fala sobre a guerra. Notícia ruim e mais notícia ruim. Tia Ethel desliga o aparelho.

– Chega disso – diz ela, forçando um sorriso.

– Então, quando ele vem pra casa? – eu sussurro.

– Talvez no Natal – Tiff sussurra de volta. – Não diga à minha mãe, é surpresa.

Agora está caindo aquela chuva de vento horrível que só piora, de modo que Tiff me leva para casa de carro. Estou pensando que, se chover assim amanhã de manhã, vou levar o dobro do tempo. É melhor levantar às seis para ter tempo suficiente. E peço a Deus que eu não precise ler resmas de material rapidamente, porque, se precisar, estou ferrada. E espero que eles tenham um computador para eu usar. Vou levar meu laptop, para garantir. Se for só mexer em arquivo, atender telefone e catalogar as coisas, ficarei bem. Aposto que é só isso. Eles não dariam nada além disso para alguém como eu. Mas, espera. Não sou como eu. Sou formada, com diploma em psicologia. Que droga.

CAPÍTULO 6

Há uma razoável carga de medo ligado às manhãs de tempestade na minha vizinhança. Num minuto, está tudo normal; no outro, uma casa despenca do barranco em direção à estrada, ou um pedregulho gigante se desloca, de Deus sabe onde, e esmaga um motorista a caminho do trabalho.

Acordo pelo menos vinte vezes antes do despertador, vendo o céu carregado, a água caindo no telhado, os trovões sempre presentes. É uma manhã sem alegria, o céu está cinzento como a cara de um zumbi e a neblina é opressora junto à janela do meu quarto, como um fantasma querendo entrar. Então, percebo que não estou sozinha. Do outro lado da cama, encolhido, há um cachorro enorme, preto e encharcado. Ele cheira a algo que está se decompondo e ronca feito um velho. Seu focinho é cinza e, de alguma forma, conseguiu se cobrir com o meu edredom azul predileto.

– Eu te conheço? – pergunto. Ele levanta a cabeça e boceja. Alguns de seus dentes são toquinhos e suas gengivas são pretas. Eu penso, que ótimo, outro cachorro na minha cama.

Minha mãe deixa a porta dos fundos ligeiramente aberta na maioria das noites. É um costume do vale, e eu acho que o cão velhinho provavelmente ficou com medo da tempestade e entrou. Está sem coleira, se bem que isso não quer dizer nada por ali. Mesmo assim, não o reconheço. Quando caminho até a cozinha para dar comida ao Sam, o cachorro pula da cama e corre até a porta. Mas, quando eu abro e ele vê a chuva, senta de novo e olha para mim. Ele não vai a lugar nenhum.

Agora ouço o rufar de um trovão, sinal para Sam começar a bater as patas e grasnar.

– Socorro! Socorro! Me solta! Me solta!

Ele sempre fica assim durante uma tempestade. Outro raio. Agora está paralisado de medo, em pé, como uma estátua, com uma das patas no ar e a outra agarrada a seu brinquedo. Arrasto sua gaiola até o outro quarto e a cubro, enquanto cai comida de passarinho e água suja na minha camisola. Ligo o rádio em sua estação favorita, a que transmite música mais suave. Barry Manilow sempre o deixa calmo. Há outro problema mais premente. Ontem à noite eu me esqueci de guardar as frutas e o pão, e agora está tudo espalhado feito confete pela bancada e pelo chão da cozinha. E, para completar, tem cocô marrom de rato e nacos de maçãs com marcas de mordidinhas. Droga.

Sinto o suor escorrendo em meu peito conforme corro de um lado para o outro, depois levo o café da manhã para Sam, com cereais e bananas. Normalmente, nos sentamos à mesa. A estrada vai estar congestionada e eu preciso sair daqui. Corro até meu quarto para me vestir, enquanto ligo para minha mãe, pelo celular. Nas últimas semanas, ela tem trabalhado no turno da noite, no centro de vida selvagem.

– Mãe?

– Você não saiu ainda?

– Não. Estou quase saindo, mas um cachorro entrou aqui em casa e ele não sai; o Sam está tendo um ataque e eu me esqueci de guardar as coisas ontem à noite, tem cocô de rato por todo lado.

– Calma, Cassie. Vá pegar a estrada. Eu já chego aí.

Detesto quando alguém manda eu me acalmar. Isso só me deixa mais ansiosa. Não há nada que eu possa fazer para me acalmar. Não dá pra ligar para o escritório e dizer "E aí, pessoal, estou um pouquinho atrasada", já que é meu *primeiro* dia de trabalho. Eu deveria ter levantado às cinco da manhã. Eu sabia que teria chuva forte. Como pude me esquecer de guardar a porcaria da comida? Por que não tranquei a porta? Minha mãe sempre diz que "eu deveria ter feito" não adianta nada. – Você é o que é. – E eu estou totalmente ferrada.

Tomo um banho de dois minutos e visto de qualquer jeito a roupa que deixei separada ontem à noite – uma saia xadrez, uma blusa branca, um casaquinho de lã e sapatilhas pretas da Easy Spirits, com uma bolsa preta que peguei emprestada da minha mãe. Dou uma olhada no espelho. Parece que vou à escola com o Harry Potter. Mas é tarde demais para mudar.

Pego um guarda-chuva e saio correndo até o carro. Meu para-brisa está coberto de folhas, galhos e lama. Tento limpá-lo rapidamente com os classificados de ontem e entro. As janelas estão embaçadas e o desembaçador não funciona, então tenho que me debruçar à frente, enquanto vou descendo o vale.

Quando finalmente chego à Pacific Coast Highway, o trânsito está engarrafado há séculos e o noticiário diz que há um apagão em algum lugar da cidade. Agora, tenho certeza de que não vou chegar. No fim das contas, só chego 15 minutos atrasada, mas tenho que ficar dirigindo à procura de uma vaga na rua onde não haja parquímetro porque, depois de revirar minha bolsa e jogar tudo no banco, percebo que deixei meu dinheiro na mochila, em casa. Não tenho um centavo.

Alison está em sua mesa, com um café escaldante da Starbucks num porta-copo, ao lado do telefone, impecável e séria. Seus cabelos estão puxados estrategicamente num coque francês. Está de gola rolê preta, argolas de ouro e botas pretas de couro de salto alto. Perfeita. Está mexendo em seu BlackBerry.

– Ah, Cassie, estão te procurando lá em cima. Você não deveria estar aqui às nove? – diz ela, daquele jeito improvisado que as pessoas têm de mostrar a enorme mancada que o outro cometeu. Eu começo a dizer algo e ela me corta.

– Ah, tanto faz, é que aqui nós começamos no horário.

Conforme passo apressada, ela funga:

– Você poderia limpar os pés no tapete, ali? O chão fica escorregadio quando está molhado. – Eu percebo pelos longos de cachorro no meu suéter.

Subo a escada correndo, enquanto tento tirá-los, e bato na porta da professora Pearce.

– Entre.

Giro a maçaneta um minuto, depois lembro e dou um safanão na porta. Ela voa aberta e bate na parede, ruidosamente. A paz súbita é dissonante. Caí numa sala do século XVIII, a biblioteca particular do lorde Buckingham. A lareira está se portando bem, os cães de cerâmica parecem satisfeitos e Pearce está sentada numa poltrona de couro, bebericando chá e lendo o *London Times.*

– Minha querida, você está ensopada!

– Desculpe o atraso – eu digo, lamentosa.

– Não se preocupe. Nesta manhã estava impossível andar na cidade. A menos que você more a duas quadras, como Alison. Todos chegaram atrasados. – Nojenta sortuda, essa Alison.

– Venha sentar, querida.

Eu me empoleiro num sofá turco e ela me conta que nesse semestre vai lecionar dois seminários para o último ano, Cognição e Livre-Arbítrio e Persuasão Subliminar, juntamente com suas aulas habituais para o primeiro ano de psicologia social. Eu serei sua assistente pessoal, além de ajudar o professor Conner, que gostaria que eu começasse a organizar suas estantes de livros esta tarde.

– Seu intervalo de almoço é ao meio-dia e o de Alison é à uma hora. Sempre que ela sair, você vai cobri-la. Vocês duas combinam isso. – Deve ser fácil.

Eu passo as horas seguintes separando a correspondência, digitando algumas cartas e arrumando a mesa. A maioria dos professores está dando aula ou simplesmente não está por perto.

Por volta de meio-dia, paro para o almoço. A chuva cessou e há nuvens gorduchas de desenho animado no céu azul. Sempre fica tão límpido nessa cidade depois de uma chuva. É como se alguém tivesse removido uma gaze de uma lente. Meu problema é que estou faminta e não tenho dinheiro, portanto decido dar uma corrida ao banco do outro lado da rua. Pelo menos estou com meu cartão de saque.

Se o cartão vai funcionar, é sempre um tiro no escuro. Nunca consigo acompanhar meu saldo e, metade das vezes, recebo um aviso na tela que diz "Sua solicitação excede seu saldo. Por favor, tente mais tarde".

É desanimador, porém é melhor do que o garçom ou a vendedora me dizerem, educadamente, que meu cartão não está passando. Tenho outro?

Certo, foi negado. Às vezes, se eu colocar de novo, funciona. Empurro novamente o cartão. Agora tem alguém atrás de mim. Detesto isso. Olhando por cima do meu ombro. Dá vontade de ir mais devagar. Negado. Vou tentar mais uma vez. Droga. O que é isso? Onde está o meu cartão?

"Por favor, dirija-se ao seu banco" pisca na tela. Aperto o botão para tentar pegar meu cartão de volta. Nada. Bato na máquina com força, com meu punho.

– Maldita! – Sussurro. – Me dá meu cartão de volta!

Ouço uma voz atrás de mim. – Esqueça. Depois que eles confiscam, você tem que ir ao seu banco pra pegar de volta. – Por que não vai cuidar da droga da própria vida? E me viro, furiosa.

– Nunca ouvi isso – eu digo a um aluno de camisa de jacaré, com calça de moletom e uma mochila pendurada no ombro. Ele tem olhos azul-safira, com cílios imensos que parecem de veludo. Nariz reto. Lábio inferior projetado. Não tem mais de 20 anos, com o rosto aberto e ingênuo de alguém que nunca teve um dia de preocupação na vida.

– Isso aconteceu comigo uma vez, em Praga.

Ah, eu tive o mesmo problema em Paris. Ha, ha, ha. Dane-se ele. Viro de costas de novo.

– Bom, comigo nunca aconteceu – murmuro, enquanto fecho a bolsa e saio andando.

– Ei! – ele grita. – Você precisa de um dinheiro?

– O quê?

– Eu posso te emprestar algum dinheiro. – Que garoto legal. Que vergonha.

– Não. Tudo bem. Tenho dinheiro no carro – minto. – Mas obrigada.

– Sem estresse. – Ele sorri como um anjo.

Sigo até meu carro para ver se deixei algum trocado no compartimento da porta, ou no porta-malas. Tem uma multa encharcada, grudada no para-brisa molhado, embaixo do limpador. Limpeza de rua. O que mais pode acontecer comigo hoje? Encontro três moedas de 25 centavos no fundo do porta-malas. Ao menos não preciso deixá-las no parquímetro.

Eu lembro que havia um local com máquinas de salgados, perto da sala de correspondência. Então, quando volto ao escritório, desço a escada, seguindo o zunido eterno das máquinas de guloseimas. Há várias ofertas de barras de chocolate, salgadinho, donuts, Kit Kats, sanduíches prontos. Tudo é mais de uma prata, menos o chiclete. Não que uma pessoa faminta esteja ligando para isso.

Quando chego de volta à recepção, Alison está no celular.

– Vamos nos encontrar naquele italiano novo. Estou com vontade de comer massa. *Ça va*? – *Ça va*, ora, me dá um tempo! – Ah. Agora ela está aqui. Eu te vejo em dez minutos.

– Oi. Ouça, eu mantenho tudo aqui em ordem, então, por favor, não tire nada do lugar. – Ela pega o casaco Burberry, o guarda-chuva combinando e a bolsa, que tem *G's* gritantes por todo lado. Tiff tem exatamente a mesma bolsa, uma imitação que ela comprou no centro da cidade, de dentro do porta-malas de um cara, mas os *G's* dela, na verdade, são *C's*. Nem dá pra notar, na verdade.

Antes de sair, ela olha diretamente pra mim e diz – Ah, quanto ao chiclete. Eles não gostam muito, por aqui.

Enquanto ela sai andando, sopro a maior bola que consigo, depois estouro. Sei que ela ouviu, mas continua andando.

* * *

Então, agora sou só eu, sentada aqui, encarregada por todo o departamento de psicologia. Competente, profissional, confiável. Os alunos me abordarão em busca de conselhos. Os visitantes chegarão para compromissos. Sou a porteira. Mas, ao contrário de Alison, serei gentil, prestativa, solidária. Subitamente, vejo o meu reflexo na janela. Meu cabelo está arrepiado e meu nariz está vermelho. Pareço o Bozo.

Na próxima meia hora o telefone só toca uma vez e é alguém pedindo informações. Então o professor Conner me liga, pedindo que eu encontre-o, em seu escritório, às duas horas. Quando Alison volta, cuspo o chiclete, penteio meus cabelos e digo a ela, de um jeito meio improvisado, que tenho um compromisso com o professor Conner e não sei quanto tempo vai demorar. Passo andando por ela, sem olhar para trás.

O escritório de Conner parece com o de Pearce, mas depois de um furacão. Prateleiras de livros do chão ao teto e móveis caros de couro, meio escondidos por toda a tralha espalhada. Livros empilhados, latas de bolas de tênis vazias e uma pilha de papéis saindo da impressora e se esticando como vinhas, até o chão. Canecas sujas de café. Bolas de papel amassado que claramente erraram o cesto de lixo. Na parede, há fotos de ursos polares dançando, ursos selvagens comendo salmões ensanguentados e um alce imenso com sua coroa galhada. Coisas do Sierra Club. Também tem um saco de pano com roupas emboladas e binóculos em cima. Entrego sua correspondência.

– Desculpe pela bagunça. Chamo isso de caos organizado. – Eu o olho de maneira cética, enquanto vou desviando do tumulto para chegar até sua escrivaninha.

– É sério – ele diz, sorrindo. – Você precisa ver a minha casa. Mantenho pouca coisa. Influência do Thoreau. Simplifique. Simplifique.

– Eu me livrei de tudo, ano passado – digo, ao pensar na tralha de Frank, que joguei fora.

– Dá uma sensação boa, não é? – Se ele ao menos soubesse...

Conner me diz que está preparando um estudo para algum instituto e precisa classificar todo o material pertinente – todo o restante ele quer organizado pelo assunto e autor. Vejo uma escada na parede dos fundos, e uma pilha de livros no chão.

– Você sabe subir numa escada, não sabe? – ele provoca, erguendo as sobrancelhas.

– Claro. Basta colocar uma perna na frente da outra e... subir.

– Você é jovem demais para ter visto esse filme.

– É um clássico.

Ele fica me olhando por um tempo ligeiramente longo e eu digo a mim mesma que de jeito nenhum vou usar saia neste escritório.

CAPÍTULO 7

Já faz algumas semanas que eu comecei a trabalhar no escritório de Conner e ainda estou na letra A – Aristóteles, Aristófanes, Auden, Audubon. Às vezes, vou para casa e procuro alguns autores e cientistas no Google. E na semana passada, Conner me deixou levar também uma das suas edições cheias de orelha de *Birds of America*, de Audubon. Olhei mais as fotos.

Às vezes, me canso e só fico sentada na escada, papeando com a Tiff. Digo a ela que estou cercada de livros e mais livros com capa de couro. Não é irônico? Outras vezes olho em volta para as montanhas de registros de viagens, ensaios fotográficos de lugares remotos ao redor do mundo – a Amazônia, Ilhas Galápagos, o Deserto do Saara – biografias, livros de ciência, filosofia e história. E fico pensando, que homem é esse? Que tipo de vida levou? Como pode ter lido todos esses livros?

Conner geralmente não está aqui mas, às vezes, deixa post-its com pequenos comentários esquisitos, do tipo "Não coloque esses dois filhos da mãe juntos. Eles se odeiam". Referindo-se aos autores, é claro. Ou, num livro de poemas de amor de Auden, "Página 234 faltando, foi rasgada em pedaços. Não pergunte." Ou, minha favorita, uma carinha feliz que diz "Bom trabalho", como se faria com uma criança de 5 anos.

Hoje, quando chego, ele está trabalhando nas anotações do programa da mostra de borboletas.

– Ainda na letra A? – pergunta ele, erguendo os olhos para mim com seu rosto irritantemente lindo.

– Sim. Mas quase terminando – minto.

Ele arremessa um livro para mim. – Esse é um A – história revisionista de Átila, o Huno. Ele evidentemente não era tão ruim quanto sua fama.

– Mas ele não saqueava e estuprava? – pergunto.

– Bem, sim, mas, aparentemente, provia bons serviços ao seu povo.

Penso a respeito, por um momento. – Você prefere que eu volte mais tarde?

– Não. Na verdade, você está numa boa hora.

Ele me diz que a mostra das borboletas será no prédio do conservatório de ciência. Me pergunta se eu gostaria de ir com ele e trazer de volta algumas de suas pesquisas. É uma caminhada de uns dez minutos e noto que ele dá passos largos, cumprimentando alunos aqui e ali, como uma celebridade. Todos parecem conhecê-lo.

Nós chegamos ao conservatório de abóbada envidraçada, que parece uma imensa estufa, e seguimos à passagem hermeticamente fechada, perfilada com painéis de vidro e algumas placas de alerta aos visitantes como "Cuidado por onde pisam!". O ar vai ficando pesado e úmido conforme seguimos pelo caminho sinuoso, dobramos uma esquina e subitamente entramos num outro mundo – uma floresta tropical magnífica e vaporosa, com uma paisagem composta por bambus de 12 metros de altura, orquídeas, buganvílias, bromélias e uma porção de outras plantas em formato de guarda-chuva, com folhas escuras brilhosas.

Estreito os olhos diante da luz enevoada à medida que um movimento tumultuoso e um som parecido com um zumbido me cerca. Uma nuvem de milhares de borboletas fervilha no ar, voando pela folhagem, pairando e dançando como fadas. Voam baixo, na altura dos olhos, tremulando as asas abertas, como um leque. São vislumbres de tons de vermelho e amarelo como labaredas, anéis negros, roxos radiantes.

– Se ficar parada, às vezes, elas pousam em você – ele sussurra.

– Eu sei – digo. – Eu fazia isso, quando era criança. Nossa casa fica na rota de migração delas. Você tem uma banana?

– Você está com fome? – ele ri.

– Eu costumava alimentá-las – digo, conforme uma criaturinha tímida de asas tremulantes vem voando em minha direção, depois muda de ideia e pousa suavemente numa árvore próxima.

– Espere aí – diz Conner, enquanto caminha até uma das alunas que estão limpando uma estação de néctar. Ela olha para ele intrigada, sacode os ombros, depois some.

Nós continuamos em pé, silenciosos e inertes, observando a dança aérea. A aluna volta com uma banana meio amassada – é do almoço de alguém, explica ela. Eu descasco e entrego a Conner.

– Segure-a reta, no ar – digo a ele. As borboletas, que estavam tão cautelosas, começam a se juntar em volta da fruta. Uma Vanessa Cardui saltita num galho próximo, batendo as asas. Conner ergue a mão mais ao alto. Há uma estranha onda de cor iridescente, depois, lentamente, a Vanessa Cardui se arrisca, aproximando-se de Conner, circulando, provocando, atormentando.

– Arrasam corações – murmura Conner. A essa altura, a borboleta se rende, gruda o biquinho na banana e começa a sorver.

– Danada – respondo. Conner cai na gargalhada e a Vanessa Cardui some. Como o movimento de uma nuvem na neblina, ela se funde no rodopio de asas resplandecentes.

Nós caminhamos silenciosamente pelo resto da mostra, como se ambos tivéssemos passado por uma experiência religiosa. Quando chegamos à saída, Conner para e conversa com um grupo de alunos. Eu me viro e vejo uma vitrine encantadora. Enquanto estou olhando acima, percebo que todos estão olhando abaixo. Tem uma borboleta laranja, com a ponta da asa para fora do meu sapato preto, esmagada, mortinha.

CAPÍTULO 8

Durante vários dias, eu me torturei com essa pergunta – que espécie rara e exótica de Lepidóptera eu teria esmagado? Teria sido, talvez, um pedaço da Vanessa Cardui, ou um fragmento da Monarca, ou uma lasquinha da Aporia crataegi, menos suas antenas? Eu estava mortificada demais para olhar de perto, no momento opressor da verdade, porém, mais tarde, fui assombrada por pequenos vestígios pretos esmagados na sola do meu sapato. Finalmente tive que deixar para lá – pelo amor de Deus, às vezes, você pisa num inseto.

Felizmente, Conner não menciona isso quando aparece na minha mesa, algumas manhãs depois, e se recosta na máquina de Xerox, me entregando um daqueles gravadores de bolso.

– Você se importaria em transcrever minha palestra de abertura? – pergunta ele, olhando em volta, para minha mesa vazia, ao lado das máquinas altas.

– É tudo bem direto – prossegue ele. – Você não precisa gravar tudo que eu digo, apenas o material básico. Dizem que sou inclinado a sair pela tangente, portanto, use o seu bom-senso.

– Usar meu bom-senso – eu me ouço ecoar, enquanto olho abaixo, para o gravador, como se fosse um detector de mentiras.

– Tenho certeza de que você conseguirá saber quando eu ficar de conversa mole. Apenas ligue e desligue a máquina, quando eu disser alguma coisa... relevante. Finja que você está de novo na escola, fazendo anotações de um professor – só não pegue no sono – ele brinca, caminhando pelo corredor.

– Claro, sem problemas – eu respondo, fingindo uma risadinha.

No dia da palestra, chego cedo e sento numa cadeira da frente. Eu me sinto como se estivesse na igreja. É um dos auditórios mais antigos do campus e há um tipo de aura silenciosa no lugar, como fachos de luz filtrados, das janelas altas. Minha primeira palestra numa faculdade. Ah, se eles soubessem...

Eu olho em volta, à medida que os garotos vão entrando. Rostos vorazes como raposas, escoteiros, camisas polo, cortes de cabelos em ângulos desiguais, óculos de aviador. Uma menina, de blusa de camponesa, com esmalte preto descascando e borrões roxos embaixo dos olhos, fica olhando pela janela como se nunca tivesse visto o céu. Sobrancelhas com piercings e botas de motoqueiro, numa menina de aparência bem jovem, que vai fazendo planc, planc, planc, ao subir até a última fileira. Um grupo de muçulmanas com as cabeças cobertas e um sari indiano.

O ruído da acomodação ecoa e retumba pela sala. Os alunos estão conversando entre si, deslocando-se pelos corredores. Alguns garotos abrem seus laptops e começam a assistir a filmes. Vejo uma garota comprando um bilhete aéreo on-line; outra, dá um soco numa bola de praia na direção do auditório e todos começam a rebater, mantendo-a no ar, como num jogo de vôlei. Conner entra bem na hora em que a bola bate no pódio. Ele atravessa o palco seguido por um cachorrão felpudo. Sem coleira ou correia. Tem cachos de pelo enroladinho e o corpo de um labrador.

– Deitado, Ahab – ele comanda, enquanto pega o microfone, cuidadosamente ignorando a bola.

O cão despenca no chão, parecendo um enorme tapete de lã, e projeta o focinho no piso do palco. É um dos cachorros mais bonitinhos que já vi. Como se as meninas já não estivessem totalmente hipnotizadas por Conner.

– Bem-vindos ao Comportamento Animal 230 – diz Conner, ao encarar o público, tentando ter uma boa visão de todos. – Presumo que vocês tenham lido o livro que designei para esta aula de abertura.

Silêncio. Os garotos se entreolham com expressões vagas, folheando seus cadernos, afundando em suas cadeiras, olhando para baixo de suas mesas.

– E vocês também fizeram os pré-requisitos, incluindo química orgânica. – Alguns resfôlegos. Ele deixa o impacto das palavras se alongar por um tempinho, controlando os silêncios. Depois abre um sorriso atraente, joga a bola de volta ao auditório e diz – Brincadeira!

A sala exala, ri aliviada e Conner começa com tudo. Eu ligo o gravador.

– Então, lá estou eu, sentado na margem do rio Okavango, olhando o Kalahari. Acabei de passar os dois últimos anos em Botswana, consertando caminhões de fazendas, num vilarejo, a cerca de 140 quilômetros do posto de gasolina mais próximo. Havia silhuetas de antílopes e girafas na costa da colina, e gritos de macacos entusiasmados ao meu redor. O sol estava no local perfeito, apenas dançando no horizonte, e eu entrei num baita parafuso, imaginando onde era o meu lugar. Tinha usado todas as minhas fontes. A vida é curta, certo? Quero dizer... Eu tinha três diplomas, tentei o negócio de Wall Street, servi o Estado e a minha vida estava ferrada.

Eu o encaro, incrédula. Depois, rapidamente desligo o gravador. Isso é uma tangente. Você não precisa ser formado na faculdade para saber disso. Ele continua a falar com uma franqueza chocante. Agora, está falando mais rápido. Estamos ouvindo sobre suas fúrias de adolescente, bebedeiras e, sim, até de suas mulheres. Daquelas que compartilharam de seu ponto de vista, as que não. Os pedaços de sua vida sendo dissecados e resumidos. As palavras sendo despejadas descontroladamente, como água de um hidrante quebrado. Daria para ouvir um alfinete cair no chão. Eu ligo o gravador de novo.

– E, então, eu tenho uma, ai, que diabos, eu diria, uma epifania! Abri o Moby Dick, de Melville, e li a primeira linha: "Pode me chamar de Ishmael." E ficou tudo claro pra mim. Certo. Eu estava meio doidão. – Eu desligo o gravador. – Mas decidi voltar a lidar com a vida de uma forma diferente. Como Buda disse, "Aqueles que fracassarem no trabalho em direção à verdade perderam o sentido da vida".

A menina ao meu lado sorri levemente, se inclina na direção da amiga e diz – Professor *CoraçãoDisparado* – ele existe mesmo?

A amiga sussurra de volta – Ouvi dizer que ele talvez não consiga estabilidade no emprego. Ele é meio intempestivo.

– Legal – ela responde, enfeitiçada.

Conner prossegue dizendo que o foco desta aula é a "verdade na natureza". Eu ligo o gravador pela terceira vez, mas meu dedo fica pousado sobre o botão de desligar. Ele cita Walt Whitman, Thoreau e Emerson, "leitura obrigatória para o primeiro ano", nos conduzindo de uma imagem para a outra. Ele faz uma pergunta. – Os animais são felizes? São mais felizes que os humanos? Eles são mais corajosos, mais inocentes, nobres, mais heroicos? Plutarco, filósofo grego, disse que se não fosse pelo favor dos deuses, o homem estaria em uma desvantagem natural com relação às feras. – As palavras de Conner estão flutuando ao meu redor. Esse cara poderia ler a lista telefônica e fazê-la parecer interessante.

Agora ele entra em – na noite em que os pigmeus escaparam da área do acampamento, se pintaram com plantas fosforosas e saíram celebrando os espíritos das florestas. Subitamente, surge um elefante macho – zangado, míope, muito mais ameaçador que um tigre... Eu sabia que o motor da Cherokee ia pifar – o motor engasgou e falhou...

Ele pega o microfone, desce do palco e começa a caminhar pelo corredor central do auditório, como se fosse alguém da realeza.

– Animais e humanos vivem num universo paralelo. Fechem seus olhos e ouçam o arrebatamento da canção mais complexa e não humana do mundo.

Todos os olhos estão fixos nele, conforme gesticula para um aluno, em pé, perto de um amplificador, e alguns acordes de pássaros saem pelos alto-falantes – os sons tremulam e gorjeiam, uns sobre os outros, notas em arabescos explodindo numa floresta de ruídos.

Ele está vestindo várias camadas de roupas – jaqueta, camisa de flanela xadrez desfiada na beirada, um moletom cinza pendendo no ombro – tudo solto e meio pendurado. Esbarra no braço de uma menina, na ponta de uma fileira, pega o ombro dela e murmura – desculpe. – Parece um gesto generoso e galante.

A essa altura, todos os alunos pousaram suas canetas, fecharam seus laptops e estão sentados, hipnotizados. Agora, está falando mais devagar, com pequenas pausas elegantes. Meu Deus, ele é bom nisso!

– Então, o que realmente estou dizendo é que, mesmo que você sofra de uma grande desilusão e tenha uma sorte horrível, sempre pode encontrar a verdade por meio da natureza. – O aplauso irrompe, enquanto o cachorro pula de pé e começa a latir, absorvendo o entusiasmo da sala inteira. Todos estão sorrindo e conversando, como se tivessem visto um grande show. Sua popularidade é inquestionável.

Eu levanto e saio pela porta dos fundos. Fui bem com a gravação. Eu acho. Sem problemas. Nenhum, mesmo.

Penso na última vez que dei alguma bola para a ciência. Quando estava na sétima série, Tiff e eu decidimos nos juntar para competir na feira anual de ciências da escola. Se ganhássemos, teríamos ingressos grátis para a Magic Mountain. Então, estávamos bem motivadas. Não fizemos nada banal, como aqueles vulcões de gesso em erupção, nem os efeitos dos raios solares, em que os garotos apenas se sentam no Sol e se queimam em diferentes tons de vermelho. Tiff e eu decidimos dar um show. Nós interpretamos os movimentos do sistema solar. Usamos colants pretos com estrelas de folhas de estanho e rodopiamos dois bambolês ao mesmo tempo. Foi um grande sucesso. Eu era Marte – o planeta frio e solitário. Nós ficamos empatadas no primeiro lugar com Billy McCarthy, que fez um diorama imbecil da Falha de Santo André. E eu sei que, de fato, foi o pai dele, um construtor bem-sucedido, que montou o negócio todo. Ainda fico com raiva quando penso nisso.

A luz da tarde quase nos cega, como acontece quando você vai ao cinema de dia. Dá pra ouvir o trânsito e os alunos rindo e gritando, enquanto caminho de volta, atravessando o campus, em direção ao meu escritório. Eu me sinto energizada, feliz, quase como se estivesse matando aula. Que estranho. Ir à aula me dá a mesma sensação que eu tinha quando cabulava no colégio.

CAPÍTULO 9

Mas que sensação incrível tê-lo dentro da minha cabeça. Sua voz é encorpada, primordialmente sedutora. Mesmo quando ele não está falando dentro do assunto. Ele fala, eu digito. O ritmo. Ele vai e volta. Estou transcrevendo a palestra de Conner, e é como ter um amigo imaginário numa noite escura e solitária. Calmante e consolador. Suas palavras são hipnóticas, conforme ele cita Emerson, Thoreau, Whitman, descrevendo como a natureza seduz a alma, sua beleza e fascinação encantadoras. Ele está me contando histórias sobre as ligações cósmicas do universo. Certo. Tudo bem, ele não está falando comigo, mas dá essa impressão.

Enquanto isso, o velho Demônio Ortográfico está cozinhando no meu ombro, ferrando as letras. Quando eu estava no colégio, minha ortografia era tão fora da realidade que eu nem conseguia encontrar as palavras no dicionário. Graças a Deus pelo corretor de texto. Kalomide, Kalomidade, calamidade – isso não parece certo, mas acho que está.

– Emerson escreve que "na floresta, nós regressamos à razão e fé. Ali, eu sinto que nada pode me acontecer na vida – nenhuma desgraça, nenhuma calamidade – que a natureza não possa consertar".

– Você está tão certo! – eu digo à máquina. As palavras dele seguem juntas, me persuadindo, me educando. Agora, ele passa às histórias sobre bandos voadores de príncipes taoístas. A campainha estridente do telefone me assusta. Merda! Quem será? Eu tiro o fone de ouvido e desligo a máquina.

– E aí.

– Tiff. Está meio tarde e eu estou trabalhando.

– Eles estão te pagando hora extra?

– Não.

– Você esqueceu.

– Esqueci de quê?

– Lembra, na semana passada – eu te disse que estava arrumando um encontro pra você, com um cara que conheci no trabalho? Nosso programa duplo, esta noite?

– Sim. E lembra, que eu te disse que não queria ir?

– Você tem que ir. Ele parece tão legal... mas não tão legal que você não queira sair com ele. Ha, ha.

– Não, Tiff.

– Foi exatamente sobre isso que nós conversamos – a razão por sua vida ser tão tediosa. E também não me diga que você precisa ficar em casa com Sam, porque isso é totalmente esquisito e psicótico. Sinceramente.

– Eu realmente preciso trabalhar e, de qualquer forma, minha cara tá uma merda.

– Você vai. Ele é um bom partido. Trabalha em marketing, ou algo assim – diz Tiff, me ignorando. – Vista algo casual, com uma aparência jovem. E não vá pegar nada emprestado com a sua mãe. Isso é o pior.

– Estou falando sério, Tiff. Preciso devolver essas anotações até amanhã.

– Então, levante cedo e termine.

– E o meu cabelo está sujo.

– Ora, vamos. Vai se arrumando. E faça alguma coisa com a sua franja. Tente não deixá-la tão achatada.

– Eu não sei.

– Apenas lave a franja, está bem? Você vai ficar ótima. Será divertido.

Provavelmente estou cometendo um erro. Detesto encontros às escuras – principalmente aqueles pequenos momentos de silêncio mortal, quando nenhum de vocês tem a menor noção do que dizer um ao outro. Coisas simplesmente saem da minha boca. Nunca é nada suave, ou engraçado, como aqueles caras que falam no rádio. Eu realmente os admiro. Eles falam sem parar, sobre nada, mas ainda tornam aquilo interessante. Eu gostaria de saber fazer isso. Mas uma coisa é verdade: a Tiff é extraordinária. Ela consegue entrar numa sala, radiante e vaporosa, e conversar com todo mundo. Ela é uma maravilha. Realmente é.

Tiff passa em casa e me pega, às nove horas. Ela está com um vestido de cetim e sutiã de renda aparecendo, jeans preto e botas de caubói. Seus cabelos louros platinados fluem como água sobre os ombros nus, e embora suas roupas sejam meio chamativas, ela sempre tem um aspecto saudável de animadora de torcida fluindo de dentro dela.

– Alôôu, Cassie. Você está pronta?

Dá para ver que ela não morreu de amores pela minha roupa. Eu não queria parecer que tinha me esforçado demais, por outro lado, eu não queria parecer que tinha desistido. Estou usando uma malha bege e uma calça bege perfeitamente adequada. Tiff me olha de cima a baixo.

– Muito combinadinho e não te mataria colocar um pouco de maquiagem – diz Tiff, reprovadora.

– Eu coloquei.

– Ah. Bem, você precisa de mais. – Ela tira a bolsinha de maquiagem da bolsa e me arrasta até o banheiro. – Oi, Sam.

– Fecha a droga da porta! – grita Sam.

Tiff começa a rir. – Ele é tão mal-educado. Não reclame do que o cara disser esta noite. Olhe com quem você mora.

Tiff espalha um blush brilhoso claro chamado Orgasmo, nas maçãs do meu rosto, depois coloca um pouco de delineador líquido marrom.

– Você tem olhos maravilhosos, mas não sabe. – Ela passa sombra cor de cobre nos meus olhos. – Está vendo como estão verdes, agora? Como balas de goma gigantes. E você não tem um sutiã meia taça? – Eu olho para ela. Obviamente, não.

– Se você quiser, nós podemos parar na minha casa e pegar um meu emprestado. Fará muita diferença.

– Por que se incomodar com isso, se ninguém vai ver?

– Você nunca sabe o que a noite trará. Roupa íntima é muito importante. Garotas ricas gastam uma fortuna com isso. De qualquer forma, aposto dez dólares que você vai se divertir esta noite.

– Certo – eu digo. – Se você ganhar, eu te pago dez dólares. Se eu ganhar, eu vou pro céu.

– Pelo menos, mude de blusa.

Eu tiro o suéter bege e coloco uma blusa azul com decote V e me olho no espelho. Tiff é linda, linda, loura, com um narizinho minúsculo, uma boquinha de Bardot e dentes brancos ofuscantes. Eu sou alta e magra, mas minhas feições não são facilmente classificadas. Eu gosto do meu nariz, longo e reto, mas meu sorriso é meio torto e meus cabelos têm um tom marrom-camundongo. Nós parecemos fotos do "antes" e "depois", numa revista. Eu olho novamente no espelho e mostro a língua para mim mesma. Às vezes, eu gostaria de ser uma vampira. Sem reflexo.

– Pare com isso. Você está ótima. – Ela sorri, me incentivando.

Conforme seguimos para a porta da cozinha, pego seu braço e sussurro, conspiradora – Nós precisamos sair pela outra porta. Não quero que o Sam me veja saindo. Ele estava na expectativa de ter nossa noite em casa, juntos, e se souber que vou para qualquer lugar, vai gritar como se o estivessem matando.

– Ah, dá um tempo.

– Você não tem ideia do quanto ele fica aborrecido. Esses rapazes têm uma ansiedade brutal quando se trata de separação.

– Tanto faz. Tente agir de uma maneira seminormal, Cassie.

Nós chegamos ao Shorty's aproximadamente meia hora atrasadas. Tem um som de rap rangendo, como um conjunto de freios ruins, numa estação do metrô. Tiff imediatamente avista nossos pares, sentados no fim do bar, grudados num jogo de futebol, numa tela plana. Na frente deles, há dois copos vazios de cerveja e um galão quase vazio. O par de Tiff, Tom, nos dá um sorriso pateta e acena chamando. Eu juro por Deus, ele parece um sátiro, meio cabra, meio humano, com orelhas pontudas e um nariz de gancho. Sua metade humana é como sempre imaginei - corpo, braços e cara, tudo peludo. Só faltam aqueles chifrinhos na testa. Eu faço uma anotação mental para dizer a Tiff, mais tarde, que essas criaturas costumavam ficar à espreita para pular nas ninfas inocentes.

O meu parece ter boa aparência, está de calça cáqui, camisa polo. Um rosto agradável. Ele me olha tranquilamente, quando Tiff nos apresenta.

– Oi, eu sou o Phil – diz ele, num tom seco, ao levantar e apertar minha mão. Sua expressão diz tudo. Ele está claramente decepcionado.

Tiff se espreme na banqueta do bar com Tom. Ela dá a ele um sorrisinho tímido. Os olhos do meu par percorrem todo o salão, enquanto seus dedos tamborilam no bar.

– Traga mais dois copos – Tom diz ao barman, enquanto ele pega o jarro e nos leva até uma mesa com sofás, no canto. Phil pede licença para ir até lá fora, usar o celular. Provavelmente já está armando outra coisa para esta noite.

– Tom atua no ramo dos colchões – diz Tiff, tentando puxar conversa. Meu par voltou e encurralou uma das garçonetes no canto do bar. Ele devia ser encapuzado, como um falcão.

– É, você sabe o que eu sempre digo... o sono acontece. – Tom ri, cutucando Tiff, que finge um risinho.

– Então, como vai indo o ramo dos colchões? – Eu pergunto, não que esteja interessada. Enquanto isso, vejo Phil escrevendo alguma coisa, num pedaço de papel e enfiando no bolso traseiro. A garçonete sorri enquanto ele volta desfilando até o lugar onde estamos.

– Bem, isso é o que sempre pergunto às pessoas – diz Tom. – Quando foi a última vez que você teve uma ótima noite de sono? Se você não consegue lembrar, então, precisa de um novo colchão. As pessoas sempre precisam de camas. Como caixões. Você tem que dormir, certo?

Tiff pousa a cerveja, inclina-se à frente e sussurra – Aliás, você sabia que a Cassie é viúva? – Silêncio total na mesa. Isso realmente sempre quebra o gelo. Tenho vontade de matá-la.

– Que pena. Então, como foi que ele morreu? – diz Tom, inabalável.

– Ela não gosta de falar a respeito – Tiff se antecipa.

– Ah, desculpe – diz Tom, solidário.

– Não se preocupe. Ela detestava o filho da mãe. – Tiff dá um sorriso inocente.

Agora todos estão olhando pra mim. Eu tenho a sensação de que devia dizer que não o assassinei. Meu par, que não me disse uma palavra desde que sentou de volta, pergunta – Há quanto tempo ele se foi?

– Uns três anos – respondo, sucintamente. Detesto falar dessa droga, mas, preciso dizer, passei por um período, logo depois da morte de Frank, quando eu me sentia compelida a contar pra todo mundo sobre o que havia acontecido. Até pra gente totalmente estranha. Para o garoto do balcão da Starbucks – Eu nunca tomava esses cafés quando meu marido, Frank, estava vivo. Caro demais. Você tem raspas de chocolate? – Ou, para a mulher do balcão de perfumes, na Target – Eu estou viúva há três semanas, achei que precisava de um pouquinho de ânimo. O que acha desta fragrância? – Ou, no posto de gasolina, no fim da rua – Meu marido acabou de morrer. Freios ruins. Posso usar o banheiro?

Mas agora, não suporto falar a respeito. E isso não parece deter esse estúpido.

– Então, o que vocês fazem com os colchões? – diz Tom. – Porque tem gente que pega os colchões velhos e embolorados e os forram, vendendo como se fossem novos. Vocês nunca notaram um colchão fedorento?

– Na verdade, não. Depois que meu marido morreu, simplesmente virei minha casa no oceano Pacífico e joguei tudo fora. – Outro silêncio.

– Foi um acidente de carro – acrescenta Tiff. O que isso tem a ver com alguma coisa, eu não faço ideia.

– Ouvi dizer que viúvas são como virgens, é como se fosse a primeira vez, tudo de novo – Tom diz e pisca para o amigo Phil, que não está nem aí. Agora, estão todos me olhando, à espera de alguma resposta. Isso é muito escroto. Preciso dar o fora daqui. Olho para Tiff, suplicante.

– Sabem de uma coisa? – Tiff anuncia, bruscamente. – Não podemos ficar. Cassie precisa ir pra casa e terminar seu trabalho.

– Ah. Nós estávamos só começando, aqui... – diz Tom, murcho.

– Fica pra próxima. Prazer em conhecê-lo – nós duas deixamos o reservado.

Tiff e eu tentamos conter o riso até o carro, mas não conseguimos. Estamos às gargalhadas quando entramos em seu Mazda vermelho. Ela desabotoa o sutiã meia taça e dá um assobio baixinho.

– Sabe, o Phil era bem mais legal no escritório. E pensar no quanto eu o ajudei com aquele boletim de ocorrência por dirigir intoxicado. Que babaca – Tiff diz, lamentosa. – Deus, Cassie, desculpe.

– Ele teve um registro por dirigir intoxicado?

– Eu não mencionei isso?

Olho para minha amiga. Às vezes, ela é tão parva que me deixa doida, mas uma coisa eu sei. Desde a primeira vez que nos encontramos, ficamos juntas como ímãs – amigas para a vida toda. Na época do colégio, nós fumávamos cigarros roubados do irmão dela, bebíamos, sempre tentando descobrir novas misturas de bebida, ficando na rua até tarde demais, entrando escondidas na liga de boliche, com nossas jaquetas combinando. Estar com Tiff era como dirigir rápido demais para algum lugar, com o vento batendo no rosto e fazendo com que nossos olhos lacrimejassem. Eu podia dizer qualquer coisa a ela. Ela era a única pessoa que sabia que eu queria ir para a faculdade. Com minhas notas atrozes, como eu poderia mencionar isso a mais alguém? Era simplesmente estupidez demais. Ririam de mim.

É estranho. Não estou aborrecida por esta noite. Na verdade, estou bem. Tive um dia bom e adorei ouvir a palestra de Conner, principalmente quando ele falou sobre Emerson, que encontrou um sentido espiritual na vida selvagem e o denominou como "beleza imortal". É exatamente assim que eu me sinto. Emerson descreveu a si mesmo como um buscador incessante, sem nenhum passado nas costas. Sem nenhum passado nas costas. De certa forma, tudo isso me dá esperança. Como algum tipo de otimismo baseado no nada. Nem a rejeição deslavada consegue estragar meu humor.

CAPÍTULO 10

Quando eu chego em casa, minha mãe já cobriu a gaiola de Sam e o Cachorro Preto está numa bela e acolchoada cama canina, respirando completamente enroscado como uma bola. Ela lhe deu um banho e escovou seu pelo malhado, que agora é lindo e brilhoso. Seus olhos também são bonitos, de um tom claro e suave de marrom. Ele está com uma coleira elegante de couro trançado e parece um cachorro completamente diferente. Um cão cavalheiro. E não tão velho quanto eu pensei. Ele me vê olhando para ele e abana o rabo, enquanto eu me aproximo e afago sua cabeça. Espero que Sam não se torne muito temperamental.

O *New York Times* está em cima da bancada da cozinha. No meio da palestra de Conner, ele mencionou um artigo do *Times* sobre canções de pássaros. Quando fui ao seu escritório, em minha última ronda da correspondência, notei que ele tinha jogado o jornal no cesto de lixo, então eu o peguei e levei para casa. Na verdade, foi como um serviço público. Reciclagem. Quando eu abro a publicação, percebo uma porção de outras correspondências de propaganda dentro. Um anúncio de celular. Uma proposta de cartão de crédito. Um convite para uma estreia, numa galeria, com uma bela foto de natureza, na frente. Eu coloco este em cima da minha cômoda.

Então, começo a ler a matéria sobre o canto dos pássaros. Está na seção de Ciência do *Times*. Ali diz que alguns pássaros assoviam, outros tamborilam, outros têm ritmos sincopados – esse cara atribui as emoções humanas aos sons dos pássaros. Grande revelação. Vou convidá-lo para jantar comigo e Sam. Ah, aqui tem um artigo sobre ovelhas gays. Ora essa, isso é interessante. Oito por cento dos carneiros buscam sexo exclusivamente com outros carneiros, no lugar das ovelhas. Isso não pode estar certo. Eu achei que fosse muito mais. Ovelhas são nojentas. Vou mencionar isso da próxima vez que minha mãe usar sua pashmina.

Agora eu mudo para a seção de Estilo. Ali diz que uma bolsa, a *itbag* do momento custa 2.500 dólares e tem lista de espera. Viro a página e abro na seção sobre festas. A sra. Fulana de tal angariou três bilhões de dólares para a Fundação dos Direitos Animais. Eu anoto o nome. Vou dá-lo à minha mãe, para seu próximo evento de angariação de fundos. Isso é bem melhor que o jornal local. Eu olho o preço da assinatura por um ano. Deixa para lá. Simplesmente vou passar a pegá-lo do lixo de Conner.

Minha mãe cancelou o *LA Times* no ano passado, quando ficou muito ocupada no trabalho e os jornais começaram a empilhar na cozinha, ainda fechados. Ela disse que se sentia culpada por não conseguir ler e que preferia o *Topanga Times*, que é grátis e fala sobre coisas da vizinhança, como drenagem, transbordamento, remoção de galhos e reuniões de hippies papo cabeça que ainda atraem pencas de doidões de miolo frito.

Quando entro no quarto, ouço a voz da minha mãe, acima do som de sua TV. Como foi sua noite, querida?

– Ótima, mãe. Realmente ótima. – Nunca gosto de contar à minha mãe a história deprimente por completo. Ela fica chateada demais.

– Que bom, querida.

Minha mãe está deitada na cama, envolvida num filme antigo que está passando na TV. Na mesinha de cabeceira tem uma porção de canecas vazias de café e garrafas de água, junto com dois controles remotos "universais", que não funcionam há séculos. Isso não parece incomodá-la, embora, pessoalmente, me deixe doida. Ela simplesmente levanta e troca de canal, sem nem pensar a respeito. Seu rosto está coberto de creme noturno Aloe Vera Efeito Aveludado. Custa 9.95 dólares na drogaria de Topanga e, desde sempre, ela mistura isso com óleo mineral e um bocado de creme de úbere. É nojento, mas sua pele é macia e juvenil. Ela dá essa mistura de presente de Natal a todas as amigas. No momento, minha mãe está vestindo um moletom antigo por cima do pijama de flanela. Ele tem escrito "Eu freio para animais", e, além desse, ela possui uma coleção de moletons no armário com pequenos slogans chamativos com causas para salvar o planeta. Alguns têm até mesmo fotos de filhotes de foca sendo espancados por caçadores esquimós. Ela vai trabalhar com essas roupas no centro de vida selvagem, mas eu não admito que as use quando saímos pra jantar.

Não assisto mais à TV, mas, depois que Frank morreu, era tudo o que eu fazia. Todos concordavam que era excessivo, mas eu não ligava. Sempre que Tiff telefonava, eu dizia "Estou no meio do meu programa. Posso te ligar mais tarde?" Por um tempo, ela foi gentil a respeito, mas, depois, Tiff me disse que não importava a hora do dia ou da noite que ela ligasse, eu estava sempre no meio do "meu programa". E que aquilo não era saudável. Como se eu não soubesse.

Eu começava de manhã, logo depois do café. Meu predileto era *Star Kitchen Makeovers* e, depois, todos os programas de culinária que vinham, como *Extreme Pastry*, com aqueles caras segurando cones de espremer que fazem bolos incríveis, com flores em arabescos e tudo mais. Depois do almoço, eu passava aos programas tristes e chororôs – Conte-nos sobre sua vida infeliz, como o *Câncer Survivor* e todos aqueles programas de entrevistas nos quais as mulheres despejam seus corações para uma plateia de TV que aplaude sempre que elas fazem afirmações como – Nunca mais deixarei que ele me machuque. Teve um cara que roubou o dinheiro da mulher e invadiu todas as suas contas bancárias. Ela achou que ele estivesse apaixonado quando, na verdade, ele estava saindo com a filha de sua melhor amiga. Uma bosta atrás da outra. Essas mulheres eram ainda mais imbecis que eu. A infelicidade adora companhia, é o que sempre digo.

Minha mãe também não tem muita vida social. Tal mãe, tal filha. Meu pai morreu quando eu tinha 6 anos. Ele estava se barbeando, antes de ir para o trabalho, e simplesmente caiu. Minha mãe diz que ouviu uma batida e depois tudo ficou em silêncio. Ele era alto e tinha uma voz grossa, mas, às vezes, acho que só me lembro de seu rosto pelas fotos da sala. Minha mãe nunca se casou outra vez, embora tenha havido um homem que a levava ao cinema e para jantar. Ela se embonecava toda enquanto eu brincava no closet, mas, depois, ele parou de aparecer. Eu nunca soube o motivo.

Ela dá um tapinha na cama, ao seu lado, para que eu me sente junto a ela.

– Vou à Joshua Tree na semana que vem procurar o Pé Grande. Quer vir?

– Não posso, mãe – eu digo, sem mais comentários.

Agora ela começa a massagear suavemente o meu pescoço e ombros. Esse se tornou nosso pequeno ritual. Ela costumava ler para mim, à noite, mas, agora que nós duas somos viúvas, ela massageia minhas costas e me pergunta sobre o meu dia.

Quando eu era pequena, nosso grande dia juntas era sempre domingo. Costumávamos ir à missa das nove horas na Igreja Presbiteriana de Malibu. Em seguida, íamos ao centro de vida selvagem. A primeira missa matinal tinha violão acústico e um astral de música popular, que minha mãe gostava, ao contrário da missa das onze, com uma banda de rock e "barulho demais".

Eu me sentia bem, sentada ao seu lado, na igreja, segurando sua mão e ouvindo-a cantar e recitar, mas eu gostava ainda mais de caminhar pela floresta, de sua habilidade para casualmente identificar tudo que crescia ali e falar sobre a ordem, num ambiente intocado. Estar ali com ela parecia mais religioso.

Minha mãe sempre foi diferente das mães de outras pessoas, mas eu não me importo. Sua versão de realidade funciona para ela – todos os seus contos de fadas sobre o que realmente acontece na floresta, nas sombras e no fundo do mar.

Eu me lembro de um dia de verão, quando minha mãe me levou, pela primeira vez, a uma piscina salgada, numa pequena enseada perto de Ventura, onde ela cresceu. Eu tinha uns 6 anos e estava muito mais interessada no sorveteiro, por quem passamos de carro, no caminho até lá. Sentamos num fundo rochoso desnivelado, e nossos pés afundaram na areia fresca e lodosa. Ainda me lembro do cheiro salgado da maresia morna e como ela enchia minhas narinas, como um perfume.

Ela falava sobre a importância do universo de vida tremulante sob a água rasa. As listras azuis radiantes nas patas dos caranguejos que se escondiam embaixo das pedras. Os abalones cor-de-rosa, pretos e verdes, tão fartos naquela época, as estrelas-do-mar, as bolachas-da-praia. Minha mãe via o mundo através dos olhos dessas criaturas, me dizendo que podia ler suas mentes e entender seus pensamentos. A certa altura, ela mergulhou a mão na água, enquanto uma água-viva silenciosamente flutuava, e seus dedos se iluminaram como as asas de um anjo translúcido.

Mais tarde, ela me contou histórias sobre Atlântida, Poseidon, cavalos e terremotos. Sua voz era repleta de mar, céu, floresta e o mundo submerso, enquanto ela ofertava fábulas de deuses que moravam nesses lugares e ajudaram a criá-los. Oceanus, o antiquíssimo deus das águas, com seus cabelos de algas marinhas, golfinhos que pulavam de sua barba, e o mar escorrendo de sua boca, como uma cascata. Sua imaginação dançava entre o sublime e o ridículo. Mesmo hoje, quando fico frustrada com suas teorias viajantes, eu tento me lembrar de minha mãe sentada ali, na piscina salgada, acesa como um raio lunar.

Agora, minha mãe está assistindo àquele filme antigo, *Vertigo*, pela centésima vez. Eu nunca entendi o que Jimmy Stewart via em Kim Novack. Ela mente para ele sobre tudo e ele continua obcecado por ela. Não consigo assisti-lo novamente.

Eu dou boa-noite para ela, tiro a minha roupa e entro no chuveiro – um box pré-fabricado de Plexiglas, que fica grudado na parede externa do meu quarto, como um pensamento tardio. Logo que eu mudei de volta para casa, minha mãe pediu a um amigo que o comprasse no Home Depot e instalasse. É meio comprido e retangular, como uma Porta Potti e, às vezes, eu tenho a sensação de que estou me trancando num armário, ou no porta-malas de um carro. Além disso, o barulho da água batendo na base parece uma britadeira. Eu geralmente tenho uns cinco minutos, antes de acabar a água quente.

Desmorono na cama e vejo o cachorro girar e girar, depois se acomodar no chão, com um suspiro, ao meu lado. Ouço o filme *Vertigo* vindo do quarto ao lado. Como deve ser, eu penso, ter um homem tão apaixonado assim por você? Alguém que abriria mão *de tudo* por você. Tiff e eu temos um teste para medir quanto um cara realmente te ama. Chamamos de "teste da bala". Será que ele estaria disposto a tomar um tiro por você? Até agora, ninguém passou.

Eu começo a cochilar quando a cama balança e os cinquenta quilos do Cachorro Preto aterrissam na minha barriga.

– Volte para a sua cama – eu ralho. Ele pula, deixando uma marca amassada e fica em pé, me lançando um olhar pesaroso. De jeito algum ele vai me fazer sentir culpada. Eu viro para o lado, na minha cama vazia, e penso nos dois homens que Tiff e eu dispensamos essa noite. Ao menos o colchão não está fedorento.

CAPÍTULO 11

No dia seguinte, quando entro no escritório, Alison está ao telefone, franzindo o cenho como uma criança zangada, aparentemente, tendo uma daquelas conversas do tipo "eu, não; foi você, sim". Ela solta um grande suspiro e fecha o celular num estalo, como se fosse uma ratoeira. Está usando um colete preto de pele falsa, sobre uma blusa branca de gola rolê. O visual gambá. Ainda está com aquele ar bronzeado do fim de semana no nariz e nas bochechas, mas seus olhos estão frios e desanimados. – Oi – eu sorrio, polidamente. Não faz sentido deixar que nossa antipatia mútua transpareça.

– Ah. Oi – diz ela, mal erguendo os olhos. Legal. – Você poderia entregar as coisas que estão na sala de correspondência? A professora Pearce quer que eu fique aqui e atenda aos telefones. – Código para deixar a bonitona ficar sentada na frente e a corcunda circular pelo porão. Às vezes, é uma maldição ter imaginação.

Eu me arrasto penosamente de escritório em escritório, deixando a correspondência. Quando chego ao escritório do professor Conner, ouço vozes animadas. Não tenho certeza se devo interromper, ou voltar mais tarde.

– Não sei por que eles não gostam de mim – alguém reclama a Conner.

– Ora, vamos – Conner consola. – O Guia Referencial não é tão importante assim, apenas uma avaliação de alunos. E todos os garotos mentem. Você não viu aquela pesquisa Josephson? Sessenta por cento dos garotos disseram que já tinham mentido para um professor. Mais de 50% disseram que mentiram para os pais, o que todo mundo sabe tratar-se de um índice baixo, portanto, a conclusão é que eles mentiram até sobre mentir.

– Isso é diferente, é uma pesquisa anônima e os números me parecem bem precisos. Dez por cento dizem que sou envolvente.

– Isso é bom.

– Quinze por cento dizem que sou interessante.

– Está vendo? Não é tão ruim.

– E 90% dizem que sou tedioso!

– Bem, isso não é possível! Isso passa de 100%! – diz Conner, dando uma risada.

– E 85% aconselham os colegas a *não* fazerem meu curso. E ouça isso, eles acham que eu tenho um senso de humor fraco. Mas você sabe que eu tenho um bom senso de humor. Não sou engraçado?

– Particularmente, não, Hank. Mas eu devo dizer que seus versos são bem inteligentes.

Eu bato levemente na porta. Conner acena para que eu entre e me apresenta a um homem baixinho, de meia-idade, gravata borboleta, com uma grande região calva bem no meio da cabeça, ao estilo de Frade Tuck. Ele é um desses caras que não tem o menor *sex appeal*. A calça está puxada demais para cima, nos seus quadris, que parecem com os de uma menina, e ele tem o que geralmente vem no pacote – uma bunda redonda e molenga. Hank diz que é superalérgico a algo "ali dentro" (provavelmente o cachorro) e seus olhos estão vermelhos e lacrimejantes. Ele está segurando o Guia Referencial junto com um chumaço de Kleenex, e eu percebo que tem pelos pretos compridos nos dedos. E ainda está se perguntando por que os alunos não o acham atraente.

– Prazer em conhecê-la, Cassie. Mas, sério mesmo, Conner. Como você recebe essas notas astronômicas?

– Não sei quanto a isso, só tento tornar as coisas mais narráveis. Você pode tornar qualquer coisa interessante para qualquer um. Eu poderia pegar alguém sem qualquer histórico ou formação, e atrair para a ciência. Tudo está na apresentação.

Eu rapidamente deixo as coisas na mesa dele e me viro para sair, quando ele subitamente se dirige a mim. – Não é isso, Cassie?

– Acho que sim.

– Você esteve na minha palestra. Diga ao Hank o que achou.

– Ambos estão me olhando, à espera de uma resposta.

– Estamos deixando a pobre garota numa situação difícil, Conner.

– Não estamos, não. Ela pode dizer o que quiser. Este é um país livre. – Eles estão falando de mim como se eu não estivesse ali.

– Vá em frente, Cassie. Seja honesta. – Conner sorri, confiante.

– Bem, eu adorei a sua palestra.

– Porque...

– Bem, hum, porque... – Eu sinto meu rosto corar. – Me fez sentir como se tudo pertencesse a todas as outras coisas.

– Pronto, aí está, ela é uma maldita John Muir! – Conner fica radiante e orgulhoso. Ele fica empolgadíssimo com a minha resposta. Mas quem é John Muir? Ele vai até suas prateleiras de livros e me arremessa dois volumes cheios de orelhas.

– Você não leu esses, meus prediletos, meditações sobre Yosemite, da década de 1980? – Começo a folhear um dos volumes finos. Ele continua falando.

– O que quero dizer é que você tem que fazer com que suas palestras tenham a ver com a vida cotidiana. – Ver o mundo num grão de areia e o céu numa flor do campo. – Você não concorda, Cassie?

– Certamente – eu digo, como um robô. Os olhos dele cintilam.

– Acho que não importa o que eu faça – Hank diz, amuado. – Os alunos simplesmente ficam ali sentados, olhando pela janela. Metade do tempo eu tenho vontade de jogá-los lá pra fora. Não posso ficar citando Blake em minha aula de geologia. Eu pareceria um idiota. – Ele funga.

– Mas isso é precisamente o que você deve fazer. Englobar todas as disciplinas, poesia, arte, citar Whitman ou Emerson. – É um longo caminho desde o granito até a ostra, mais longe ainda, até Platão. –

Interprete Handel, Bach. Leve-os para caminhadas. Faça uma excursão para passar uma noite em Joshua Tree.

– Eu não vou fazer uma excursão! E detesto acampar, exceto por aquela vez que você me arrastou para Yosemite, quando eu tinha algumas questões.

– Ah, é mesmo. Eu tinha me esquecido. Você não é nem um pouco ligado à natureza, assim como Woody Allen. Joshua Tree é ótimo.

– Você já esteve lá, Cassie?

– Ah, sim. Muitas vezes, com a minha mãe. É bem parecido com o Death Valley, cheio de coisas venenosas e pontudas, e árvores mortas e fantasmagóricas, com galhos retorcidos. Quando o vento sopra, nada se mexe. Vemos tarântulas e lagartos grudados em espetos, feito shish kebab...

– Ótima sugestão, Conner.

– Bem, não é tão ruim durante a noite – eu recuo. – É quando saem as estrelas, milhares delas. Minha mãe ficou acampada lá à procura da Silhueta. Na verdade, numa noite, ela afirma tê-la visto.

– A Silhueta? – pergunta Hank.

– Sim. Ela me disse que ela e seus amigos estavam na floresta e, de repente, surgiu um ruído triturado de pés grandes sobre a folhagem seca. Então, ela o viu dançando, com suas pernas troncudas, a olho nu. Ela vai voltar, em algumas semanas, com um grupo completo, para tentar encontrá-lo novamente.

– Você está falando do Pé Grande? – pergunta Conner, incrédulo.

– Sim! – É claro. De quem ele achou que eu estivesse falando?

– Ela disse que foi como estar na presença de algo antiquíssimo e vivo, e que seu hálito tinha cheiro de pinheiro e terra úmida e... – Eu ergo os olhos. Os dois estão me olhando em silêncio perplexo.

– Você não acredita nisso, não é, minha querida? – pergunta Hank, num tom de voz educado excruciante.

– Estou falando de minha mãe... – eu digo, constrangida.

– Sabe – diz Conner, suavemente –, dizem que o deus Dionísio acreditava ser um precursor do Pé Grande, ou da Silhueta, ou Yeti, como preferir chamá-lo. Diz a lenda que ele era o rei da selva, rei do Vinho e da Loucura. Algumas pessoas ainda acreditam que ele existe; um símbolo de tudo que é espiritual na natureza.

Esse homem devia conhecer minha mãe. Eu pego uma pilha de correspondência e vou saindo, sorrateiramente.

– Ei, Cassie – diz Conner, sorrindo. – Você me deu uma ótima ideia. Vou fazer uma palestra sobre o Homem Verde.

– Vou avisar minha mãe – eu disparo de volta. – Ela tem fotos.

CAPÍTULO 12

Eu termino de entregar a correspondência e paro para tirar o intervalo do almoço. É sexta-feira à tarde e o campus está fervilhando. Ainda me sinto deslocada no meio de todos esses alunos. Não consigo evitar invejá-los. Eles estão prestes a começarem suas vidas, escolhendo suas carreiras. Sem passado. Sem decisões ruins com as quais conviver. Sem estragos.

Depois do almoço, estou perdida em meus pensamentos, quando vejo uma daquelas guardinhas malvadas parando junto a um Jaguar prateado estacionado ao meu lado. Essa é provavelmente a mesma vagabunda que me multou, no meu primeiro dia de trabalho. Ah, não. Aqui, ela não vai se criar. Sem chance. Eu enfio a mão na bolsa, pego duas moedas e rapidamente enfio no parquímetro. Te peguei! Ela me olha de cara feia, entra em seu carrinho e vai embora.

Vá para o inferno. Eu me dirijo de volta ao meu escritório e ouço alguém me chamar.

– Com licença. Com licença!

Eu viro e vejo um cara alto e bronzeado, mais ou menos da minha idade, todo bonito e engomado, com um terno risca de giz e uma camisa branca com suas iniciais, e abotoaduras. Seus cabelos estão impecavelmente penteados para trás, com gel, e ele está segurando um BlackBerry no ouvido.

– Você acabou de colocar dinheiro no meu parquímetro? – pergunta ele.

– Sim. Eu detesto essas guardinhas que ficam circulando a cada cinco minutos, como abutres.

– Isso foi gentil de sua parte. – Ele dá um belo sorriso. – Posso lhe pagar um café, ou alguma coisa?

– Não é necessário. Mas obrigada, mesmo assim.

– Não. Eu que agradeço a *você* – diz ele.

O estranho, é que eu vou ao banheiro, e quando volto, o mesmo homem está falando com Alison.

– Ei – diz ele. – Olá de novo.

– Vocês dois se conhecem? – pergunta Alison. Talvez seja seu namorado, ou algo assim.

– Formalmente, não. Oi! Sou Freddy, irmão de Alison.

Eles não poderiam ser mais diferentes um do outro. Freddy diz a Alison que nós nos conhecemos e sua resposta afável é – Cassie trabalha na sala de Xerox.

Então, os dois saem. Alguma reunião de família. Eu sempre fico contente quando ela vai embora. Ela me dá um aperto no estômago.

Mais tarde, naquela noite, enquanto espero que a máquina de lavar termine seu ciclo, penso no quanto Alison ficou injuriada, ou ficaria, se eu, de fato, tivesse ido tomar um café com seu precioso irmão. Eu *deveria* ter ido. Afasto o pensamento e procuro a Universidade de Michigan no Google. Já que me formei lá, acho melhor saber algo a respeito. Não sei nem em que cidade fica. Eu escolho minha faculdade, o alojamento (escolho o prédio de tijolinhos cobertos de hera, perto do Quadrilátero), as matérias de psicologia que fiz, incluindo os laboratórios, que professores eu adorava e o nome do time – Viva os Wolverines! Encomendo algumas bugigangas para a minha mesa – uma caneca em amarelo vivo, com um grande M e uma moldura, em amarelo e azul, com "Wolverines" escrito. Da próxima vez que alguém mencionar Michigan, saberei do que estou falando – tomara.

Venho ensinando a Sam tudo sobre minha "alma mater". Ele agora diz "Avente, azuis!" e sacode as penas para parecer que tem o dobro do tamanho. É meu grande pássaro do campus. Quando eu o afago, ele tremula as penas do rabo e eu faço carinho em seu pescoço, que parece o de um bebê recém-nascido, de tão macio e morno.

Ele bica sua bolinha, a empurra em minha direção com o bico, e diz "Joga".

– Está bem. Mas só por alguns minutos. Eu te amo. Beijo, beijo. – Sam pousa o bico suavemente, nos meus lábios.

– Beijo, beijo – diz ele, esfregando a cabeça em minha orelha.

Depois da palestra de Conner, fui até a biblioteca e peguei alguns livros de Whitman, Thoreau e Emerson, já que eles eram uma parte evidente da "leitura obrigatória do primeiro ano". Trouxe os livros para a minha mesa e comecei a ler, algo que, para mim, ainda é uma dificuldade. Para começar, tenho que usar o dedo, seguindo as frases uma a uma. E tem outra, consigo ler bem melhor em voz alta, o que não é algo fácil, no trabalho. Quando alguém passa, tenho que fingir que estou ao telefone. Ainda bem que fico escondida na sala de Xerox, onde posso focar no material que estou lendo, sem muito barulho externo. Mas ainda é muito difícil ler picadinho, então decido simplesmente esperar até chegar em casa.

Começo com Thoreau. Esse é brabo. Mas tem que haver algo interessante nisso. Conner acha que ele anda sobre a água.

De repente, ouço alguém chamando o Cachorro Preto. Com a minha voz. "Aqui, garoto! Aqui, garoto!" Que merda. Sam é um baita de um pé no saco. Um ventríloquo de meio quilo com múltiplas personalidades, como Sybil. Esse é seu jogo novo, fingir ser eu, chamando o Cachorro Preto, depois bicando sua cabeça, quando ele se aproxima. Eu largo o livro e vou até a cozinha, onde Sam deixou o cachorro acuado no canto. É um cão de guarda e tanto.

– Passarinho feio! – eu digo a Sam. Suas pupilas se retraem e dilatam quando ele ouve algo que não gosta. Ele começa a grasnar e derruba as sementes. Sempre que fica desse jeito, é só lhe dar algum espaço. Frank nunca aprendeu isso. Ele costumava sair atrás dele, gritando. Sam ficava quietinho, esperando que Frank chegasse perto, e então tentava arrancar a ponta dos dedos dele. Naquela época, eu torcia pelo Sam.

O Cachorro Preto me segue até o quarto, ofegante, e se esparrama no chão, enquanto dou uma olhada naquele convite para a galeria, em cima da minha cômoda. De um lado, há uma bela foto de bétulas, em preto e branco; do outro, os detalhes da recepção com coquetel da exposição de fotografias. Pedi a Tiff para vir comigo. Que se dane. Parece interessante.

Ela não perguntou como fui convidada e, de qualquer forma, se eu dissesse que estávamos indo de penetras, isso não a incomodaria. Mas, se eu dissesse que peguei o convite no lixo do meu chefe, ela iria concluir que, se ele jogou fora, só podia ser um evento fraco. O fotógrafo, por acaso, é um professor conhecido na universidade. Tiff achou que parecia meio tedioso, até que eu disse que o convite mencionava um bar de margaritas e uma banda de salsa. Agora ela está dizendo que é "legal e estilo boate". E vai se vestir de acordo. É amanhã à noite e eu não tenho certeza do que usar. Mas, nunca sei mesmo qual é a roupa certa e sempre fico com medo de fazer a escolha errada. Sendo assim, não uso nada excessivamente elegante ou ousado. Tiff me diz que eu faço de propósito. Eu me visto na expectativa de não ser vista e, como resultado, ninguém me vê mesmo.

CAPÍTULO 13

A Galeria Case fica na Robertson Boulevard, uma área comercial cara, entre Beverly Hills e West Hollywood. Eu fui ali uma vez, quando uma das lojas estava em liquidação. Os preços eram aproximadamente quatro vezes os da Macy's e as coisas pareciam lixo – camisetas desbotadas e cintos de tachinhas com metade das pedras faltando. A galeria está tão iluminada quanto um posto de gasolina e não há nenhuma vaga para estacionar, à vista. Nós encostamos junto ao manobrista, que nos diz que o serviço custa sete dólares. Tiff se retrai. Damos três ou quatro voltas e finalmente desistimos, voltando ao manobrista, que nos lança um sorrisinho malicioso. De forma alguma Tiff iria caminhar usando salto 10.

Ela está toda embonecada dentro de um vestido de veludo apertado, e seus cabelos estão presos num penteado complicado. Está com um visual "patinadora no gelo" demais, para o meu gosto. Tiff me emprestou um jeans preto de cintura baixa, que decididamente parece apertado demais, e um suéter rosa angorá, de ombros de fora, que ficou bom, eu acho, mas pinica e é mais curto do que as blusas que geralmente uso. No carro, eu o estico para baixo, mas Tiff disse que eu ia estragar a roupa se ficasse puxando assim, então, eu parei.

Tudo que posso dizer é que logo que entrei, foi como estar na lua. As paredes são nuas e de um branco radiante, como a fuselagem brilhosa de um foguete. O chão é de concreto preto, com fendas e rachaduras, e o ar-condicionado é tão voraz que você poderia pendurar carne vermelha ali dentro. O som da salsa está bastante alto e as mulheres, em número bem maior que os homens, parecem ter sangue-frio, e serem até mesmo selvagens. Elas estão usando vestidos e ternos pretos, com bolsas de grife que parecem armaduras. Os cabelos são esvoaçantes em camadas e as joias, bem discretas. Dá vontade de queimar minha roupa toda. A minha e a da Tiff.

As garotas olham para nós conforme passamos. Elas têm uma postura perfeita e várias são tão magras que as clavículas são projetadas, atrás. Mantêm os pés em poses gloriosas, como se tivessem passado anos em aulas de balé, seguram margaritas numa das mãos e celulares brilhosos, na outra. Algumas têm sotaques eslovacos e, juro por Deus, parecem ter um e oitenta de altura. Como é que todas sabem o que dizer, o que vestir, como andar?

– Isso está tão chato. Não tem homem aqui. Vamos embora – diz Tiff, analisando a cena em dois minutos, e caminhando na direção da porta.

– Vamos pelo menos dar uma olhada na arte.

– Que arte? Tá de sacanagem com a minha cara? Quem veio ver arte? Achei que isso fosse uma festa.

– Eu não disse que era uma festa.

– Certo. Você me disse que era um bando de amazonas babacas e esnobes, bebericando margaritas, e eu disse ótimo, pode contar comigo. Sabe, eu sempre tento ver o lado bom de gente rica, mas, às vezes, simplesmente não consigo.

– Bebida, senhoras? – diz um garçom bonitinho, com uma bandeja de margaritas. Ele é alto e animado, com um sotaque meio sulista. Tiff se empavona toda.

– Será que eu poderia ter mais uma pitada de sal na borda, meu bem? – Ela arregala os olhos obviamente flertando.

– Pois não, seria ótimo – ele responde, com um sorriso enorme. Os olhares se fixam, enquanto ele lambe o polegar, enfia na vasilha de sal e circula a borda do copo dela.

– Então, de onde você é? – pergunta ele.

– Adivinha – diz ela, enrugando o nariz daquele jeitinho tímido que ela tem quando está interessada num cara. Essa é a dica para que eu saia de fininho. De qualquer forma, onde está a arte? Nas paredes é que não está.

Talvez, na outra sala. Abro meu caminho pela multidão. Agora estou reparando em tatuagens sutis em lugares como punhos, tornozelos, dedos indicadores e pés das costas. E uma das garotas tem um par de solitários na orelha que são os maiores diamantes que já vi na vida. Eu me pergunto se são de zircônio.

Agora entro numa sala cheia de fotos lindas, quase reluzentes, em preto e branco, de imagens naturais. Tem um pinheiro coberto de neve, uma cachoeira, uma coruja num galho seco de uma árvore queimada, e um melão solitário. Sem preço, somente bolinhas vermelhas nas paredes.

– Isso me lembra Adão desconstruído, você não acha? Tão multiforme. – Eu viro e vejo um homem com aparência delicada e muito magro, com uma blusa de gola rolê preta e calça preta. Sua cabeça careca é lisa e vitrificada, como uma bola de bilhar. Ele está esperando a minha resposta. Minha mãe diz que quando você se vê perdida, é sempre seguro mencionar o clima ou sua saúde. Mas isso seria bizarro. Ele me olha, na expectativa.

– Não sei quanto a isso – eu digo –, mas, para mim, parece que o artista sabe bem quando deixar as coisas acontecerem. Tudo que ele vê conta.

O homem me encara, por um momento, com seus olhos negros perfurantes, como os de um corvo.

– Interessante. Boa forma de olhar a coisa. Eu sou Alfred Case.

– Ah, essa é sua galeria. – Ele estende a mão macia e molenga, como a mão de uma mulher, e suas unhas são brilhosas como sua cabeça.

– Sou Cassie. Prazer em conhecê-lo. A exposição é realmente legal.

– Bem, obrigado por vir. Você está em nosso mailing?

– Acho que não. Uma amiga me trouxe. – A Tiff veio, sim, dirigindo.

– Por que não cadastra seu nome e nós lhe mandaremos um convite para a próxima?

Então, é assim que funciona. Agora estou na lista. Isso foi fácil.

Eu agradeço e vou andando até a próxima mostra, que se chama "Terra improdutiva". Parafusos pesados, pneus rasgados, braçadeiras de ferro, um carburador enferrujado. Estou ouvindo comentários do tipo "uma experiência perceptiva rica". Para mim, parece um monte de lixo bagunçado.

– Ei, olhe quem está aí. Eu ainda estou te devendo. – Viro e vejo Freddy. Seu belo rosto é espontâneo, amistoso, cheio de confiança e prosperidade, e sua boca mostra um sorriso provocador. Ele ainda está segurando o BlackBerry junto ao ouvido.

– Levando-se em conta que você me salvou da guardinha malvada, posso lhe pagar um drinque? – Ele pisca, ao guardar o BlackBerry no bolso, e pega duas margaritas na bandeja do garçom.

– Obrigada – eu digo, quando vejo Alison vindo em nossa direção.

– Deus, Cassie, eu jamais esperava vê-la aqui – diz ela, impetuosa como sempre. Seus olhos azuis são frios e analíticos. Ela está de preto, é claro. Os cabelos estão presos num coque banana francês.

– Então, quem a convidou? – diz ela, bruscamente. Eu sabia... dancei. Freddy interrompe.

– Quem precisa de convite? Eles provavelmente estão atracando as pessoas na rua. – Ele sorri como que desculpando-se, lançando à irmã um olhar de "pare com isso".

– Eu realmente gosto das fotos – digo, me sentindo tão desconfortável que tenho vontade de ir embora rastejando.

– Eu também. Um amigo meu é o fotógrafo. Venha. Vou apresentá-la. – Ele pega meu braço e me conduz à outra sala, deixando Alison ali, em pé.

– Não ligue pra minha irmã – diz ele. – Às vezes ela simplesmente não pensa antes de falar. – E às vezes pensa.

– Não demore muito – Alison estrila.

Nós entramos no *foyer*, onde vemos o fotógrafo cercado por uma aglomeração de amigos, e resolvemos ficar perto do bar, e esperar um momento calmo.

– Então, Cassie. Você está aqui com alguém?

Penso em Tiff, que neste exato momento está flertando descaradamente com um dos garçons e, quando terminar, provavelmente vai enfiar os canapés num saco plástico, em sua bolsa.

– Só uma amiga – respondo. – Você conhece o fotógrafo há muito tempo?

– Venho colecionando alguns de seus trabalhos, ao longo dos anos. Agora estou ligado em expressionistas alemães do período antes da guerra.

– Você é negociante de arte?

– Não. É só um hobby. Sou consultor em banco de investimento. Mas não consigo pensar em nenhuma outra coisa em que gostaria de gastar dinheiro, fora arte.

Imagino que ele tenha um lugar para morar e um casaco quente.

– Meus amigos me acham obcecado. Estou constantemente rondando os leilões e tenho dois revendedores que me dão dicas de quando algo bom vai surgir.

– Então, que artistas você coleciona?

– Acabei de comprar nu austríaco. O cara vai ser o próximo Klimt.

– Aqui tem alguma coisa que você compraria? – eu digo, parecendo impressionada e fingindo ser louca por Klimt, seja lá quem ele for.

– Na verdade, não. – Ele sacode os ombros, dando uma olhada casual ao redor da sala. – Tenho quatro níveis para colecionar. "Lindo!", "Preciso ter!", "Não dá pra viver sem isso!" e "Jesus, achei que isso estivesse num museu!". Eu não sei como responder a isso. Fico imaginando se tais níveis também se aplicam às mulheres e, por sorte, seu BlackBerry toca.

– Não vou ser enganado nesse negócio – disse ele, bruscamente. – Diga-lhe que essa é minha última oferta.

– Desculpe. – Ele guarda novamente o telefone, me olhando de um jeito observador. – Há quanto tempo você trabalha com a Alison?

– Algumas semanas.

– Você gosta?

– Sim. Não é ruim. Mas estou pensando em voltar a estudar, em algum momento – digo isso querendo parecer alegre, falante e crível.

– Mesmo – diz ele, verdadeiramente interessado. – Estudar o quê?

– Comportamento animal – respondo, sem hesitar. – Trabalhei com animais por um bom tempo.

– É mesmo? – diz ele. Dou mais alguns goles na minha margarita, enquanto ele lentamente tira uma mecha de cabelo que caiu nos meus olhos. Sinto o calor subir pelo meu rosto. Saquei. Então, ele é esse tipo de homem.

– Certo, então – diz ele, com o olhar mais baixo, de uma forma íntima. – Tenho uma pergunta... Os guaxinins são bons bichos de estimação?

Eu começo a rir.

– Você está brincando, certo?

– Não, na verdade, não estou – diz ele, me olhando com os olhos em movimento. – Tem um guaxinim que aparece no quintal da casa dos meus pais toda noite, e derruba as tampas das latas de lixo. – Ele apoia o punho no bar; nada de aliança. – Eles têm deixado comida para ele.

– Ah, eles nunca devem fazer isso! Esses animais têm lindas mãozinhas de bebê, mas são muito agressivos e possuem 81 dentes *enormes*, afiados como lâminas.

– Oitenta e um, é?

– Eles também podem ter raiva e vermes de uma força indestrutível que você nem vai querer saber. Quer dizer, a gripe aviária não é nada comparada ao que você pode pegar de um desses pequenos penetras. Quando trabalhei no centro de vida selvagem, nós éramos muito rigorosos. Nada de guaxinins. Era um pesadelo absoluto, se acabássemos recebendo um.

Ele abre um sorriso. Eu percebo que quando ele ri, seus olhos ficam enrugadinhos.

– Isso é sério. Não estou brincando – digo.

– Ah, eu sei que você não está brincando. Nunca fui bom em ciências. E você está atrás de uma graduação avançada. Estou impressionado.

– Obrigada – eu digo. Tô ferrada.

– Estou te procurando por toda parte. Quero ir pra casa. – Alison está de volta e de péssimo humor. Pela primeira vez, fico contente em vê-la.

Freddy entrega o tíquete do manobrista.

– Por que você não pega o carro e eu já estarei lá?

– Não tenho dinheiro nenhum – diz ela, impaciente. Ele tira uma nota de vinte da carteira, que estava no bolso.

– Eu te vejo no escritório – diz Alison, com um sorriso artificial. Ela me olha como se eu tivesse acabado de atropelar seu cachorro. Às vezes, as pessoas devem dizer o que acham. Tipo "Detesto que você esteja pegando meu irmão e queria você caísse morta".

– Certo. – Eu retribuo o sorriso. – Até lá.

Freddy espera até que Alison não possa mais nos ouvir e se inclina em minha direção.

– Foi muito legal conhecer você. – Ele está com cara de quem vai me perguntar alguma coisa, mas depois pensa melhor e não pergunta. Freddy passa a mão no seu paletó, tirando alguns pelos de angorá rosa, que grudaram como caspa, e depois de dar um pequeno apertão no meu braço, vai embora. Ele jamais vai me ligar.

Sigo até o pátio e ouço a risadinha de Tiff. Ela está em pé, ao lado do barman, numa conversa embalada. Só espero que ela não vá pra casa com ele. Ela gesticula para que eu me aproxime. Agora estão tomando doses de tequila e eu me junto aos dois. Acho que nunca tomei um troço puro desses. Isso queima o nariz e as têmporas e tem um gosto delicioso. Assim que você engole dá logo uma onda. Viro mais alguns. O negócio é forte mesmo.

Começo a pensar em Freddy. Às vezes, eu gostaria de simplesmente poder dar descarga da minha vida velha e me tornar quem

Freddy pensa que sou. Uma cientista inteligente, indo atrás de uma pós-graduação. De quem ele poderia se gabar para os amigos. "Adivinhe quem eu conheci na galeria... ela está concorrendo ao Nobel, este ano... e ela sabe tudo a respeito de guaxinins... e também é muito atraente."

Por algum motivo, vou ficando toda chorosa. Paro ao lado de Tiff.

– Ei. Você viu aquele cara e a loura, com quem eu estava falando? – Tiff passa o braço ao meu redor e me dá um abraço afetuoso de bêbeda.

– Ela é a malvada, lá do trabalho.

– Bem, mas o cara era bonitinho.

– Ele não gosta de mim – eu digo, fingindo um sorriso trágico. – Ninguém gosta de mim.

– Cassie, podemos falar sobre isso mais tarde? – Tiff acena na direção de sua nova conquista.

– Sim, claro – eu digo. Droga. Tropeço em alguma coisa e olho abaixo. Não tem nada.

Ah, lá vem aquele cara legal, o dono da galeria.

– Ei. – Dou a ele um sorriso rasgado e me recosto na parede.

– Você viu a mostra da Terra Improdutiva, na sala ao lado? – Ao menos, alguém está sendo amistoso.

– Vi, sim. Obrigada por perguntar.

– Isso me lembra as instalações de Graham, ano passado. Cheias de energia inquieta, você não acha? Cassie, não é? – diz ele, olhando meu peito felpudo. Deus, ele só fala merda.

– Eu vou lhe dizer o que acho. – Minha língua está superseca. – Acho que parece o pátio do ferro-velho do meu ex. Bem, não era exatamente um ferro-velho, era um terreno de reboque, mas ele deixava lá alguns carros que nem os de ferro-velho para pegar o dinheiro do seguro. – Dou uma risadinha e um pouco de tequila sobe pelo meu nariz.

– O quê? – diz ele. Espere até ele ouvir isso.

– Bem, não era só o dinheiro do seguro, isso só funcionava se eles fossem ilegais. Ele costumava roubar o que tivesse dentro do carro, depois ficava todo melindroso, se perguntassem algo a respeito. Era uma máfia e tanto, vou lhe dizer. – Sou muito divertida. Por que ele não está rindo?

– Vocês roubavam das pobres pessoas, cujos carros vocês rebocavam?

– Eu não fazia isso. Confie em mim. Quem fazia era o filho da mãe com quem eu fui casada. Mas ele recebeu uma punição majestosa. Caiu de carro num precipício. Pena que não pensei nisso antes. – Ha. Ha. Ha.

– Com licença – diz ele, afastando-se. Ora, ele que se dane, se não aceita uma piada. Viro mais alguns tragos dessa deliciosa tequila. Noto que ele está olhando para mim e cochichando algo com sua assistente. Ela vem até mim e diz:

– Posso ajudá-la a pegar seu carro?

Acho que ele mudou de ideia. Agora quer me bajular.

– Isto é muita gentileza sua – digo, entusiasmada. – Também vai pagar as sete pratas? Brincadeira. – Eu subitamente percebo que a sala está rodando. Sento no chão gélido de concreto e vejo uma imagem borrada de Tiff vindo em minha direção. Ouço quando ela rosna para algumas pessoas que estão em cima de mim.

– Estão procurando o quê?!

Isso é tudo que me lembro. Só isso.

CAPÍTULO 14

Eu acordo numa manhã de domingo desanimadora. Ainda está escuro e o barulho da chuva parece com latas caindo e rolando numa rampa de concreto em meu cérebro. Tento ignorar as ondas de náusea que me acometem, enquanto estou deitada na cama, pensando no estrago da noite anterior. Foi como a queda de Roma, ou um gigantesco engavetamento na estrada. Tudo volta, em ataques vergonhosos de remorso que chegam sorrateiramente, como fumaça preta por baixo de uma porta. Lixo branco. Pronto. Eu disse. Isso que eu sou.

Outra onda de náusea me revira as tripas. Tiro o pobre suéter angorá massacrado e esticado e vou ao banheiro vomitar. Sempre achei que as pessoas parecem estar morrendo quando vomitam. Estou ficando velha demais para isso. Quando foi a última vez que eu tive uma ressaca épica? Talvez quando Frank morreu. Mas aquilo foi mais comemorativo. Mesmo sem tentar decifrar todos os detalhes, esse foi puro fracasso.

Preparo um chá e dou uns golinhos vagarosamente, acrescentando o mel orgânico que minha mãe guarda para fins medicinais. Ela jura que faz bem para tudo. Sua descoberta mais recente são as folhas de dente-de-leão. Ela está sempre em busca de boas fontes de fibra. E diz que isso cura câncer, ou algo assim. Talvez eu precise só de um pouquinho de maconha. Ouvi dizer que faz bem para náusea. Sem chance desse tipo de coisa aqui. É a única planta que ela não come. Por sorte, minha mãe não estava quando Tiff me arrancou do chão e me arrastou para cá.

– Cara, você estava um caco ontem à noite! – Tiff ri, quando ligo para ela. – Você tinha que ter visto a gente ser expulsa de lá.

– Ai, Deus, Tiff. Eu lamento tanto. Nem bebi tanto assim.

– Isso é o que todo bêbado diz.

– Estou com tanta vergonha.

– Ah, esquece. Quem é que está ligando? – Eu penso: eu estou.

Vou caminhando até lá fora, sento nas velhas cadeiras enferrujadas e ouço a voz rouca do vento trilhando as colinas. A chuva parou e o céu está carregado com um tom de negatividade. Quase dá para sentir o cheiro da clorofila, conforme o dia sombrio prossegue. Uma massa de folhas marrons está grudada na entrada de nossa garagem e eu ouço o som de um melro, em algum lugar. Tem um esquilinho saltitante no cabo telefônico, fazendo uma dança com os pés, depois ele salta em nosso alimentador de passarinhos, pega algumas sementes, e dá uma cambalhota para trás.

Ontem à noite, houve um momento em que eu poderia ter feito isso. Eu fiz isso. Gente sofisticada e inteligente achou que eu fosse um deles. Quando eu era mais nova, eu costumava desistir sem nem sequer tentar. Dessa forma, quando eu fracassava, não era tão terrível. Eu só ria e então passava. Ha. Ha. Ha. A Cassie é preguiçosa. Cassie é esquisita. Cassie não liga. Mas quando você tenta e não consegue, é somente um babaca fracassado.

Sempre tive a sensação de que nada legal jamais irá acontecer comigo. Que sou uma ferrada. Uma droga de uma tragédia. Tentei enganar a mim mesma, dizendo que quando arranjei esse emprego, as coisas mudariam. Mas aqui estou eu. A mesma imbecil inútil, sem nada a dizer e sem nenhum ponto de vista.

– Bom-dia, meu benzinho. Como foi a abertura na galeria? – minha mãe pergunta alegremente, indo até lá fora para me cumprimentar. Ela está com seu robe velho roto, segurando uma xícara escaldante de chá. Tento limpar o vômito da minha manga.

– Muito interessante – digo, fingindo entusiasmo. Tudo está girando dentro de mim, mas, por fora, sou a visão da tranquilidade.

– Você pode me ajudar hoje, lá no centro? A Sylvia está fora, na observação do condor. Não é emocionante?

– Não. Eu detesto condores – murmuro. – Abutres carecas que se alimentam de carcaças de ratos e restos de atropelamento.

– Então, digamos, por volta de meio-dia? – diz ela, ignorando meu desagrado, como sempre faz.

– Tudo bem. Parece bom. Sem problemas – respondo.

Eu me lembro de uma noite, quando Frank estava vivo, em que nós levamos minha mãe e sua amiga Sylvia para jantar. No meio do rosbife, Frank e eu começamos uma briga homérica. Não consigo lembrar qual foi o motivo, mas, a certa altura, eu gritei: "Por que a gente simplesmente não se divorcia? Estou de saco cheio dessa merda." É difícil de acreditar, mas durante a cena toda minha mãe ficou calmamente contando à Sylvia sobre um balé que ela tinha visto na TV... os seus figurinos deslumbrantes... o *pas de deux*... a música.

"Foi simplesmente um sonho", eu a ouvi dizer, por cima da gritaria. Durante a minha vida inteira, de alguma forma, ela foi capaz de alegremente ignorar momentos dolorosos. Que talento. Ela não quer ouvir, então, não ouve.

Ainda está cedo. Eu poderia ficar sentada aqui, lagarteando. Ou poderia ir até a clareira. Os bicos-de-marfim parecem ter fixado moradia, embora ainda seja cedo demais para que eles construam seus ninhos. Eu me recomponho e resolvo ir. Depois que estou lá, por alguma razão, meu astral levanta. Coloco meu jeans, calço minhas galochas Wellies, e me cubro inteira de verde, sem deixar nem um pedacinho de pele aparecendo. A ideia de me misturar e me tornar um arbusto nem é tão ruim.

Está tudo quieto, conforme sigo até a trilha. Tudo está pesado, úmido, encharcado. Passo por cima de alguns galhos retorcidos e raízes profundas e podres, fervilhando com silenciosos besouros e cupins. A vegetação é tão densa que eu preciso ir abrindo caminho pela mata, que bate na altura dos meus cotovelos.

Atravesso por cima do riacho, minado com plantas e cogumelos venenosos, e sigo pela floresta. O céu é filtrado por rabiscos de teias orvalhadas. Primeiro, tudo que ouço é a tagarelice dos corvídeos e tordos, e o coaxo do sapo-boi. Todo tipo de som, exceto aquele que busco ouvir.

Eu me aventuro adiante, com meu binóculo 24x balançando de um lado para o outro em meu pescoço, enquanto utilizo minha lanterna como uma machadinha, abrindo caminho em direção à clareira. Sigo o caminho que só eu conheço pela densidade encoberta da trilha não identificada. Há uma sensação primitiva aqui, como se eu estivesse no limbo. Fico imóvel e espero. Até o menor movimento, a quase cinquenta quilômetros de distância, é como um tiro para os pássaros. Suas habilidades sensoriais são profundas. Eu tento nem respirar.

Então os ouço. Grasnados ruidosos e nasais. E a batida dupla característica que ecoa pela floresta. *Tuc tuc... tuc tuc... tuc tuc*. Parece vir de um ser do outro mundo, conforme ele desce como uma flecha, em seu paraíso de cabeça para baixo.

Eu miro meu binóculo acima e vejo o macho. Seu perfil inconfundível, as penas brancas da cauda, o corpo esguio e brilhoso. Ele está saltando de um tronco para o outro, chamando seu par com sua voz arrogante de um jogador de cassino. Ela respondeu e eu me lembro de ter lido que essas criaturas vivem por trinta anos com um só par.

Enquanto estou ali sentada, observando-os na árvore, minha dor de cabeça melhora. O tempo para. Como pode uma coisa tão linda estar à beira da extinção? Mas, também, foi a beleza deslumbrante do pássaro que selou seu destino. Os índios achavam que eles eram mágicos e usavam cocares feitos com os seus bicos brancos. Ou esmagavam os bicos e comiam, na esperança de herdarem sua força e poder. A história deles é de embrulhar o estômago. Todos queriam suas cabeças e bicos. Um colecionador matou 44 deles numa semana. Ele os vendeu como espécimes e as penas para adornar chapéus femininos.

Todo mundo sabia a respeito do pica-pau-bico-de-marfim no centro de vida selvagem. Eles falavam sobre a obsessão nacional de encontrar o pássaro. Às vezes, no outono, os observadores radicais vinham até o centro nos contar sobre suas conquistas. Como tinham acabado de vir da Louisiana e achavam ter descoberto uma árvore poleiro, ou um fragmento de casca de ovo, ou penas. Eles vasculhavam as flores antigas, os pântanos, interrogando uns aos outros sobre algum que tivesse fugido, como machos alfa hipercompetitivos, trocando histórias de guerra. Caçadores disfarçados de garotos da natureza. Só isso que eles eram.

Se eu contasse a qualquer pessoa sobre esses pássaros, não acreditariam em mim. Está tão longe de seu habitat. Achariam que sou maluca. Mas se eu finalmente as convencesse, as portas do inferno se abririam. Como daquela vez que alguém achou ter avistado um desses pássaros empoleirado numa caçamba de lixo atrás da Baskin-Robbins, na saída de Denver. Dentro de 24 horas, centenas de observadores amadores de pássaros pegaram aviões, vindo de todos os cantos do mundo, e aterrissaram na área. Gerentes florestais, conservacionistas, pesquisadores, ornitólogos de universidades, oficiais da pesca e vida selvagem americana e a imprensa. Certamente, todos eles viriam correndo para cá, com seus telescópios, binóculos potentes, acessórios de observação noturna, lentes telefoto, garrafas térmicas de café e lixo. Assustariam os pássaros, ou os capturariam para "realocá-los". Para dizer a verdade, só de pensar nisso me dá um medo danado.

Eu gostaria de encontrar apenas uma pessoa em quem pudesse confiar quanto a isso – alguém que fizesse a coisa certa. Mas toda vez que penso a respeito, mudo de ideia. Alguns meses atrás, eu disse à minha mãe que achei ter avistado o pica-pau-bico-de-marfim e ela disse: "Você e todo mundo." Mas, meu Deus, se você o vir, não conte a ninguém. Esse pássaro precisa de liberdade. Não de ser minuciosamente examinado.

CAPÍTULO 15

O fim de semana passado foi tão desastroso que eu quase fiquei contente em ver Alison na segunda-feira de manhã, embora ela esteja parecendo mais presunçosa do que o habitual. Eu me empenho em minha rotina sem muita conversa, enquanto ela permanece em sua mesa, como a Rainha de Sheba.

O dia se arrasta e à tarde eu estou morta, mas programada para trabalhar na sala de Conner, e começar a letra *D*. Subo a escada até a última prateleira. Darwin, Debussy, Descartes, Durrell. Estou pensando em sair cedo quando ouço Conner vindo pelo corredor, em minha direção. Droga. Agora terei que ficar até as cinco.

– Oi, Cassie, como é que está o tempo, aí em cima? – pergunta ele, alegremente.

– Nada mal. Estou no D.

– Só no *D*?

– É porque tenho feito umas coisas para a professora Pearce.

– Isso é letra P. – Ele ri. – O que achou do Muir?

– Ainda não comecei. Estou lendo o Thoreau. – Estou relendo, repetidamente.

– Ele é inspirador, não é?

– Seus vizinhos não achavam. Eles o odiavam. Você sabia que ele começou um incêndio florestal, em Walden, logo depois de se mudar para lá, e queimou mais de cem acres da mata?

– Bem, isso não deve afetar a forma como você se sente sobre a sua escrita – diz ele, sorrindo.

– É claro que afeta. E, além disso, eu o considero um grande hipócrita. Ele dizia a todos para simplificar, mas estava vivendo de graça, no chalé de Emerson, na terra de Emerson. Não precisava de trabalhar ou pagar o aluguel. Simplificar. Sei. Era só um cara rico de férias.

– Então, Cassie, você gostou de alguma coisa que ele escreveu? – pergunta ele, me provocando?

– Bem, ele disse o óbvio. Seus problemas somem quando você entra na floresta...

– Não sei se isso seria óbvio para muita gente – ele responde, protegendo os olhos ao olhar acima, para mim, como se eu tivesse acabado de escalar o monte Everest. – Ei, por que você não tira um intervalo e desce aqui.

Eu desço a escada, bato a poeira e me acomodo no sofá, por um minuto.

– Talvez você deva tentar o Emerson, você provavelmente vai gostar mais dele. O pai morreu quando ele tinha 8 anos, ele tinha um olho ruim, tuberculose e asma, e foi despedido de praticamente todos os empregos que teve.

– Isso é alguma insinuação? – eu pergunto.

– Até agora, eu só posso dizer que você vai ter mais estabilidade no emprego do que eu. – Estabilidade. Que piada. Eu não terminei o ensino médio. Thoreau era um hipócrita, mas eu sou uma fraude.

– Sabe – acrescenta Conner –, não sou bom de política interna. Meio parecido com Emerson. Ele costumava colocar um "maldito" na frente do nome de todo mundo... aquele maldito Thoreau, aquele maldito Hawthorne, aquele maldito Alcott...

Agora ele está às gargalhadas e seu celular toca. Ele tira o aparelho do bolso e me dá as costas.

– Ei... eu sei... – diz ele, começando a caminhar para sua mesa. – Desculpe... eu me esqueci... você está certa... desculpe...

Sempre dá para notar quando um homem está conversando com uma mulher zangada. E eu também posso ouvir a voz característica vinda do outro lado da sala. É Samantha. Decido tirar um pequeno intervalo e saio.

Naquela tarde, quando estou indo embora, percebo que o livro de Jonh Muir, de Conner, ainda está em meu carro. Talvez eu o leia esta noite. E depois passe ao Emerson.

CAPÍTULO 16

Esta noite eu devo jantar com Tiff, então paro na lavanderia Topanga Center para pegar o que sobrou do suéter de angorá. Eles disseram que fariam o que pudessem, mas eu tenho certeza que a roupa virá com um daqueles bilhetinhos que dizem "Lamentamos, mas..." Depois, é claro, eu vou lhe comprar outro.

Estaciono junto à lavanderia Al's 24 Horas. Geralmente é Flora, filha de Al, que fica atrás do balcão, mas hoje sou atendida pelo próprio grandalhão. Uma profissão tão meticulosa para um ex-integrante da Marinha.

– Oi, linda – diz ele, em sua voz rouca. – Como vai indo o novo emprego? – Ele dá um grande sorriso, revelando dentes desiguais e dilapidados.

– Ah, está ótimo! – E até que está.

Al vem lavando a nossa roupa desde que eu era pequena. Os mesmos olhos molhados e caídos, o mesmo nariz com veias vermelhas. Ainda não entendo como ele aguenta isso aqui, o cheiro químico que as máquinas exalam porta afora. Além disso há pilhas de roupa suja dos outros, espalhada como cadáveres, em sacos misturados. Mas ele está sempre alegre, como muita gente no meu bairro.

– Então, me dê a má notícia.

Ele me entrega o suéter, que agora está emplastado, achatado e parece um gato afogado – um gato rosa afogado.

– Bem destruído – diz ele, compassivo. – Não vou cobrar. O que você fez, passou por cima dele com um caminhão? – Ele ri.

– Obrigado, Al.

Eu volto para o carro e ligo para Tiff.

– Tiff, eu estou aqui no Al. Seu suéter já era. Vou comprar um novo.

– Não precisa. Tudo bem. Mesmo. Só porque era meu suéter predileto, no mundo inteiro, e me foi dado por...

– Cala a boca.

Nós resolvemos nos encontrar às seis, no restaurante de nosso bairro. Ele fica entre um mercadinho gourmet de comida natural e uma loja de souvenir que tem uma leitora de tarô, nos fundos.

Eu chego meia hora mais cedo, coloco o livro de Conner embaixo do braço e sento no meu reservado favorito de vinil vermelho, que assovia quando eu sento, como se fosse ar saindo de um balão. Abro o livro e começo a ler, quando ouço uma comoção no sofá atrás do meu. É uma família de três pessoas – o pai, a mãe e uma menininha que está berrando a plenos pulmões, quando subitamente atira um copinho roxo na minha mesa.

– Água, água – o bebê grita, em pânico. Agora ela ficou zangada e joga também o coelhinho.

– Só um minuto, meu docinho, lindinho do coração – a mãe diz, baixinho, robotizada, para o bebê. – A mamãe vai pegar seu copinho.

Eu pego o copo, viro para entregar e reconheço o casal, do ensino médio.

– Ah, oi – diz Stacy. – Jim, você se lembra da... é... – ela tenta se lembrar do meu nome. A luz ali dentro é impiedosa, mas ela ainda está bem.

– Cassie. – Eu dou um sorriso.

– Ah, isso, oi. – Jim não faz a menor ideia de quem sou, mas ele acena. Ele está igualzinho, mas com o rosto mais gordo, o pescoço mais largo.

– Oi – eu digo, ao devolver o copinho.

– Ah, obrigada – diz ela, tirando um lenço antibactericida da bolsa, dando uma boa limpeza no lugar onde eu peguei.

– Legal te ver. Mesmo – ela mente, virando de volta para a sua família. Eu ouço uma caneca de café bater em minha mesa.

– Oi, meu bem. Como vai indo? – diz Muriel, chegando à minha mesa e me servindo uma caneca de Yuban. Ela trabalha aqui desde que posso lembrar. É basicamente uma bagunça. Rosto estragado, descabelada, dedos cheios de artrose e tão inchados que eu tenho até dificuldade de olhá-los. Ela tem espasmos crônicos da coluna e periodicamente entra num reservado vazio e solta um gemido. Seu marido foi embora há alguns anos, e ela gosta de brincar dizendo que ninguém nunca veio procurar por ele. Dizem que ele era muito cruel, cruel tipo Frank.

Muriel me entrega o cardápio que não mudou, desde que eu meticulosamente o decorei, quando tinha 8 anos. E cada vez que minha mãe me trazia aqui, eu decorava mais algumas entradas e pratos especiais, depois fingia ler para ela. E ela fingia ficar impressionada. Era parte de um jogo que fazíamos.

– Como vai o Lucky? – eu pergunto.

– Só fica sentado, vendo televisão o dia inteiro.

– Deixa ele. Ele merece. Esses são seus anos de ouro.

– Nem me fale. O Lucky é o único macho fiel que eu já tive. – Ela sacode a cabeça e solta uma risada retumbante.

Por que as pessoas sempre colocam o nome de Lucky em cães de resgate? Por que não Velveeta, uma mistura sabe-se lá de quê? De qualquer forma, esse é surdo e careca, uma mistura de poodle miniatura que minha mãe deu a Muriel, alguns anos atrás. Quando alguém o levou ao centro de vida selvagem, ele certamente era um caco com um rabinho enroscado. Lucky estava zanzando pela rodovia, só Deus sabe por quanto tempo, e chegou coberto de pulgas e carrapatos. O que levou alguém a olhar esse vira-lata sujo e dizer "Vou lhe dar o nome de Lucky[1]"?

Acho que tem a ver com o fato de que as coisas podem mudar num piscar de olhos, do desastre para a felicidade. Agora, aquele "velho" passa o dia todo lindamente deitado numa almofada de veludo, assistindo ao Nature Channel. Nós ouvimos um "bing, bing" aflito, e Muriel se apressa para pegar o pedido.

---

1 "Sortudo", em inglês. [*N. da E.*]

Aqueço minhas mãos na xícara escaldante de café. Foi um longo dia. Passo um tempo olhando para o nada, esperando a cafeína fazer efeito, depois abro o livro de Conner e analiso a foto de John Muir. Ele está agachado numa rocha, perto de um córrego, sua barba arrepiada de 15 centímetros batendo no peito. Ele parece o cara sem teto do fim rua, perto da minha casa. Minha mãe sempre lhe dá tênis usados, cobertores velhos e abricós secos. Folheio o primeiro capítulo e vejo que Conner escreveu uma porção de anotações nas margens. Ele devia estar em alguma floresta, todo eufórico, porque as notas dizem coisas como "Ah, sim!" e "Muito verdadeiro!" E algumas frases estão sublinhadas, como "não perca sua liberdade", ou "salve-se da apatia mortal".

O que é isso? Entre as páginas cinco e seis, há uma carta cuidadosamente dobrada, endereçada a uma mulher chamada Pamela. Eu rapidamente enfio a carta no bolso do meu casaco, e tento continuar lendo. Mas minha mente fica voltando à carta. – É imoral ler uma carta particular de alguém? Claro que é. Por outro lado, está queimando e abrindo um buraco no meu casaco. Que inferno. Ninguém poderia resistir a isso. Eu pego a carta e a desdobro.

– *Querida Pamela, Para mim, é difícil dizer isso...*

Ih. Isso não está me cheirando bem.

– *mas quando estamos juntos, os prazeres do céu estão comigo, assim como as dores do inferno...*

Ai, não! Não posso ler isso. É uma maldita de uma carta de amor!

– Não consigo esquecer o milagre das suas costas, seus braços e dos seus membros longos...

Certo. Tenho que parar.

– *...um amor inconfessável, apaixonante...*

Eu prendo o riso. Ora, vamos! Não posso acreditar nisso...

– *Ainda posso sentir o calor de sua pele junto à minha. É maravilhoso deslizar minhas mãos no meio das suas costas, até chegar àquele lugar, na base de sua coluna, que se curva maravilhosamente como uma escultura.*

Jesus. Ele provavelmente estava sentado por lá, numa rocha, em Yosemite, fumando alguma coisa, cheio de tesão. *Meditações de John Muir* não puderam ajudá-lo com isso. Sinto uma pontada de culpa. Isso não está certo. Continuo a ler.

– *Venha pra mim, nessa noite louca e nua de verão.*

Deus, ele estava mal mesmo por causa dela!

Ouço um jovial "Oi, Muriel!"

Droga. A Tiff chegou! Eu enfio a carta na traseira do livro, à medida que ela despenca no sofá diante de mim.

– Estou faminta. O que você está lendo?

– Ah, nada.

– Bem, o que é esse livro? – Graças a Deus. Ela estava perguntando sobre o livro. Minhas mãos estão suando. Sou uma pessoa muito, muito ruim por ler essa carta. Ele nunca teve a intenção de que alguém a visse, nem mesmo Pamela, seja lá quem ela for. Vou jogá-la no lixo quando chegar em casa.

Eu mostro a capa do livro pra Tiff e ela enruga o nariz, com desagrado.

– Parece um cara cult. Para que você está lendo isso? Está fazendo um curso noturno? – Ela pega o livro e começa a folhear.

– Não, uma pessoa do trabalho que me deu. Vamos comer. – Eu o pego de volta e enfio no fundo da minha bolsa.

– Deus, assim dá até pra pensar que é pornográfico, ou algo assim. – Tiff ri. Se ela soubesse.

Nós pedimos hambúrgueres de peru e brotos (tudo em Topanga vem com broto). Não sei por que, mas pareço ter perdido o apetite. Não consigo comer nem a metade. Tiff devora minhas sobras.

– O que há com você? Ainda está de ressaca?

– Não. Não estou de ressaca e podemos não falar nisso?

– Você parece meio aérea.

– Estou ótima. Cansada, talvez. – Não consigo tirar a carta da cabeça. Fico imaginando como Pamela é. Talvez, como Samantha. Toda brilhante e macia e perfeita. *Classuda*. Talvez fosse aquele vestido perfeito que ela vestia, na primeira vez que eu a vi. Sim. *Era* o vestido.

Ouço pela metade o que Tiff descreve, seu último caso, um divórcio em que tudo estava acordado, até ontem, às duas da madrugada, quando o marido arrombou a casa da esposa e roubou o tapete da entrada.

– Um retardado absoluto – diz ela.

Agora ela está curtindo um novo seriado de TV chamado *Salve-me*, sobre bombeiros sensuais que estão sempre sem camisa, em algum momento do programa.

– Você já está terminando? – eu pergunto. Pareço ter recuperado o ânimo. – Quero ir fazer compras. – Ela se anima.

– Por mim, tudo bem. Eu que geralmente tenho que te arrastar.

Conforme saímos, passamos por Jim e Stacy discutindo, enquanto colocam a filha numa Suburban prateada.

– Mas, meu bem, se nós formos primeiro no p-ô-n-e-i, ela não vai c-o-c-h-i-l-a-r.

– Mas nós prometemos a ela. Que tal a loja de b-r-i-n-q-u-e-d-o, isso não vai demorar tanto, e depois ela não terá outra p-o-r-c-a-r-i-a de ataque.

Tiff revira os olhos, e depois entramos no carro. Eu fico olhando, enquanto eles saem dirigindo, e penso que vivemos em universos separados. O deles é repleto de brinquedos e cadeirinhas de carro e desinfetante Purell. E o meu é cheio de cães, papagaios e mentiras.

CAPÍTULO 17

Deixo meu carro em casa, entro no carro da Tiff e seguimos ao Shopping Topanga, que não tem nada a ver com Topanga. É enorme, com cem lojas, praças de alimentação, um carrossel coberto e um estacionamento imenso. Toda vez que passamos pelo shopping, na rodovia, minha mãe fica cantarolando aquela música da Joni Mitchell que diz "Asfaltaram o paraíso e colocaram num estacionamento". Depois, ela suspira dramaticamente. Nós estacionamos no nível G4 vermelho e seguimos para a Macy's.

Eles estão fazendo uma grande liquidação e o departamento de suéteres está abarrotado, mas Tiff nem se abala. Ela ataca as prateleiras, puxando, empurrando, atracando tudo. Eu fico fora do fluxo, tentando parecer interessada. Tiff pega alguns angorás de cores que variam de rosa choque a lilás.

– Achei que você quisesse um preto – digo. Mas ela não capta a dica.

– Esses são bem mais sensuais, você não acha? – pergunta.

– Bem, eu acho que preto é mais elegante. Quero dizer, você pode usar com mais coisas.

– Não vou ouvir você. Você tem um gosto tedioso pra roupa. E eu digo isso com amor.

– Não, sério, Tiff. Esses simplesmente não são... legais. – Não acrescento que são meio vulgares. Felpudos demais. Roxo demais, ou rosa demais, tanto faz. Não quero magoá-la.

Então eu digo que gosto do lilás, mas não sou tão convincente.

– Você não está nada divertida. Qual é o seu problema? Isso é caro demais? Pode me dizer a verdade. Você não precisa me comprar o suéter. De verdade.

– Não. Não seja boba. Agora eu tenho um emprego bacanérrimo. Vou comprar e depois preciso que você me ajude a encontrar um vestido preto perfeito. Um vestido preto de sonho, sedutor. O tipo de vestido que faria um homem me achar escultural, um milagre. Onde se acha algo assim?

Tiff está sem palavras, do jeito que as pessoas ficam quando alguém que elas conhecem diz algo totalmente fora de propósito. Depois, ela dá um sorriso travesso. – Como um milagre, é? – E ela me leva até o departamento de vestidos, no terceiro andar.

Nós olhamos um monte de araras de preto. Tiff começa entusiasmada, mas agora já está farta.

– O que há de errado com este?

– Muito brilhoso.

– E este?

– Decotado demais.

– E este?

– Muito apertado na cintura.

– E este?

– Marca a minha bunda.

– Ora, vamos, Cassie. Isso está ficando ridículo. Um vestido preto é um vestido preto. De qualquer forma, pra que você precisa de um? Vai a outro enterro? Ha. Ha. Ah, já sei! É outra porcaria de abertura de exposição de arte! – diz ela, rindo.

– Muito engraçado – eu digo. – Aqui não tem nada. Talvez na Neimans tenha algo.

– O quê? Você ganhou na loteria? Vai por mim. Lá você não vai achar nada por menos de um milhão de dólares. Eu vou até a Target. Vou comprar uns trecos para o meu cabelo. A gente se encontra lá em vinte minutos. E não se atrase.

Toda vez que entro na Neimans fico maravilhada com a tranquilidade e serenidade da loja. Não que eu já tenha comprado alguma coisa ali. Mas é divertido circular. Só há vendedoras lindamente vestidas, esperando em seus postos, sorrindo agradavelmente enquanto eu passo. – Gostaria de experimentar a nova fragrância de Marc Jacobs?

– Oh, obrigada. – Ela me borrifa. Custa 120 dólares, 28ml.

Eu pego a escada rolante até o segundo piso e vejo o vestido do outro lado do salão. Ele está enfeitando um manequim translúcido, sem feições, no meio da seção dos designers. Lentamente me aproximo, como se aquilo fosse uma experiência espiritual e toco a lã fina. A textura é tão maleável que parece sedosa como a orelha de um cachorro. É sem bainha, com um decote arredondado elegante. Curto o suficiente para ficar fino. Decotado o bastante para parecer sexy. Eu nunca fui de desejar uma peça de roupa. Mas, agora, eu olho para esse vestido e o quero. Quero sentir o tecido junto à minha pele. Quero vê-lo grudado em meu corpo. Quero vesti-lo e entrar numa sala e saber que as pessoas estão me notando. O que posso dizer? Eu simplesmente o quero.

No instante em que o visto sinto sumir, dissipar a poeira, os pedregulhos, as decepções da minha vida. Lembranças de quem eu costumava ser – meu passado duvidoso – ofuscadas pela sensação de expectativa e esperança.

Sento na poltrona perto do salão de peles, pego o celular e ligo para o 0800 no verso do meu Visa. O vestido custa seiscentos dólares. A gravação me diz que ainda tenho trezentos dólares de crédito.

Eu pergunto à vendedora se posso dar um sinal. Ela sorri compassiva e diz – Não fazemos isso aqui. Mas, se quiser, posso reservar por três dias.

Eu digo que sim. Mas sei que nunca mais vou voltar. E ela também sabe. Eu gostaria de dizer que a emoção de experimentá-lo foi suficiente, mas não foi.

Pego a escada rolante até o departamento de calçados e vejo umas sandálias simples de camurça e salto alto – duzentos dólares. Em seguida, passo no departamento de bolsas, escolho uma carteira preta de cetim, tamanho perfeito. Seguro-a na palma da mão, para ter certeza. Parece que não estou segurando nada. Trezentas pratas. Minha última parada é no departamento de meias. Eu olho a meia-calça preta fina e a vendedora me diz que essa meia é objeto de desejo. Ela segura sobre o punho fechado e não tem brilho algum. Sem peso. Transparente. Vinte pratas. Então, agora eu sei quanto custa para ser Samantha. E sigo para a Target, que é o meu lugar.

CAPÍTULO 18

A caminho de casa, Tiff fala a um milhão por hora, enquanto vai costurando as faixas, buzinando e atravessando sinais amarelos. Quando faz um sinal obsceno para alguém, eu lhe digo que ela dirige feito um garoto e ela encara isso como um elogio.

Nós paramos para pôr gasolina na esquina da Topanga Road e, quando estamos saindo, um carro que mais parece uma barcaça entra na nossa frente, nos fechando. Ele parece ser dos anos 1950, com rabo de peixe. Só dá pra ver duas mãozinhas agarradas ao volante e umas mechas de cabelo feminino grisalho acima do banco. O carro dela bloqueia a estrada estreita e ela vai indo, no máximo, a trinta por hora. Tiff vai ficando doida.

– Não buzine – eu digo a ela. – Vai fazer com que ela tenha um ataque do coração.

– Por que deixam essa gente andar na estrada? Ainda bem que eu não tenho uma arma. Da próxima vez que um filho da mãe me fechar, bum! Está molengando? Bum! Virou à direita, na faixa da esquerda? Bum! – Eu vejo que ela está com a mão pairando em cima da buzina.

– Vou te lembrar disso quando formos duas velhinhas e estivermos fazendo uma viagem pela estrada. Não buzine.

– Está bem, está bem. Não vou buzinar. Jesus. Mas nós não vamos chegar lá antes de meia-noite.

Trinta minutos depois, que deveriam ser dez, nós chegamos à casa de Tiff. Soltamos nossos pacotes no sofá e tiramos nossos casacos.

– Mãe! Estamos em casa! – Tiff grita.

– Estou aqui, Tiffy – a tia Ethel responde, com uma voz fininha, vindo da cozinha.

Os aromas azedos de depois do jantar poluem o ar e a louça suja está empilhada na pia. O tio Guy está inclinado, numa banqueta junto à bancada, com um palito pendurado no lábio inferior. Ele passa a mão na testa, e gotinhas de suor escorrem pelo seu rosto cansado. Tia Ethel está dobrando roupa e sorri levemente quando nos vê, depois sopra uma mecha de cabelo dos olhos. A tensão paira na cena, como se duas pessoas tivessem acabado de brigar.

– Está tudo bem? – Tiff pergunta à mãe.

A tia Ethel diz baixinho a Tiff, que eles acabaram de receber um e-mail de Guy Jr. Ele está num lugar próximo de Az-Zubayr, no sudeste de Basra. Nós sentamos junto ao computador e silenciosamente lemos a mensagem.

Para começar, estou bem. Mas isso não tem nada a ver com os filmes – posso lhes dizer isso. Nesse momento, estou num café com internet e o pessoal da corporação diz que podemos dizer o que quisermos, contanto que isso não ponha em risco a missão, mas eu acho que eles não estão falando pra valer. Ouvi dizer que andaram bloqueando blogs por todo lado e vou lhes dizer, mesmo assim. Não estou inventando. Até agora, três caras da minha unidade foram mortos. Além disso, a esposa do meu bom amigo disse que está farta e quer o divórcio. E ele não vê os filhos há mais de um ano. Nós bombardeamos uma casa outro dia, e acabamos matando os civis que deveríamos estar salvando. Faz um calor dos infernos e as coisas que temos de vestir são muito pesadas. Eu sei que estou aqui por uma razão, mas, às vezes, é duro lembrar, quando a vida é apenas uma droga de um imenso campo minado...

– Deus, mãe. Que depressivo – diz Tiff, conforme ela começa a ler o restante, em voz alta.

A tia Ethel está lutando para manter a compostura e, o tempo todo, eu fico imaginando o Guy Jr. adolescente, esticando no sofá da sala, com suas camisetas desbotadas de rock e seus jeans grandes demais. Naquela época, ele tinha os membros compridos, e pés e mãos grandes. Bonito. Tiff e eu costumávamos ouvi-lo rindo através da parede do quarto, falando com a namorada mais recente. Ano passado, quando foi mandado para longe, ele nos disse brincando que o pior que podia lhe acontecer era pegar uma queimadura da areia. A carta termina com Guy Jr. dizendo que ele pode conseguir uma dispensa em breve.

O pai de Tiff vem até mim, com a pança projetada à frente, abanando os braços no ar.

– Já conheceu uns caras legais, em seu novo emprego? – pergunta ele, desviando os olhos da mensagem do computador.

– Ela está na universidade, papai. Claro que não conheceu caras legais – diz Tiff, forçando o riso, e passando a mão no nariz. Eu vejo que ela está chateada, ainda concentrada na tela à nossa frente. Ela se afasta e passa o braço no meu. Depois me arrasta até a cozinha, pega uma garrafa de vinho e me leva para fora.

O quarto de Tiff é um bolo de noiva, com camadas de babados, renda e uma pilha imensa de livros de autoajuda. Ela acha que qualquer ser humano pode ser feliz e, se não é, deve fazer algo a respeito. Em sua busca pela felicidade, já leu mais de duzentos livros de autoajuda, variando de Norman Vincent Peale, que sua mãe lhe deu, até *The Art of Happiness*, *Get Out of Your Own Way*, e sua bíblia, *Woulda, Coulda, Shoulda*. Ela me diz que cada um deles, até os ruins, lhe transmite algo importante, uma pequena dica ou perspectiva de como descobrir o segredo da felicidade.

Seu quarto é igual desde que ela tinha 10 anos. Tem uma prateleira alta acima da janela, perfilada de troféus de patinação no gelo, prêmios fajutos de segunda colocada, como pratos prateados, canecas, fitas e fotos de Tiff parecendo a Baby June, em vários trajes diferentes de patinação. Acho tudo meio triste, como se ela já fosse alguém que teria sido. Embora ela não tenha sido. Pessoalmente, eu jogaria tudo numa gaveta de tralhas, mas Tiff diz que assim que tiver seu canto, vai construir um armário grande, com portas de vidro, para colocar tudo exposto.

Ela pega o saco da Target e, com um floreio, tira seu novo kit de clareamento.

– O que me diz? Faz anos que eu quero fazer isso por você. – Ela me entrega a caixa. A foto da embalagem é de uma beldade de cabelos louros, olhos azuis, com um sorriso monumental e cabelos de Lady Godiva do tipo "beijados pelo sol nórdico". Eu quero ser beijada pelo sol nórdico. Como Samantha.

– Está bem. Vá em frente, Tiff.

– É mesmo? Sem brincadeira?

– Preciso mudar. Igual nas revistas – de uma ratinha para uma rainha!

Ela ri ao me entregar o esmalte vermelho Emoção do Brasil, e diz – Vai, se joga.

Uma onda forte de amoníaco ataca meus olhos, garganta e a sinusite, conforme Tiff mistura a fórmula branca que nem giz, para fazer as mechas do tom Louro Dinamarquês Real Acinzentado. O processo leva umas duas horas e eu passo a maior parte desse tempo tomando a minha cota do vinho e folheando alguns de seus livros da nova era, que prometem abordar o "poder escondido em algum lugar dentro de mim" e me dar o "segredo", diz que "sou a fonte mais poderosa de transmissão do universo". A certa altura, confesso o quanto queria aquele vestido. Descrevo o inalcançável detalhadamente e digo a ela, penosamente, que jamais conseguirei pagá-lo.

Algumas horas depois, eu olho no espelho enquanto entro pela minha porta da frente. Meu cabelo ainda não está bem seco, mas está mais vivo, mais louro. Achei que ficou bom, mas o Sam, não. Ele dá um ataque quando me vê. Sacode a gaiola igual a um presidiário e arrepia as penas. E toda vez que eu me aproximo, ele fica recuando, grasnando "Socorro! Socorro!".

Eu gostaria que minha mãe nunca o tivesse ensinado essa palavra, porque ele abusa dela. Como um lobo uivante... só que ele é um papagaio. Deve ser por causa das unhas vermelhas. E o cabelo. Pássaros detestam mudança.

– Estou bonita. Melhor que antes – eu lhe digo, desafiadora. Ele me olha desconfiado e continua amuado. Por outro lado, pelo Cachorro Preto, eu poderia estar usando até uma peruca de bruxa; ele nem liga. Ele me cheira e se planta aos meus pés.

Mais tarde, naquela noite, tiro a carta de amor de Conner da minha bolsa, amasso e a jogo no lixo. Pronto. Tiro a roupa, vou para a cama e começo a folhear o livro do Muir. Geralmente, quando estou cansada, não consigo ler nada, mas me sinto estranhamente energizada pelas palavras de Muir – sua descrição da natureza – como sendo "cheia de pensamentos de Deus, um lugar de paz e segurança, uma nova canção, um lugar de começos". Eu me vejo lendo sem parar.

Do lado de fora da minha janela, duas corujas com vozes de flauta chamam, uma à outra, em meio à escuridão, em tons pesarosos. São como espíritos perturbados nos pinheiros negros. Uma delas tem um tom mais agudo que a outra, mas, se você me perguntar, nenhuma delas parece estar dizendo "quem". Corujas são predadores noturnos, como coiotes, e ocasionalmente matam ratos, pássaros ou gatos pequenos. Eu levanto para ter certeza de que Sam está seguro em sua gaiola e imagino meus outros pássaros aninhados na clareira. Falcões e corujas estão por toda parte, no vale. Eles são o inimigo. Invisíveis, mas sempre ali.

Eu penso na noite de hoje. Na maior parte do tempo, Tiff aparentou estar bem, mas eu sei que ela está morta de preocupação com o irmão e, no mais, sua vida não está tão sensacional. Sua família está sempre apertada e seu irmão pode voltar para casa num caixão. Às vezes, eu me pergunto como ela aguenta.

Algumas semanas depois do acidente de Frank, nós ficamos acordadas até tarde, na minha cozinha, bebendo rum com Coca-Cola, e eu finalmente deixei escapar que tinha desejado que Frank morresse, pouco menos de uma semana antes de o acidente acontecer. Depois, eu vi as fotos no necrotério – as que ele parecia estar morto, não dormindo. E então, fui atingida por uma sensação – e se isso, cosmicamente, fosse culpa minha?

– Deus, Cassie. Você não sabe que todo mundo faz isso? – respondeu ela. – Todos nós pensamos nessas coisas, sem realmente termos a intenção.

– Mas eu tive. Essa é a questão.

Tiff ficou quieta por um instante, depois sorriu.

– Acho que eu sabia disso. Tudo bem. Eu já sabia disso. – Depois, ela acrescentou, tristemente: – De qualquer forma, desejos não se tornam realidade.

Pouco antes de pegar no sono, eu tenho uma ideia e meus pés tocam o chão gelado, mais uma vez. Eu tiro a carta de amor do lixo e a coloco na gaveta.

CAPÍTULO 19

Como foi que isso aconteceu? Meu cabelo está em pé igual a arame farpado e ouriços louros acinzentados. Pareço um porco-espinho. Roedores parrudinhos, de pernas curtas e movimentos lentos. Será que a gente estava tão doida assim? Talvez a química continue agindo, enquanto você dorme. Talvez a gente não tenha lavado direito. Chegamos a lavar? Sam estava certo. Eu estou uma aberração e atrasada para o trabalho.

Eu puxo meu cabelo num rabo de cavalo apertado e baixo, encontro um boné de baseball com um forro escuro e o espremo em cima das mechas louras e duras. Isso é o oposto de classe. Isso é um desastre.

Entro no escritório 15 minutos atrasada. Alison está atrás do balcão, como sempre, mas ela está com uma expressão amistosa incomum. O que é que está acontecendo? Quero dizer, já não existe a menor dúvida de que a gente não se suporta. Ela sorri para mim, como se esse fosse um cumprimento normal de sua parte. Talvez ela esteja feliz por eu parecer um resto humano de atropelamento.

– E aí. Como vai?

– Tudo bem. E você? – Sigo o embalo.

– Tudo bem. Ouça. Eu preciso te pedir um favor – ela diz, toda mansinha.

Alison baixa o tom de voz. Puxa uma cadeira e gira de frente para mim, como se fôssemos amigas do peito. Começo a ter uma sensação ruim quanto a isso. Talvez eles tenham descoberto sobre mim.

– Tem um cara – sussurra ela –, e eu juro por Deus, ele é perfeito. Eu saí com ele ontem à noite, e agora ele quer me levar até a costa. Numa Mercedes conversível. – Tudo o que posso sentir é alívio.

– Estarei de volta lá pelas quatro horas, você pode me dar uma cobertura?

– Ah, claro – eu digo, casualmente. Tudo bem, vai.

– Não precisamos dizer à Pearce. Quero dizer, somos adultas.

– Certo.

– Exatamente.

– Quando ele vem?

– A qualquer minuto. – Ela me encara por um momento. – Que boné é esse?

Eu tiro e meus ouriços pulam pra todos os lados.

– Jesus, eu espero que você não tenha pagado por isso.

Eu não estava a fim de dizer que minha amiga que havia feito. E que a gente tinha enchido a cara.

– Bem ruim, né?

– Eu que o diga – ela fala, enquanto rapidamente pendura a alça da bolsa no ombro. – Eu te vejo mais tarde.

À medida que ela vai saindo pela porta, eu me instalo atrás do balcão da recepção, guardando minha bolsa. Droga, eu deveria ter perguntado o nome do cabeleireiro dela. Há muitas coisas ruins que eu posso dizer sobre Alison, mas o seu cabelo não é uma delas. Ah. Eu vejo que ela deixou seu caderninho Filofax, de capa de crocodilo, ao lado do telefone. Hummmm. Será que o cabeleireiro dela teria algum horário livre no fim do dia? Eu casualmente coloco o livrinho no meu colo, embaixo da mesa.

Vejamos. Talvez esteja na letra H. Eu penso Hawthorne, Huxley, Hubbard. As prateleiras de Conner estão poluindo o meu cérebro. Pare. Cabeleireiro. É disso que eu preciso. Neca. Talvez em S. Salão de beleza. Nada. Eu a ouvi falando com ele. O nome do homem é algo tipo "Frank". Que coincidência. Eu olho em F e lá está ele, só que se escreve "Franck".

Eu anoto o número, dou uma olhada acima, e merda, Alison está voltando. Eu deslizo o Filofax até o lado do telefone.

– Ah, oi! Acho que esqueci o meu Filofax. – Eu o entrego a ela. – Deus! Obrigada! Minha vida está nesse caderno.

– Sem problema. Divirta-se – eu digo, conforme atendo ao telefone no departamento.

– Cassie? É o Freddy.

– Ah, e aí. – Isso é meio estranho. – A Alison acabou de sair.

– Na verdade, eu liguei pra você. – Que história é essa? Talvez o amigo, o fotógrafo, tenha me visto desmaiar.

– Então, eu recebi uma ligação ontem, do meu amigo fotógrafo. – Eu estava certa. Lá vem. – E um dos críticos do *Times* escreveu uma crítica excelente, hoje. Você viu?

– Nossa, não. Ainda não recebi os jornais.

– Bem, foi uma crítica ótima. Ouça isso "deslumbrantemente atmosférico, romântico e assombroso".

– Aposto que ele ficou contente. – Onde é que essa conversa vai dar? Ele *só pode* ter ouvido sobre o que aconteceu. Talvez ele esteja esperando que eu dê uma desculpa. Ah, eu tomei uns *Sudafeds* e, depois de um drinque, tive uma reação muito ruim. Ah, eu estava ficando gripada. Todos na minha casa estão com gripe. Até o papagaio.

– Bem, eu sei que você deve estar ocupada e vou deixá-la trabalhar.

– Tudo bem. Legal falar com você. – Nada do colapso. Talvez ele não tenha ficado sabendo.

– A propósito – ele hesita -, eu sei que é o último minuto, mas eu estava pensando se você estaria livre, amanhã à noite.

Estou estarrecida. – Amanhã à noite?

– Eu tenho dois ingressos para a sinfônica e é a sexta sinfonia de Beethoven.

Deus. A sinfônica. Ele está esperando que eu diga alguma coisa. Eu passo a mão nos meus espetos de gárgula. Vou deixá-lo estarrecido.

– Sabe, eu tenho alguns planos para amanhã, mas vou tentar me organizar. Posso te ligar mais tarde?

– Sem problemas – diz ele, educadamente. Ele me dá o número dele e pede o meu celular.

A primeira coisa que eu penso é: esse é o pior pesadelo de Alison. Depois, ligo para o cabeleireiro dela. A recepcionista, Tracy, tem um sotaque britânico. São duzentos dólares para tonalizante e luzes. Pode ser mais, se estiver danificado. Acho que isso se qualifica como danificado. Eu pergunto se eles têm alguém que não seja tão caro. A recepcionista me diz que, se eu estiver interessada, esta é a noite de treinamento – os assistentes fazem os cabelos supervisionados pelos cabeleireiros. E é grátis. Ela me garante que o trabalho é excelente e só tem dois horários vagos. Dou meu nome.

Espero até um horário apropriado para ligar de volta para Freddy e confirmar o encontro. É tudo alegre e casual.

Então, a caminho do cabeleireiro, eu passo pela Neimans e dou outra olhada no vestido preto. Vou comprar. Faz um ano que não compro um vestido novo. E os sapatos também. Não faz sentido ter um vestido deslumbrante como esse e sapatos *Easy Spirit*. Posso usar dois cartões diferentes. Eu digo à vendedora agradável que vou à sinfônica e não tenho muito tempo, pois estou atrasada para o cabeleireiro. Ela é só sorrisos. Eu sou só sorrisos. Nenhuma de nós duas pode sequer pensar em pagar um vestido desses.

Quando foi a última vez que gastei tanto dinheiro comigo? Dinheiro que eu não tenho. Isso também é pecado?

CAPÍTULO 20

Freddy perguntou se poderíamos nos encontrar em sua casa, pois ele tem uma reunião até tarde. Então, eu levo meu novo vestido preto para o trabalho, junto com uma mochila entulhada de maquiagem, meias, salto alto e um sutiã meia taça novinho em folha. Depois que mudo de roupa, Alison me olha quase sem piscar, esforçando-se para disfarçar a emoção da surpresa. De outro modo, ela talvez tivesse que dizer algo agradável. Eu dou um aceno alegrinho, ao sair.

Antes de entrar no carro, coloco uma toalha para forrar o banco do motorista e entro devagar, como se fosse feita de porcelana. Não quero pelo de cachorro grudado no meu vestido e certamente não quero desfiar minhas meias pretas ultrafinas. Estou nervosa. Toda hora olho a maquiagem no espelho. Da última vez que ele me viu, eu parecia um pompom ridículo de angorá rosa.

Encontro uma vaga a algumas quadras de distância de seu belo arranha-céu, embora ele tenha dito especificamente para que eu estacionasse com o manobrista. Francamente, com minha lata-velha, nem pensei nisso.

Eu me apresso em direção ao prédio, esperando que o porteiro interfone para Freddy, mas ele já está lá embaixo, vestindo um terno preto de alfaiate. Vejo um lampejo dourado do relógio com pulseira de crocodilo, quando ele segura a porta do carro aberta para mim, depois me dá o segundo assovio da minha vida. (Tudo bem, o primeiro foi de um papagaio.)

– Você não sabe o quanto está adorável – diz Freddy, tocando o meu cotovelo e encostando suavemente em mim. E devo estar, mesmo. Não é só o vestido. É meu cabelo também – macio e solto, com a franja escovada para o lado. O engraçado é que, quando cheguei em casa ontem à noite, Tiff passou para me dar um abraço.

– Cassie, nós fizemos um trabalho tão bom na sua cor. Talvez eu esteja na profissão errada. Eu deveria ter feito escola de cabeleireiro. – Eu que o diga. Não tive coragem de dizer a ela como o cabelo ficou horrendo e como foi preciso que quatro pessoas trabalhassem nele, durante quase uma noite inteira, para que ficasse decente.

A caminho do Centro Musical, no centro de Los Angeles, Freddy perguntou se eu ouvira a sexta Sinfonia de Beethoven ultimamente e eu disse a ele que raramente (tipo nunca) ia à sinfônica. Ele assentiu como se compreendesse. O trânsito é de matar, vindo de onde você mora, disse ele. Deve levar algumas horas para chegar aqui no horário do rush. Ah, sim, eu concordei. De matar.

– Eu gosto da Pastoral – ele prosseguiu. – Quando a escreveu, Beethoven era antissocial e quase surdo, mas ela o transporta para outro lugar, como a Provença, ou algum lugar assim, você não acha?

– Ah, sim – eu minto, totalmente intimidada. Devo estar parecendo tão sofisticada essa noite que ele acha que sou o tipo de pessoa familiarizada com as sinfonias de Beethoven e alguém que já esteve em Provença. Bravo, Cassie.

No fim das contas, chegamos cedo ao concerto, então Freddy me convida para tomar um drinque no Salão dos Fundadores, que ele me explica ser algum tipo de clube privativo para os doadores.

Quando entramos, tudo que consigo pensar é naquela cena de *O fantasma da ópera*, quando o lustre gigantesco de cristal espatifa no chão aos pés da linda deusa, Christine. Nós nunca íamos ao teatro, mas um dia minha mãe resolveu esbanjar e me levou àquele espetáculo, numa tarde de domingo. Foi pouco tempo depois que Frank morreu e a explosão do vidro, súbita e ruidosa, juntamente com os raios de luz, me levou de volta à noite em que sua caminhonete caiu como uma granada, montanha abaixo, e depois explodiu. Agora estou olhando acima, para os lustres de pingentes em formato de diamantes, imaginando se um deles vai despencar no chão, mandando toda essa gente elegante direto para o inferno.

Esse lugar é demais. Tetos de 15 metros de altura, tapetes persas, sofá imensos de veludo bordado, e telas que vão do teto ao chão, com mulheres em trajes de gala e tiaras que deveriam ser intitulados "O resto que se dane". Eu olho pelas janelas, vendo os arranha-céus do centro da cidade que parecem feitos de peças de Lego, erguido ao céu que vai escurecendo, quando um garçom de smoking passa com taças de champanhe em bandejas de prata.

Freddy me dá uma taça e diz, em tom conspirador – A propósito, você se importaria se nós mantivermos esse encontro *entre nous*?

Eu olho para ele totalmente sem expressão.

– Eu realmente não gosto que Alison saiba da minha vida. Assim é mais fácil, sabe?

Ah, já saquei. Ela deve ter dito coisas ótimas a meu respeito.

Tudo bem, sem problemas. Eu compreendo – digo docemente. – *Entre nous*.

Freddy está totalmente em casa e abre caminho em meio à aglomeração, estendendo a mão para cumprimentar homens mais velhos e distintos – homens substanciais que levam o sucesso com grande facilidade. E suas esposas elegantes, todas aparentando uma educada falta de curiosidade, pelo que percebo. Muitas estão de preto, e começo a perceber que essa cor vai deixando todas as outras fora de moda. Conforme caminhamos, chamam Freddy pelo nome, dando-lhe afetuosos apertos de mão e afagos no ombro.

Alguns param para bater papo e ele educadamente me apresenta. Eu rio das piadas com um ligeiro esforço e noto que a conversa é inteligente e espontânea. Eu me vejo tentando me entrosar, fazendo anotações mentais de como eles fazem aquilo – tentando fingir que nasci nesse mundo.

Nós seguimos até um sofá, num canto, onde há uma mesa posta com uma toalha branca, pratos de sanduíches de salmão defumado, uma bela bandeja de queijos, frutas e uma garrafa de vinho gelando, num balde de gelo. Bem distante do tipo do restaurante predileto de Frank, o Mantle's, onde o slogan era "A única maneira de ter uma galinha melhor é sendo um galo".

Freddy senta e dá um tapinha na almofada brocada ao seu lado, de um jeito meio íntimo. Aconchegante. Alguns de seus amigos se juntam a nós. As mulheres estão com vestidos como o meu, outras vestem ternos pretos com imensos broches de joias na lapela. Provavelmente, um presente de suas avós.

O garçom abre o vinho e entrega a rolha a um homem sentado ao meu lado, e ele a inala como se fosse um viciado cheirando cocaína. O rótulo da garrafa parece um antigo brasão de família, Domaine de alguma coisa, do porão de pedras da fortaleza do Fantasma. Provavelmente caro à beça. Ele assente, cerimoniosamente. Então, o garçom serve uma pequena quantidade na taça do homem e fica ali, em pé, atento, enquanto o cara gira o vinho, segura a taça diante da luz, cheira, dá um gole, enche a boca, inclina a cabeça para trás e gargareja. Freddy olha para mim e pisca conforme o cara, cujo nome é Quatro (seu pai era o Três, o avô era o Dois, enfim, você já entendeu), chega perto demais e diz:

– Excelente 1975. Distrito do Lago. Eu me dei uma caixa de presente, quando estava no Como. – Ele está com cheiro de Brut 2006, Distrito de Buffoon. Mas eu fico de boca fechada.

– Então, o que você faz?

– Trabalho na universidade.

– Bom pra você. – Ele responde, com interesse, conforme uma mulher vinda de trás grita uma saudação exuberante e se coloca entre Freddy e eu, passando o braço cheio de pulseiras de ouro ao redor dele.

– Onde você andou se escondendo? – sussurra ela, pegando seu braço com familiaridade. – Deus, eu senti sua falta.

Ela está de salto alto, com uma blusa branca de cetim e uma saia cinza de flanela. Sexy, mas sem forçar a barra. Seus cabelos louros sedosos estão puxados para trás, presos num faixa de veludo preto. Ela deve ter uns 30 anos, é bronzeada, magra e sua pele é perfeita, hidratada e sedosa, com um toque de brilho labial vermelho.

– Oi, eu sou Nan – ela me diz, estendendo a mão, como um homem. Na mesma hora, ela continua falando com Freddy. Sua conversa é pontuada por uma poção de "precisos". Eu "preciso" te levar à casa de praia. Eu "tenho" que tomar outra taça de champanhe. Eu simplesmente "preciso" voltar à Nova York antes que aquela peça saia de cartaz. Ela é uma beldade e sabe disso, mas está simplesmente me estrangulando com todo o seu charme. É quase como se ela estivesse bombeando todo o oxigênio do ar.

Eu peço licença (porque "preciso" ir ao banheiro) e, quando volto, há um silêncio estranho. Fico com a impressão de que há algo que eu deva saber, mas a sensação passa quando Freddy rapidamente entra, dizendo que Nan é uma amiga sua, de Londres. Ele morou lá, por alguns anos, quando tinha 20 e poucos, teve um apartamento em Mayfair e trabalhou na Goldman Sachs.

– Minha ex-esposa trabalhava numa pequena galeria no bairro. Foi lá que comprei minha primeira pintura. Eu tive que pegar dinheiro emprestado, porque era do tipo "não posso viver sem".

Obviamente, a esposa não era. Eu quero saber mais sobre ela e sobre o casamento, mas, em vez disso, eu pergunto – O que era a pintura?

– Era um lindo nu. A esposa ficou com ele, no divórcio.

– Eu lamento.

– Não lamente. Eu comprei de volta, num leilão.

Nan agora estava sentada com um grupo de cinco mulheres, todas louras, com braços lindos e firmes, e brincos caros de pingente. Elas estão rindo e cochichando de forma conspiradora. Têm pinta de que pertencem a um daqueles clubes que não aceitam judeus e negros.

Acabei de me servir do primeiro sanduíche, quando as luzes piscam. Freddy continua conversando com seu amigo, sobre um grande leilão de arte que se aproxima, ignorando o aviso, enquanto um desfile de gente serena passa, sem pressa, pelas portas abertas por garçons uniformizados. Eu rapidamente enfio o sanduíche na boca e ouço mais alguns "Oi, Freddys", quando ele aperta meu joelho e diz: "Certo. Está pronta?"

Eu aceno com a cabeça. Estou superempolgada. A última vez que ouvi uma orquestra foi o *Quebra nozes* e eu tinha 5 anos.

Nossos lugares são na primeira galeria, que Freddy diz ter a melhor acústica do local. E também fica somente a alguns passos do Salão dos Fundadores. Nada de descer correndo para essa galera. O social continua onde tinha parado, mesmo quando esse pessoal senta em seus lugares. Freddy vira para trás e aperta a mão de um homem que está duas fileiras atrás da nossa. Uma mulher com cabelos à prova de furacão desce o corredor dando beijinho, beijinho. "Como vai você?" "Que bom vê-lo." Beijinho, beijinho.

Vejo os músicos no palco, afinando seus instrumentos nos apoios para as partituras. Alguns estão atentamente ensaiando pequenos trechos da música, outros estão mexendo nas cordas e bocais.

Finalmente surge o maestro, atravessando o palco com determinação, sob um aplauso entusiástico. Ele faz uma reverência, enquanto o restante da orquestra levanta, respeitosamente. Ele não é nada do que eu esperava. Em minha cabeça, maestros devem parecer Deus, eternos, com cabelos brancos esvoaçantes. Mas esse é careca, está com um paletó Nehru e sapatos tão brilhosos que refletem a luz. Está prestes a começar, com a batuta no ar, quando dois celulares disparam, sucessivamente. Ele se retrai, franze o rosto e abaixa a batuta. Não é tão misericordioso quanto Deus.

Depois de uma pausa breve, quando o lugar está quieto como uma tumba, ele ergue a batuta novamente, esperando por alguns segundos, para ter certeza de que todos nós aprendemos nossa lição.

O primeiro ato é impetuoso – com notas completamente dissonantes, negligentemente espalhadas, baterias e fagotes ferozes – de alguém moderno que nunca ouvi falar. Lá pela metade, Freddy me cutuca com o cotovelo e gesticula para que eu olhe em volta. Há um mar de homens grisalhos de cabeça baixa, claramente dormindo – algo incrível, levando-se em conta o barulho ensurdecedor.

– Eles não duram nem cinco minutos. – Ele ri.

O segundo ato é a sexta de Beethoven, a Pastoral. A música começa com uma melodia calma e tremulante. Um sorriso de reconhecimento surge no rosto de Freddy, enquanto ele se acomoda para ouvir essa parte, que, segundo eu leio no programa, vai durar menos de uma hora.

Pelos primeiros dez minutos, ouço atentamente, depois minha menta vagueia – da forma como acontece quando você dirige por uma estrada conhecida e, de repente, chega ao seu destino, e não consegue se lembrar de ter dirigido até ali. Eu me pergunto se há algum nome para isso – como autoamnésia, ou algo assim.

Ah, agora a música parou. Até que foi rápido. Estou prestes a bater palmas, quando Freddy coloca sua mão sobre a minha e aponta o programa. Foi só o primeiro ato. Ainda faltam quatro. Eu me remexo em minha poltrona e cruzo as pernas – o estofado é de pelúcia, mas não há tanto espaço na fileira e minhas pernas são compridas demais para ficarem nessa posição. Eu as descruzo e o programa cai no chão.

Freddy sorri, pega o programa e o coloca de volta em meu colo, mantendo a mão no meu joelho. A música vai ficando mais viva, um festival de flautas que gorjeiam como pássaros. Eu me afundo e espio meu relógio. Ainda faltam quarenta minutos.

Agora estamos no terceiro ato. Freddy parece estar cochilando, mas pode estar apenas ouvindo a música, de olhos fechados. Também fecho os olhos e sigo flutuando – as mesmas melodias deslumbrantes começando e parando, se repetindo de formas diferentes. Estou pensando que eu gostaria de voltar aqui com minha mãe. Ela adoraria.

Subitamente, o astral muda e a música toma vulto. Freddy desperta, tira a mão do meu joelho e pega minha mão, dizendo – Temporal! Minha parte predileta! Eu me lembro...

– Shhhh! – Ralha um morcego velho, sentado atrás da gente. Freddy pisca pra mim, mas o bom é que ele permanece com a mão dele na minha. Agora seu polegar está em círculos dentro da palma da minha mão, à medida que a música ganha mais intensidade.

Ela chega a um ápice febril, depois acalma novamente, e termina numa nota tranquila. Freddy dá um sorriso majestoso.

– Isso foi inacreditável. Muito obrigada, Freddy.

Ele se aproxima e me beija suavemente nos lábios.

– O prazer foi todo meu.

O público está de pé, ainda gritando bravos e aplaudindo freneticamente enquanto voltamos à sala VIP, no intervalo. Mas, antes de entrarmos, Freddy para, pega meu braço de um jeito estranhamente possessivo e sussurra – Vamos dar o fora daqui.

– É mesmo? – eu digo. Esses ingressos devem ter custado uma fortuna. Como ele pode simplesmente ir embora? Ele percebe que estou hesitante.

– Mesmo – diz ele. – Você me agradecerá. A menos que esteja disposta a ver *Hallucination City*, de Glenn Blanca. Eu vi no ano passado. Um tédio total.

Dá para ver que o fato de ir embora não representa grande coisa para ele. Eu nunca saí durante a metade de nada – nem de um filme muito ruim. Imagino que ele esteja num ponto em que o tempo é mais valioso do que o dinheiro. Não conheço ninguém assim.

Tudo é VIP ali. Nós pegamos a escada rolante VIP para descer ao estacionamento VIP e entramos no carro. O painel tem um brilho fantasmagórico, com marcadores flutuando em pleno ar. Eu afundo nos bancos macios de couro, cercados pelo acabamento castanho claro. Um jazz suave toca nos alto-falantes escondidos – não como os da Tiff, do tamanho de caixas de sapato, presos embaixo do painel. Tento pensar em algo divertido para dizer. No fim das contas, nem preciso, pois ele assume e me deleita com suas histórias do trabalho. Ele fala palavras como taxas de juros, fusões e aquisições, proporção de câmbio externo, companhias de médio porte. No meio de tudo isso, seu BlackBerry vibra. Ele olha a tela, vê quem está ligando e ignora a chamada.

CAPÍTULO 21

Vinte minutos depois, nós estávamos estacionando no prédio de Freddy. Ele me conta que comprou seu apartamento há um ano, derrubou tudo, depois acrescentou mais cinco banheiros e uma sala multimídia. Eu nunca tinha ouvido falar de ninguém que tivesse derrubado tudo num apartamento, mas não pergunto se isso é incomum. Ele me conta que muitos figurões moderninhos hollywoodianos mudaram para cá recentemente, mas logo que ele comprou viviam por aqui "mais viúvas e pessoas de idade". Eu me encaixo direitinho.

– Que tal um drinque rápido e depois eu te levo de volta até seu carro? – Ele afaga meu ombro de leve e um formigamento se espalha pela minha pele. Eu quase fico tentada.

Mas se eu subir com ele, acabou. Eu sei como é o negócio. De manhã ele será muito educado, vai me oferecer café, me dizer que tem uma reunião logo cedo e nunca mais vou ouvir falar dele. Não, eu não vou subir. Isso seria burrice. Então eu faço a escolha mais inteligente e digo que realmente preciso ir para casa. Quando falo que parei a várias quadras de distância, ele insiste em me levar de carro. Fazer o quê, ele veria o carro, mais cedo ou mais tarde.

Então nós seguimos até a quadra onde estacionei. Nos aproximamos, lentamente. Nada de carro. Que estranho, eu tenho certeza de que era aqui. Devo ter me confundido. Todas essas ruas se parecem e eu *estava*, mesmo, meio nervosa, quando cheguei aqui. Talvez seja na outra quadra. Nós subimos e descemos mais duas ruas. Ainda, nada de carro. Onde diabos ele está? Será que estava tão tresloucada assim? Estamos pelo menos a cinco quadras do lugar onde eu achei ter estacionado.

– Você acha que parou o carro assim, tão longe? – ele me pergunta. Então, o choque. – De qualquer forma, aqui é área de estacionamento restrito.

Eu olho acima e vejo uma fileira de placas estrategicamente posicionadas que dizem "Sujeito a reboque".

Imediatamente tenho um flash de todas aquelas conversas que eu ouvia, quando trabalhava no serviço de guincho de Frank. Todo mundo dizia a mesma coisa. "Eu não vi a placa". Depois que rebocávamos, eles ficavam circulando, à procura do carro, sem notarem o zilhão de placas que diziam "Sujeito a reboque". Frank costumava dizer "Como é que alguém pode ser tão imbecil?".

Agora eu peço que Freddy volte ao primeiro lugar que eu achei ter deixado meu carro. É minha última esperança de que ele, de alguma forma, irá milagrosamente aparecer. Encostamos junto ao local exato onde agora eu tenho certeza absoluta de que estacionei. Há um espaço vazio e uma poça indicadora de óleo (um vazamento que nunca cheguei a consertar) e, no meio-fio, olhando para nós, uma daquelas malditas placas.

– Rebocaram – eu comunico. – Estou tão constrangida.

– Não fique constrangida. Não é culpa sua. – Ele sorri. – Bem, na verdade, *é* culpa sua. Mas isso acontece com todo mundo. – Agora ele está rindo. – Bem, na verdade, *nunca* aconteceu comigo.

– Isso não tem graça.

– Tudo bem. Desculpe. Pra quem a gente liga? Para o departamento de trânsito, ou algo assim? – Ele sai do carro e olha a placa, para ver se tem um telefone. Eu já estou ligando.

– Poderia me dizer os telefones dos pátios policiais de reboque da região de West Hollywood?

No fim das contas, só existem dois. Conheço isso como a palma da minha mão. Pátio, 96 dólares. Reboque, 48 dólares. Taxa de liberação da cidade de Los Angeles, 10% de imposto, e isso é só para começar. Depois tem a multa por estacionamento em local proibido sujeito a reboque e, é claro, quaisquer multas pendentes. Há três que consigo lembrar. Talvez eu simplesmente deixe que eles fiquem com o carro.

Chegamos ao pátio de carros rebocados, que mais parece um centro correcional – um bunker comprido de concreto, todo cercado, com arame farpado torcido no alto, câmera e luzes. Acorrentado à parede atrás da cerca, há um imenso doberman mestiço.

– Você tem certeza de que é aqui? – Freddy pergunta. Por sorte, ele não me dá uma prensa por saber do meu rico conhecimento nessa área. Nós entramos, eu e meu vestido novo de grife, e Freddy em seu terno impecável. Há um grupo de fracassados, drogados e adolescentes confusos, amontoados em bancos de concreto junto à parede. Eu me lembro de todas essas expressões apelativas, zangadas, desesperançadas. Eles provavelmente estão esperando ali há horas. Alguns deles estão fazendo uma vaquinha, esvaziando os bolsos, tentando pagar a fiança para tirar o carro.

Eu caminho até a janela gradeada do caixa, ocupada por um cara de aspecto oleoso, de 50 e poucos anos, com uma pele acinzentada como a de um tubarão – Seria Frank, se ele tivesse vivido. Mostro minha carteira de motorista ao cara e ele me diz para esperar – Ali. – Ele fala por um daqueles pequenos microfones, como nas bilheterias de cinema. Percebo os avisos desbotados acima da janela que dizem, em inglês e espanhol, "Aceitamos Visa, MasterCard ou dinheiro. Cheques, não."

A conta dá mais de trezentos dólares. Meu Visa é recusado, é claro. Nada surpreendente. O vestido e os sapatos estouraram, e muito, o meu limite.

Eu sussurro à bola gordurosa:

– Eu volto amanhã com o dinheiro.

– São quarenta dólares por dia, pela armazenagem. Depois de trinta dias nós vendemos o carro, em leilão – ele responde, alto o suficiente para que a sala inteira ouça.

– Algum problema? – Freddy se aproximou.

– Não. Nenhum – eu digo, rapidamente. – Só não quero colocar todo esse valor no meu cartão.

– Bem, e quanto é? Eu coloco no meu.

– É muito caro, Freddy. Não tem problema. Eu apenas voltarei amanhã. – Estou completamente humilhada.

Freddy vira para o cara e entrega seu cartão. – Não seja boba. Você pode me pagar depois.

– Deus. Eu me sinto terrível. Como poderei te agradecer?

– Bem, você pode tomar um drinque comigo. Depois disso, até que cairia bem. E, falando nisso, deixe seu carro com o manobrista.

– Ha, ha.

O gêmeo perverso da bola gordurosa traz meu carro detonado que, de alguma forma, parece pior do que era antes. Freddy dá uma olhada casual e diz:

– Por que vocês, acadêmicos, sempre têm esses carros velhos?

Que irônico. Se eu soubesse que meu carro grita "acadêmico", teria estacionado com o maldito manobrista. Ironia maior ainda, é que esse é meu primeiro encontro de verdade há anos, e eu estou de volta ao esgoto com Frank.

CAPÍTULO 22

Já é quase meia-noite e ele digita o código de segurança em três lugares diferentes – a garagem, o elevador e a porta da frente. Não é o caso de ele morar em Manhattan. Minha mãe e eu nem fechamos a porta, na maioria das vezes. Olho em volta disfarçadamente. Está tudo apagado no apartamento, menos um telão iluminado na parede da sala, ligado no canal Bloomberg. O índice de ações passa silenciosamente no rodapé da tela, mostrando iniciais corporativas em vermelho ou verde, para cada cotação.

– Fico com esse canal ligado o tempo todo – atualmente, a venda de ações é feita 24 horas por dia. – Ele coloca a TV no mudo e liga a música, me dizendo que é um som ambiente. Então, tira o BlackBerry do bolso, dá uma olhada, e tira outro aparelho que parece igual, mas tem uma tela maior. Ele me vê olhando.

– Bem estiloso, hein? Ainda não está no mercado. O cara de tecnologia que me conseguiu. Eu posso acessar minha TV, via satélite, de qualquer lugar.

Ele coloca os aparelhos, lado a lado, numa mesinha, e gesticula para que eu me sente. Depois vai até o bar, escolhe uma garrafa de uísque aparentemente caro e me oferece uma dose. Tem um gosto suave e forte, não amargo, como aquelas coisas baratas.

Freddy despenca ao meu lado, no sofá. Dá uma golada, faz uma careta e sacode a cabeça, como um nadador saindo da piscina depois de ter nadado numa água gélida.

– Deus, eu precisava disso. – Ele solta o ar. Eu me afundo nas imensas almofadas cor de areia, presas no sofá que parece com as dunas do Saara e, pela primeira vez nessa noite, começo a relaxar.

Então, eu percebo a arte. Em todo lugar. Cada parede é uma vitrine com uma luz estrategicamente posicionada, iluminando a pintura.

Na mesa de centro há pilhas de catálogos de arte, que ele me diz que folheia, à noite. Meio parecido com minha mãe, com seus catálogos de sementes.

– Então, me conte. Quais são quais? – Eu pergunto, dando uma olhada nas pinturas.

– Você quer dizer, os artistas?

– Não. Quero dizer a classificação. Lindos. Tenho que ter. E os que você não pode viver sem.

Ele sorri, parecendo satisfeito, e aponta uma paisagem florestal embaçada, acima do bar. – Lindo.

Depois ele levanta e caminha até um desenho simples, de quadrados sequenciais. – Tenho que ter.

– Mas esse aqui... – Ele está diante de um nu, os cabelos dela são envolvidos por uma echarpe colorida. – Esse, eu não pude viver sem.

Nós dois a olhamos, por um minuto.

– Esse é o tal?

Ele assente. Ele sabe que estou falando da pintura que ele comprou de volta da ex-esposa.

– Você vê como não pude abrir mão dela, não vê? – diz ele, olhando o nu com admiração. – Aprendi minha lição. Fiz um acordo pré-nupcial da segunda vez.

– Freddy! Quantas foram?

– Só duas. E você?

– Nada de divórcios. Só um marido que se foi.

– Se foi...

– Falecido.

Seu rosto registra a surpresa. Lá vamos nós.

– Oh, eu lamento.

Não lamente, me dá vontade de dizer. Mas, em vez disso, eu digo, acanhada – Obrigada.

Lá vem a segunda pergunta. Está chegando.

– Como foi que ele morreu? – Bingo.

– Acidente de carro. Bem, na verdade, de caminhonete.

– Quanto tempo faz? – pergunta ele. Todos querem saber isso, caso tenha sido semana passada.

– Alguns anos – eu lhe digo.

Agora eu ouço a história de um acidente de carro que todos parecem ter. Um tio, uma tia, um namorado de colégio, etc., etc. Ele levanta e coloca mais gelo em seu drinque.

Eu me sinto como se forçasse todos que conheço a sentirem pena de mim.

– De qualquer forma, obrigada por ouvir. – Acho que é melhor eu ir. – Eu digo, bruscamente.

Freddy está quieto. Ele se inclina e me beija suavemente no rosto.

– Você está bem?

– Estou ótima. Estou realmente feliz. Foi uma noite ótima.

Assim que nos levantamos para sair, passamos pela cozinha, toda em aço inox. Ele me vê olhando e pergunta se eu gostaria de dar uma volta para conhecer o apartamento.

Ele me mostra seu quarto, com suas almofadas masculinas beges e pretas espalhadas na cama, que parece superconfortável e sem manchas. Me leva até o seu closet, com todas as suas gravatas e sapatos, além de um carpete tão macio quanto um gramado aparado. Depois conheço a sua biblioteca com uma escrivaninha de madeira bruta, aparentando não ter vivalma que leia ali dentro. E vou também até a sua sala multimídia high-tech. Em seguida, ele me conduz pelo corredor até o banheiro principal. E ali, imponente como o monte Rushmore, há um gigantesco chuveiro de granito.

– Eu tenho a coluna ruim, então meu arquiteto sugeriu isso... Chuveiro Dreamline com Hidromassagem Terapêutica.

Ele lentamente abre a porta de vidro que parece uma porta de cofre forte. O lado de dentro é feito de pedras entremeadas em preto e branco, com bancos baixos ao redor.

– Nove massageadores de alto impacto, uma floresta tropical à frente. Você pode ajustar tudo digitalmente, temperatura, pressão, velocidade e ângulo do ataque – ele se gaba.

Estou escutando as palavras, mas não as ouço. Neste momento, tudo que consigo pensar é em arrancar minha roupa, ligar esse chuveiro escaldante e fazer uma viagem ao céu no trem Dreamline multiorgásmico de Freddy.

Eu adoraria dizer que Freddy teve que me passar uma lábia para me convencer, mas, de repente, ele ligou um dos jatos e eu estava lá. Ele arrancou minha roupa, eu arranquei a dele.

O que aconteceu depois foi só uma onda de hidroação, culminando na água vaporosa e constante de um dos jatos a 2.800 pulsos por minuto.

A certa altura daquele frenesi, Freddy me olha docemente, sorri e diz – Vá devagar, Cassie. Isso não é uma corrida. – Ele fica atrás de mim, com o peito encostado junto à curva das minhas costas, beijando meus ombros e pescoço, e sussurra em meu ouvido – Fale o que você quer.

Em meu mais ou menos limitado histórico romântico, eu me tornara especialista em ser evasiva, nunca querendo falar sobre o que eu estava a fim.

– Vamos, meu bem. Quanto estrago podemos fazer aqui? Conte-me tudo.

E eu conto. Faz três anos que não faço amor com ninguém e estou sentindo um troço estranho, fora do corpo, como se tivesse trocado de vida com outra pessoa. A pessoa do fim da rua, talvez, ou uma mulher qualquer da sinfônica.

Ela é a velha Cassie. E agora eu sou a nova Cassie. E eu digo e faço coisas que realmente não têm nada a ver comigo, pois o meu eu verdadeiro desapareceu.

– Agora, só resta uma coisa a fazer – diz ele, ofegante, enquanto recostamos, exaustos, na pedra fria. Eu penso, o que pode restar a fazer?

– Exatamente como a nona de Beethoven, quando ele fez tudo que podia com seus instrumentos. – Ele para. – Só havia um caminho restante para a grande final. – Eu ergo a sobrancelha. Ele está sorrindo, exultante.

– Ode ao prazer, minha querida. – Então, ele irrompe numa canção. Em alemão. Com uma voz de barítono retumbante, amplificada em décuplo pelo chuveiro.

– *Freude, schoner Gotterfunken. Tochter aus Elysium...*

Ele prossegue pela primeira estrofe, depois diz – Ah, dane-se.

Agora é minha vez.

– *Splish, splash, we were taking a bath* – eu berro. Adoro cantar no chuveiro.

– *Long about a Saturday night*! – ele responde.

Nós cantamos mais umas quatro músicas e ele me diz, carinhosamente – Meu Deus, Cassie, sua voz é horrível.

– Ah, obrigada. – Eu digo, com uma humildade debochada. Olho para ele por um minuto.

– Vou admitir, não sei cantar muito bem. – Eu o puxo para mim e passo os braços ao redor de seu pescoço. – Mas sei dançar.

Ele bruscamente agarra minha cintura e me inclina num movimento de tango. Meu cabelo molhado varre o chão, enquanto ele lentamente me deita.

No fim, ele faz minúsculos ajustes na velocidade e pressão da água, até que eu simplesmente flutuo.

CAPÍTULO 23

Freddy levantou antes de mim e já fez o café. Acho que é o cheiro que me acorda. Olho em volta e logo me sinto desconfortável. Ele entra rapidamente, parecendo importante com seu terno de flanela cinza a la Wall Street, carregando uma caneca de café fumegante e colocando ao lado da cama.

– Bom-dia, princesa. – Ele sorri, me dando um beijinho na bochecha que mais parece um tabefe. – Detesto ter que ir, mas estou atrasado para uma maldita reunião.

Eu olho o relógio. Isso é ridículo. Ainda não são nem sete horas.

– Fique quanto tempo você quiser. A faxineira vem mais tarde – diz ele num tom cavalheiresco, sem constrangimento. Eu dou um sorriso irônico.

– Tudo bem, eu também tenho que ir trabalhar – digo.

– Eu te ligo – diz ele, indiferente. Depois some.

Estou num apartamento estranho, sem nada para vestir, exceto meu vestido preto novo, que está todo embolado no chão do banheiro. Escuto um trovão. Depois a chuva. Perfeito. Eu nunca vou conseguir ir para casa me trocar e chegar a tempo no trabalho. Isso teve um desfecho exatamente igual ao que pensei. A única coisa que está faltando é uma nota de cem dólares em cima da cômoda, ao lado da minha revista *Cabeçuda Semanal*. Vou dar o fora daqui. Agora a chuva está caindo com tudo. Eu me visto rapidamente, coloco meu casaco e pego um dos guarda-chuvas que estão num vaso chinês, ao lado da porta da frente. Enquanto sigo dirigindo para o trabalho, passo por uma escola de Ensino Fundamental, vejo crianças com capas amarelas e galochas coloridas, mães acompanhando seus filhos ao colégio, segurando suas mãos, e dando beijos para se despedirem. Pingos grossos de chuva batem no para-brisa, e meus limpadores não acompanham. É como dirigir num lava a jato.

Aumento o aquecedor do carro e digito o número de Tiff.

– Você precisa ir à minha casa agora.

– Onde está você?

– A caminho do trabalho. Você pode dar comida para o Sam e para o Cachorro Preto? Minha mãe está fora da cidade.

– Opa. Isso parece interessante. Não foi pra casa ontem à noite? – Tiff dá uma risadinha.

– Mais tarde eu te conto. Meu carro foi rebocado.

– Só isso?

– Quase. – Não estou a fim de contar a história toda.

– Bem, você pelo menos se divertiu?

– Acho que cometi um grande engano. Eu te ligo mais tarde. – Desligo e olho a mochila no banco de trás, entupida com a roupa com que eu trabalhei ontem. Vou mudar de roupa quando chegar ao escritório.

A noite de ontem faz com que eu me retraia. Eu deveria ter ido embora. Tinha a deixa perfeita. Por que não entrei no carro e fui para casa? Jamais deveria ter subido com ele. Foi aí que cometi meu grande erro. Minha mãe me diz que os "eu deveria" matam. Siga em frente. Sem arrependimentos.

Penso na forma como me senti quando ele me tocou. Uma labareda começa a queimar em minhas vísceras e se espalha pelo meu corpo. Depois, penso nessa manhã, quando ele mal me olhou. Desapegado, com uma frieza quase clínica. Foi um prazer conhecê-la. Talvez possamos repetir isso, qualquer hora.

Eu entro na universidade. Pego minha mochila e minha carteira de seda que está em cima de todos os recibos do reboque desastroso de ontem. Enfio a carteira e o celular no bolso do casaco e sigo ao banheiro para trocar de roupa. Quando chego à recepção, Alison já está lá, tomando o seu café Starbucks e falando no celular, como sempre.

– E aí, Cassie. Ninguém chegou ainda. A chuva ferrou tudo. Você se importaria de ficar com a correspondência? Estou na espera, com a companhia aérea.

Sigo até a sala de correspondência e começo a separar os pacotes. Vou passar o dia todo de capa de chuva.

Meu celular toca. É minha mãe.

– Oi, meu bem. Só estou dando um alô. Aqui no deserto o tempo está lindo. Está tudo bem? Ouvi dizer que está chovendo muito por aí.

– Está tudo bem. Avistou algo?

– Ainda não, mas a esperança persiste. Você tinha que ver o céu, ontem à noite – a Lua está em Mercúrio. Estrelas inacreditáveis. Eu vi Júpiter pelo telescópio de Sylvia. Amanhã à noite falamos sobre isso.

Nós nos despedimos; eu empilho a correspondência, levo lá pra cima e começo a separar os envelopes. Alison continua no telefone. Pela primeira vez percebo uma semelhança familiar forte.

– Está bem, mãe – ouço Alison dizer. – Já estou com tudo pronto, mas eles estão quase lotados. – Ela faz uma mímica com a boca, dizendo "desculpe".

– Eu sei. Direi ao Freddy que se ele e Patricia quiserem pegar o voo devem ligar agora mesmo. Acho que ela está fora, a negócios. – Patricia?! Outra pausa. Alison prossegue. – Eu também. Tchau, mãe.

Quem é Patricia? Nada de óbvias fotos dela atravancando o apartamento imaculado de Freddy. Talvez seja uma prima, ou algo assim. Até parece. Ele que veio cheio de perguntas. Eu não perguntei nada a ele. Quer dizer, falamos sobre arte, teatro, música e, ah, falando nisso, Cassie, antes de te comer, talvez você esteja interessada em saber que eu tenho namorada. Ele deve ter se esquecido de mencionar esse pequeno detalhe. Deve ter escapado. Mentiroso.

Alison finalmente desliga o telefone e diz:

– Dia de Ação de Graças. É sempre uma dificuldade. Ninguém quer ir. Nós brigamos o fim de semana inteiro.

– É mais só a família? – Jogo verde. Nem ligo.

– Bem, sim. Quem mais poderia suportar isso?

Talvez eu esteja errada. Talvez ela tenha outra irmã. Sim. É a Patricia. Outra irmã.

– Exceto pela namorada de Freddy. Sem ela, nós todos nos mataríamos. – Então Alison levanta e se alonga.

– Meu Deus, estou tão travada. Perdi a aula de ioga hoje de manhã. – Ela levanta, esticando os braços paralelos ao chão, com as palmas para baixo. Braços estendidos. Seu joelho da frente está flexionado e a outra perna está esticada para trás. Ela lentamente vira a cabeça para a esquerda, depois olha por cima dos dedos.

– Pose do guerreiro. A encarnação de Shiva. Supostamente aumenta sua resistência. Você costuma fazer ioga? – Não, não faço ioga. Não tenho tempo para fazer ioga. Estou ocupada demais pagando o reboque do meu carro e trepando com seu irmão traidor.

– Não, simplesmente nunca pareço ter tempo – eu digo e meu corpo inteiro se retrai. *Pose da otária injuriada.* Eu sabia que havia algum motivo para que aquelas mulheres do concerto me tratassem daquele jeito – como se eu estivesse sobrando. Apenas mais uma diversão de Freddy – para ocupá-lo, enquanto a namorada está fora da cidade. Que tipo de homem leva uma acompanhante a um lugar onde todos sabem que ele está de sacanagem?

Alison sai com Pearce para cuidar de umas coisas para a festa da faculdade, e eu assumo o balcão da recepção. Meu coração está disparado e dá a sensação de que algo está apertando meu peito, me sufocando. Ser enterrado vivo dever ser assim – escuro, sem ar, sem esperança. Preciso me controlar. Foi apenas um programa imbecil com um homem imbecil que foi covarde demais pra me dizer a verdade. Porque se ele *tivesse* dito a verdade, eu jamais teria dormido com ele e isso teria arruinado sua noite. Ele não teria transado.

O problema com gente que mente é não assumir a responsabilidade por seus atos. Ou, pior, se disserem a verdade não conseguem o que querem. E isso atropela tudo, a moral, religião, lealdade às outras pessoas, tudo. Pronto, aí está. Eu sou a maior mentirosa de todas. Eu não teria esse emprego, não teria ido à galeria, não teria conhecido Freddy e certamente não teria dormido com ele.

Estou num buraco muito, muito fundo, e se eu não começar a cavar para sair, vou morrer. Eu sei. Ou, pior, serei um monte de poeira mofada, pelo resto de minha vida. Ninguém quer um mentiroso como empregado. Nixon, Martha Stewart, Pinóquio. As coisas nunca acabam bem. Minha mente está em turbilhão, quando meu celular toca.

– Oi, gata! – Freddy diz, ruidosamente. Dá para ouvir vozes e barulho de louça batendo, ao fundo. Ele está num restaurante, em algum lugar.

– Oi – eu digo, e me dá vontade de vomitar.

– Eu só queria te dizer que essa é a ligação "do dia seguinte". – Ele ri. – Agora sério, eu me diverti muito com você ontem, e queria que você soubesse disso. Foi tudo... de primeira.

Mas como ele é educado, não? Essa é a etiqueta de Emily Post para uma transa casual.

– Ora. Obrigada pela ligação, eu também me diverti muito. Mas nós realmente não podemos mais nos ver. – Seu idiota. Ele fica mudo. Eu sei com o que ele está acostumado. Depois que não liga por alguns dias, a garota liga com alguma desculpa esfarrapada. Alguém me deu uns ingressos para *O Lago dos Cisnes*, você gostaria de me acompanhar? Ou, vou dar uma festinha na minha casa de praia, você acha que pode ir? Ou, tenho dois ingressos para *Vai se catar*, que tal?

– Você está me dispensando, assim, tão rápido? Isso é um recorde. – Ele ri, sem levar a sério.

– Foi realmente divertido, ontem à noite, e eu precisava mesmo relaxar. Você foi ótimo e eu vou te mandar um cheque.

– É isso? Uma dispensa magistral?

– Bem, pra lhe dizer a verdade – eu minto -, eu tenho namorado. – Isso o detém.

– Certo. Muito justo. Eu lhe darei algum tempo. E como é o chuveiro *dele*? – ele provoca, surpreendentemente destemido, quanto a tudo isso.

– Preciso ir, Freddy. Tchau.

Eu adoraria poder saber quando alguém está mentindo. Há sinais, certos pulsos elétricos imperceptíveis. Um leve salto na agulha. Como num detector de mentiras. Às vezes, é óbvio. O tom da voz. Como a pessoa se atrapalha com as palavras, pequenas hesitações. Ou informação demais, excesso de contradições. Minha mãe diz que o melhor indicador é simplesmente sua reação visceral. Mas esse homem tem um charme tão inesgotável, como se pode confiar nas vísceras? Por que será que alguns homens tornam o ato de mentir tão mais fácil do que dizer a verdade?

O restante do dia é embaçado, exceto pelo professor Conner, que me entrega uma fita de uma antiga palestra e me pede para transcrevê-la. Ele me diz que fiz um trabalho muito bom, na última. Está em pé, diante da minha mesa, remexendo em minha caneca de Michigan, olhando meu porta-retrato vazio.

– Nada de amigos, ou parentes? – diz ele, segurando o porta-retrato.

– Quase isso – eu digo.

– Por que você não coloca a foto que sua mãe tem do Pé Grande? – ele brinca. Ha. Ha.

"Por que você não vai pro inferno", me dá vontade de dizer, conforme remexo, constrangida, na minha capa de chuva, para esconder minha roupa amassada. Odeio os homens.

CAPÍTULO 24

Quando chego em casa, patino em duas piscinas gigantes, na cozinha. Telhado velho com goteiras. Casa velha com goteiras. Eu seco a água com uma toalha de praia rota e desbotada e pego duas sopeiras para colocar embaixo das goteiras. O rabo do Cachorro Preto sacode com tanta força que ele parece dançar hula-hula. Obviamente está com fome. Sam, por outro lado, está oprimido em sua gaiola e me ignora completamente. Dou um pouco da sobra do frango para o Cachorro Preto, misturando-o com ração e carinhosamente ofereço a Sam uma cenoura e um naco de queijo. Ele está com fome demais para guardar rancor, então leva a comida para um canto e come, de costas para mim, ainda murmurando irritado e baixinho.

Eu tiro a roupa, entro em meu chuveiro de fórmica mofada, abro a torneira toda e vejo um fiapo de água saindo. Bem na hora em que me sento, com meu pijama de flanela, para transcrever a palestra, ouço a voz da minha mãe entrando pela cozinha:

– Meu bem, cheguei!

– Cheguei! Cheguei! – Sam ecoa.

– Cassie, abra! Estou trancada pra fora!

O Cachorro Preto chega primeiro e pula, fica em pé nas patas traseiras, pressionando o focinho no vidro da porta. Depois ele solta um uivo ruidoso, como uma chaleira, e sai pela porta para cumprimentá-la, passando as patas em suas sacolas e fazendo-a se desequilibrar.

– Sim, sim, eu também senti sua falta, meu querido – ela fala com carinho, enquanto coloca as sacolas no chão e remexe na mochila, tirando um saquinho de petiscos.

– Senta – ela manda, segurando uma varetinha de couro. O Cachorro Preto pula e a pega da mão dela.

– Bom menino – diz ela, casualmente.

Minha mãe me entrega as sacolas, cheias de frutas secas orgânicas, geleias, amêndoas, mel e embalagens imensas de tâmaras. Toda vez que vai ao deserto ela faz compras num mercado na beira da estrada, na metade do caminho entre aqui e o inferno, e se abastece desses troços. Ela gosta de me dizer que esse grupo de alimentos representa o segredo da felicidade – com a vantagem de se manter uma mente regulada e saudável, isenta de câncer. Às vezes, acho que poderia mesclar os segredos de saúde de minha mãe com a busca filosófica de Tiff pela felicidade, e eu me tornaria a pessoa mais sábia da Terra.

Quando eu era pequena, meus pais e eu costumávamos parar num lugar, na estrada, em frente à banca de tâmaras, onde havia um brontossauro gigantesco de concreto, desgastado pelo tempo. Ele tinha um pescoço de 15 metros, onde você podia escorregar, se não ligasse para o cocô de passarinho, depois subir um zilhão de degraus de volta. Eu me lembro que, uma vez, meu pai ficou tão sem fôlego que finalmente teve que sentar, respirar e, depois, voltar.

Minha mãe sempre adorou parar nessas atrações de beira de estrada. Como na vez em que fomos a uma feira de ciências infantil, a caminho de casa, voltando de algum lugar, e fizemos uma excursão pelo interior do coração humano. Era gigantesco, pulsante, uma mostra surpreendentemente vermelha, do tamanho de uma casa de dois andares, e, logo que você entrava nas "artérias", era um breu absoluto e tão estreito que éramos forçados a rastejar. Um som de coração batendo rugia como o oceano, através de imensos alto-falantes, e eu me lembro que me senti claustrofóbica, depois ansiosa, até finalmente ficar paralisada de medo. As crianças atrás de mim ficavam gritando "Anda logo", mas eu fiquei ali agachada, congelada dentro da aorta. Os empregados do museu tiveram que parar a trilha sonora, acender a luz e mandar um guardinha para me tirar. Eu estava trêmula, exausta e frágil. A forma como imagino que meu pai tenha se sentido, um ano depois, quando seu coração gigante parou de vez.

Então, em algum momento, quando eu estava guardando o mel na despensa e minha mãe fazendo milk-shake de tâmaras, depois avisando que ia tomar banho, tive uma visão. Bem, não uma visão de verdade, foi mais como um momento cinematográfico de remorso extremo. Um momento "como é que eu pude?" que sofre uma metamorfose que vai ao encontro da insanidade. Ali, bem na minha frente, como uma miragem, bloqueando a visão de minha mãe enchendo o liquidificador, passa um vídeo de Freddy e eu, abraçados. Ele está me pressionando junto à parede do chuveiro, com a coxa no meio das minhas pernas, deslizando as mãos acima e abaixo, nas laterais dos meus seios. E, para piorar as coisas, eu sinto meu corpo pegando fogo, um filete de ar quente subindo da minha virilha, em direção ao meu peito.

– Cassie, estou falando com você... você me ouviu? Você quer sorvete no seu?

– Ah, claro. Parece bom, mãe. Como foi sua viagem?

Ela caminha até sua mochila e tira um pacote de fotos e eu rebato as imagens que fervilham diante dos meus olhos, tentando me concentrar na conversa com minha mãe.

– Nós fizemos uma caminhada até o cume... visitamos as minas... acampamos perto do oásis...

Ela me entrega as fotos e volta ao liquidificador. Droga. Lá estou eu novamente. Agora estou na cama de Freddy e ele esmaga minhas costelas e peito, prendendo meus braços e segurando, enquanto encosta a boca na minha, me tirando o ar. Preciso parar com isso agora mesmo. Não consigo respirar! Não é nisso que quero pensar. Ele certamente não está pensando em mim. Provavelmente encenou o negócio todo. Ele me leva a um lugar elegante, me apresenta aos seus amigos elegantes, me embebeda, finge estar encantado. Provavelmente já fez isso milhares de vezes. Mas a verdade é que, desde o instante em que a água bateu no mármore, eu quis transar com ele. Eu quis isso mais do que qualquer outra coisa na minha vida.

– Cassie? – Minha mãe está na minha frente, segurando um copo.

– Ah. Obrigada, mãe. – Dou um gole. Uma gororoba de tâmaras que entope minha goela e me sufoca, como a minha vergonha. O que realmente estou com vontade de tomar é uma dose de uísque. Algo que queime minha garganta e cauterize o pecado.

– Delicioso – eu digo a ela, e me ofereço para guardar tudo, para poder ficar sozinha com minhas visões sem-vergonha. A boa Cassie lhe dá um abraço quando ela vai para o quarto, desfazer as malas. A Cassie malvada continua esfregando imagens pornográficas na minha cara, enquanto guardo os petiscos hippies. Freddy percebeu o quanto eu o queria. Mas ele talvez estivesse errado. E se eu simplesmente quisesse um homem? Talvez eu só quisesse a sensação de transar com alguém, qualquer um, até não conseguir mais. Aquela sensação sem fôlego, fora do corpo, inigualável. A coisa que depois te faz doer de desejo durante horas e dias, embora você saiba que o homem é emocionalmente vulgar, um nojento absoluto.

Eu termino o que estava fazendo na cozinha, cubro a gaiola de Sam, dou um beijo de boa-noite em minha mãe e tento focar na transcrição de Conner. Espero que eu consiga ficar acordada tempo suficiente para fazer pelo menos metade.

– Hoje estamos aqui para falar sobre a Polygonia-C-album, mais conhecida como borboleta. Mas que beleza incomum ela realmente é! Um sonho do céu dispersado na luz do sol. O romancista Vladimir Nabokov era obcecado por borboletas. Ele as chamava de suas paixões e seus demônios. No entanto, ele era mais fascinado pelo seu processo de transformação. Nabokov percebeu o crescente desconforto da larva, a sensação apertada do pescoço, a dor e a dificuldade... então, quando o casulo se rompe e a borboleta finalmente se liberta, ele a via como um símbolo não apenas da beleza, mas também de força e coragem. Somente então, pronta para flutuar pelo ar.

CAPÍTULO 25

Beije-me, Mike. Eu quero que você me beije... o beijo do mentiroso diz 'eu te amo', mas significa outra coisa. Você é bom nesses beijos. Beije-me.

Estou sentada num cinema velho e surrado de Santa Monica que só exibe filmes de arte. Fica num bairro meio abandonado, ao lado de uma loja de penhor e de um galpão de móveis usados e a rua é perfilada por parquímetros decapitados. Há um sem-teto, embrulhado num cobertor, sentado de pernas cruzadas, num banco de ponto de ônibus, na frente do cinema. Eu o ouço murmurar "filho da mãe escroto" quando entro, então penso melhor antes de dar a ele minha esmola habitual.

Devo ter passado por esse lugar milhares de vezes, sem jamais pensar em ver uma sessão. Agora, tudo isso mudou. Estamos na sessão de meio-dia de *A morte num beijo*, o qual, segundo a professora Pearce, é um clássico exemplo de filme *noir* dos anos 1950. A exibição é parte de seu pequeno seminário sênior Livre-Arbítrio e Pensamento Filosófico. Ela me pediu para levá-la de carro ao cinema e fazer anotações sobre a discussão posterior.

O filme se passa em Los Angeles, porém, aqui, não estamos falando da ensolarada Califórnia, isso é certo. Cada cena vai ficando mais sombria – Bourbon no café da manhã, corpos ensanguentados, sinais extravagantes em neon, um monte de psicóticos, gângsteres, bandidos de quinta e vadias sensuais, todos circulando no meio da noite.

A história começa com uma cena numa estrada deserta e o som de uma mulher aos prantos, ao fundo. Em seguida, o detetive durão Mike Hammer afunda o pé no freio de seu carrinho conversível incrementado e pega Christina, vestindo só um sobretudo. Mas ela não sobrevive à próxima cena encantadora, na qual um grupo de matadores a pendura nas vigas de um hotel vagabundo. Ela então é torturada com um alicate e depois jogada de um precipício.

Tenho que dizer que estou encantada, mesmo antes de Christina implorar a Hammer: "lembre-se de mim". Mas o clima é momentaneamente quebrado, quando o despertador de Pearce subitamente dispara dentro de sua imensa bolsa de couro. Ela remexe a bolsa e o desliga, murmurando "lamento muito".

Eu sei que ela não tem relógio, mas também não tem um celular (provoca câncer cerebral), computador pessoal ou carro. Ela me diz que jamais irá se acostumar a dirigir do lado "errado", embora more nos Estados Unidos há décadas. Pelo menos uma vez por semana, eu a levo de carro a algum lugar, quando ela não consegue que sua amiga a leve.

Nós fomos a várias palestras na biblioteca da cidade, incluindo uma que adorei, sobre estereótipo. O autor palestrante era anão, portanto, você pode entender seu interesse pelo tema (tudo bem, ele não era um anão de verdade, mas era extremamente baixinho). Depois, houve uma palestra sobre o famoso psicólogo Carl Jung, dada por alguém que falou sem parar sobre o fascínio de Jung pelo oculto, percepção extrassensorial e astrologia. Fiquei surpresa pela forma como a discussão se assemelhou a uma das reuniões de minha mãe.

Toda a atmosfera desse cinema fede a intelectualidade. O chão está forrado de pipoca e guimbas de cigarro, a tela é granulada e o som é bem abafado. Assistir a essas imagens prateadas em preto e branco é como fazer parte de um pesadelo. Nada dá certo para essa gente e todo mundo é podre, desleal e assassino. No fim, todos eles se ferram, encurralados em becos escuros e solitários, mortos, desfigurados, desesperados.

Depois do filme, nós todos nos reunimos num café, em Venice Beach. Pedimos *espressos* triplos e conversamos sobre o filme e sua ligação com a turma. Como a maioria das pessoas de sotaque britânico, Pearce parece muito perspicaz e inteligente. Liza, amiga de Tiff, por exemplo, é burra como um poste, mas, como é britânica, arranja um monte de empregos ótimos. Ela parece uma especialista em tudo, e eu sempre acreditei que o segredo de seu *sex appeal* fosse o fato de que os homens se sentem da alta-roda e sofisticados em sua presença. Se eu estivesse lendo um artigo de moda sobre o que é moderno ou não, um sotaque francês ou britânico seria páreo duro com bolsas Prada e chihuahuas.

No começo, eu me sinto meio deslocada. Mas, em seguida fico tão interessada no que o grupo está dizendo, que paro de digitar em meu laptop e apenas ouço. Eles começam analisando a ambiguidade moral dos personagens, depois entram numa discussão que Pearce define como "o universo solitário e sem lei" do *noir*.

– Então, ali há possibilidade de redenção para alguém? – pergunta uma mulher de rosto sério, vestida de preto e esparramada num sofá de veludo marrom, com molas quebradas.

– Sim. É claro. Embora o mundo esteja sujo, o homem tem de se sujeitar às regras, ou ser punido. Mas, também, o bem nem sempre triunfa sobre o mal – Pearce responde.

Tento digerir essa teoria à medida que as sombras do fim de tarde passam pelos rostos desses alunos brilhantes e despretensiosos, que parecem ter tanto a dizer sobre tantas coisas.

Os assuntos variam de filosofia à ciência, até arte. Mais para o fim da sessão, alguém frisa que Christina tem seu nome em homenagem a uma famosa poetisa, Christina Rossetti, cujos sonetos são "brilhantes". Um cara magrinho e desgrenhado, com aparência de que sua mãe acaba de expulsá-lo do ninho, menciona as peças existencialistas *Sem saída e Esperando Godot,* nas quais ele diz que os personagens estão simplesmente empacados em suas próprias versões do inferno, em busca da verdade. A grande comédia cósmica, ele conta, é que a verdade não existe. Eu assinto, pois os outros alunos estão assentindo, mas essa ideia me confunde e eu decido ir até a biblioteca verificar os livros sobre Rossetti e a peças. No entanto, o que eu mais gostaria de fazer era apenas ficar ali sentada, por mais meio século, tomando café morno amargo e discutindo sobre filmes, poesia, amor e vida.

Chegando ao fim da conversa, a professora Pearce compara o filme à arte alemã expressionista.

– Como Klimt? – eu digo, animada.

– Exatamente – diz Pearce, impressionada. Ainda bem que aquele filho da mãe do Freddy serviu para alguma coisa.

CAPÍTULO 26

– Então, além do imenso e longo chuveiro, o que mais o Freddy tem?

– Isso não tem graça, Tiff. Ele me tratou que nem lixo.

– Não tratou, não. Ele te levou a um concerto, pagou pelo seu carro cacareco e te deu o melhor banho da sua vida.

– Ele tem namorada. Tem alguém nos Estados Unidos que não tenha namorada?

– É claro que tem.

– Bom, eu não conheci.

É noite de sexta-feira, Tiff e eu estamos no restaurante e provavelmente vamos ao cinema. Eu conto que vi um filme maravilhoso, no Royal, e ela me lança um olhar curioso.

– Quer dizer que agora estamos assistindo a filmes de arte? – Depois, ela muda de assunto, voltando a falar de Freddy. Como sempre, assumimos nossos velhos papéis. Tiff acha que meu padrão é alto demais. (Não sei como ela pode achar isso, depois de eu ter sido casada com Frank.) E Tiff não tem padrão.

– Você está aborrecida porque ele não te contou a verdade?

– Sim. Claro que estou.

– De qualquer forma, o que é tão bom quanto a verdade?

– Pergunte a Deus – eu digo. – A menos que você ache que o universo é amoral.

– Do que você está falando? Apenas livre-se da namorada. Você sabe fazer isso, não sabe?

– Certo. Sou especialista nisso.

– Está bem. Você só precisa ser bem meiga e compreensiva. Porque você sabe como é, depois de um tempo a namorada começa a ser um pé no saco – emburrada, reclamando "cadê a aliança"? – momento ideal pra entrar.

– Não quero ficar de joguinhos.

– Deixe-me colocar a questão de um jeito que você entenda. Sabe quando seu cachorro fica velho e mancando, nunca quer brincar, late pra tudo? Depois, tristemente, ele morre. Passa um tempo, você arranja um novo filhotinho. Ele é travesso, feliz, brincalhão e afetuoso. E você pensa, mas o que era tão bom naquele cachorro velho?

– Eu gosto do meu cachorro velho.

– Certo. Mas, lá no fundo, você não acha que Freddy realmente gosta de você?

– Acho que, lá no fundo, não existe lá no fundo.

Hoje, na hora do almoço, fui até o banco e transferi um dinheiro da minha conta minguada, e mandei um cheque para Freddy de colossais trezentos dólares. Só em pensar que pode voltar faz eu me encolher. Tento não pensar nele, pois junto com toda humilhação, surgem ondas enfurecedoras de desejo. Acho que os homens não compreendem isso. Falando em cachorros – todas nós somos como cachorrinhos para eles. Se não podem ter um, simplesmente pegam outro. Ah, pode parar. Não quero parecer amargurada. Detesto mulher amargurada. É um tédio. Ainda assim, fico imaginando como é a Patricia.

Ao chegar em casa, coloco meu pijama velho, vejo o meu vestido amarrotado, e dou uma olhada no cesto de roupa para lavar dentro do meu armário surrado. Não há nada decente para vestir. Todo dia eu pareço igual no trabalho. Resolvo olhar o guarda-roupa da minha mãe. Ainda mais desanimador – as mesmas coisas que ela usa há anos. Camisetas penduradas como blusas, velhas saias tingidas em casa, moletons batidos, e nem uma única calça com passador. Todas de elástico. Bem ruim. Como é que eu nunca notei isso? Marrons, cáquis, cinza, misturas terrais de poliéster e acrílico. Dou uma olhada em mim mesma, no espelho.

Talvez eu acorde amanhã parecendo uma daquelas garotas da sinfônica. Um milagre vai acontecer, do dia para a noite e, *voilà*, a

Cassie mudou. Ela está embelezada, adornada com um brilho iridescente. Tudo nela é fascinante. Tão articulada e culta. Uma peça ímpar de arte. Lá vai ela – uma criatura digna de obsessão. Um pedacinho de céu azul.

Isso não vai acontecer. Mas eu preciso de uma nova vida. Preciso viajar. Preciso de um diploma de faculdade. Preciso de mais vestidos pretos. Preciso de dinheiro.

Nunca fui uma dessas pessoas que se preocupam com dinheiro, mas agora há tantas coisas que quero fazer, que parece que eu só me preocupo com isso – uma pequena voz no meu cérebro fica dizendo "arranje dinheiro, arranje dinheiro". É um gemido baixinho e pesaroso que me incomoda em horas inconvenientes – fica me seguindo, como uma sombra.

Ninguém nunca lhe diz, diretamente "Eu não tenho dinheiro suficiente", mas, quanto a isso, você até que sabe bem, em relação à pessoa – como alguém que ri pelas suas costas.

Minha mãe nunca foi boa com as finanças. Na verdade, foi por isso que ela conheceu meu pai. Ela recebeu sua notificação ameaçadora do imposto de renda e, em pânico, saiu correndo até o escritório da H&R Block, em Malibu. Aos prantos, contou ao contador de plantão sua história triste sobre os formulários perdidos e do prazo esquecido.

Ele escutou admirado, emprestando o ouvido compassivo e, depois de endireitar toda a bagunça, convidou-a para sair.

Não é uma das histórias mais românticas, mas ele foi seu cavaleiro ousado, de armadura brilhante, com uma caneta plástica e calculadora debaixo do braço.

Minha mãe gosta de me contar que aqueles foram os melhores anos de sua vida. Meu pai mimava nós duas. Ele era 15 anos mais velho que minha mãe, um cara conservador, que fazia tudo pela cartilha. Ela foi cantora de música folk, ciclista mensageira, garçonete de cafeteria e uma porção de outros clichês hippies. Mas, depois que conheceu meu pai, voltou a estudar, tirou seu diploma e começou a trabalhar no centro de vida selvagem. Ela era jovem e bonita. Foi o voo extravagante dele.

Depois que ele morreu, voltamos a viver no limite. Para falar a verdade, eu não me lembro da vida de nenhuma outra forma. Ele nos deixou muito pouco dinheiro de seguro, que minha mãe ainda usa para complementar sua renda do centro de vida selvagem. Imposto de renda e orçamentos são sempre um desafio.

Às vezes, ela fala do passado. "Sabe, seu pai costumava me dizer 'Apenas guarde todos os recibos numa caixa de sapato'. 'Deus que nos ajude', ele dizia 'se algum dia formos auditados'."

Todo mês de janeiro a caixa sai do armário, mas, por volta de março, quando ela ainda está vazia, minha mãe diz "Já passou metade do ano, então, qual é o sentido?".

A teoria de Tiff é que você precisa ter sorte para ter dinheiro e precisar ser inteligente para mantê-lo. Frank não era nenhum dos dois – olhe onde ele terminou – e aquelas vozes em meu cérebro estão ficando cada vez mais altas, como um couro de sapos, numa noite de verão. Preciso de dinheiro. Preciso de dinheiro. Então, o que posso vender?

Quando acendo a luz, vem um cheiro forte de mofo, na garagem. Em princípio, não há nada ali, porque mandei o que tinha de valor para os parentes de Frank, mas, de repente, vejo, no canto dos fundos, um punhado de caixas que nunca me dei ao trabalho de abrir. Todas as minhas amigas que se mudam concordam que ninguém nunca abre todas as caixas que tem. É o que geralmente acontece com relação aos pertences. Você conclui que não pode abrir mão de alguma coisa, no entanto, depois de se mudar, nunca mais pensa naquilo. Na verdade, frequentemente, tais coisas guardadas acabam desaparecendo. Minha mãe diz que três mudanças equivalem a um incêndio.

Eu remexo nas velhas caixas de papelão e merda! Ali está o rádio amador de Frank, o trambolho que ele mantinha no escritório – e está em boas condições. Quatro caixas. Rádio CB Ranger de 150 watts, antenas, cabos, conectores, microfones, fios. Eu relembro as mensagens idiotas e embriagadas que ele e seus colegas caminhoneiros costumavam trocar. Aquele troço todo de rádio CB parecia tão imbecil. Quero dizer, eles tinham celulares. Era para ser usado em caso de emergência, mas não ajudou o Titanic, ajudou?

No fundo da caixa, está seu detector de radar policial, que algum guarda fez com que ele tirasse da caminhonete, alguns meses antes do acidente. Eu sei que esse negócio vale alguma coisa. Eu já ia saindo, quando avisto uma caixa da Clay's Radio Shop, meio escondida pelos sacos das sementes orgânicas retardadoras da mamãe. Como isso passou sem que eu notasse? Opa. Um sistema de GPS novinho em folha. Sem uso. O recibo diz 799 dólares. Bingo.

Então, faço o seguinte: é noite de sexta, e eu sei exatamente onde estão os amigos de Frank – Breakers Bar, em Point Dune. Passo todas as caixas para o meu porta-malas, coloco um jeans e sigo montanha abaixo, rumo à Pacific Coast Highway. É um trajeto de aproximadamente 45 minutos de carro, ao norte, e chego ao bar na hora certa, onze da noite.

Lá de fora, você não dá muito pelo Breakers, mas todo o pessoal local sabe onde fica. Sempre tem uma garotada andando de skate, do lado de fora. E lá dentro fica entupido, a música é muito alta, há muita gente espremida junto ao bar, mas eu não reconheço ninguém. É um bar de surfistas e gente bêbada e drogada, que atrai multidões de locais, garotos da escola Malibu High, com identidades falsas e um grupo de residentes do parque de trailers de Trancas, área de trabalhadores de Malibu. A maioria dos homens ainda está de short e chinelo de dedo, e algumas mulheres estão de biquíni por baixo das camisas. Esse é o traje do ano inteiro desse pessoal. Quando a temperatura cai, jogam um casaquinho de lã por cima.

Ao entrar, sou recebida pelo aroma familiar de óleo de bronzear, cerveja e brisas marinhas salgadas. Eu me lembro que Frank adorava esse lugar. Eu também, até que a cozinha foi fechada por causa dos ratos. Este ano foi cotado como B, mas, mesmo assim, não como ali. Resolvo pedir batata chips e cerveja, e simplesmente esperar. Talvez seja um pouquinho cedo.

– Adivinha quem é! – alguém diz, atrás de mim, colocando as mãos sobre meus olhos.

– Quem? – eu digo, seguindo a brincadeira.

– É o Steve! E Carl! – Eu sabia que eles estariam ali – dois velhos amigos de Frank, que dizem trabalhar no setor imobiliário de West Valley, mas quem vai saber? Carl é boa-pinta, tem jeito de um surfista mais velho. Corpulento, com uma cabeleira parafinada. E Steve é um daqueles caras que nunca parecem notar que camisas têm botões. Eu me lembro que eles sempre ficavam na nossa casa, aos domingos, assistindo a todos os jogos de futebol do planeta. Sempre que o time deles ganhava, eles uivavam e rolavam no sofá, pulavam e faziam uma dancinha. Depois ligavam para os seus *bookmakers*[2]. Steve tinha uma risada ruidosa de bebê, mas eu sempre achei Carl bonitinho.

Ele era um dos amigos mais interessantes de Frank – uma combinação de provocador e molengão sentimental. Nós costumávamos sair em dois casais, porque Frank sempre foi atraído pelas namoradas dele. Mas eu gostava do Carl. Talvez seja cafonice, mas ele sempre se levantava na primeira vez que eu entrava em um cômodo.

– Eu quase não te reconheci, Cassie. Você emagreceu, ou algo assim? – diz Carl, verdadeiramente feliz em me ver.

– Talvez seja o meu cabelo.

– É, é isso. Você está bonita. Eu pensei em te ligar, te levar pra dar uma volta, já que eu e Frank éramos tão bons amigos, mas tenho viajado muito e não consegui seu número. Você está com telefone novo?

– Não – eu digo. – Mesmo número.

---

[2] *Bookmakers* são pessoas que ganham dinheiro ilegalmente controlando apostas em jogos de azar ou corridas de cavalos.

Depois que o Frank morreu, isso me acontecia a toda hora. Eu encontrava alguém que conhecíamos e a pessoa começava uma longa explicação por não ter ligado, ou visitado, ou me levado para sair. Chegou a um ponto que eu só queria que me dissessem a verdade. "Olha, eu nunca gostei muito de você" ou "Epa. Eu me esqueci completamente que você existe, que constrangedor".

Dou um gole na cerveja, olho os dois nos olhos e digo:

– Eu tenho uma proposta para vocês.

Eles parecem surpresos e interessados. Eu conto sobre a muamba de Frank, como é tudo novinho – zero quilômetro – e que posso vender para eles pela metade do preço, se me pagarem em dinheiro, agora. E eu sei que eles têm. Sempre andaram com um monte de grana. Esses caras ganham a vida fazendo transações insondáveis. Eles se entreolham, astutos. Será que estão com pena de mim, porque acham que eu preciso de dinheiro, ou estão tramando um jeito de me ferrar?

– Quatrocentas pratas por tudo – diz Steve, de má vontade, estudando meu rosto, por um momento. Ele tem olhos azuis anêmicos e convictos, com uma expressão fria, quase ausente. Ele não está com sua bermuda habitual de surfista – provavelmente está cobrindo a tornezeleira rastreadora criminal.

Certo. Eles estão tentando me ferrar. Eu faço a partilha e ganho. Tiro a folha impressa do eBay com a rápida consulta que fiz antes de sair e digo que lhes darei um desconto de 25%. Acabo vendendo o GPS para Carl por 500 dólares e o CB, com a tralha toda, por 450. Quase mil dólares!

Carl tira um pacote de dinheiro do bolso e diz, sedutor – Então, Cassie, está saindo com alguém, ultimamente?

– Por acaso, estou – eu minto.

– Que pena – diz ele, enquanto eu enfio o dinheiro no bolso. Nesta semana é a segunda vez que minto sobre um namorado.

Quando estou abrindo a porta do carro para ir embora, sinto alguém passar os braços em minha cintura, me afastando do carro.

Só penso no dinheiro que está na minha bolsa. Estou prestes a dar aquela cotovelada que você aprende em defesa pessoal, quando ouço – Ora, vamos, Cassie. Vamos dar uma volta. – É o Carl, e ele está meio altinho. Ele perde o equilíbrio, quando eu o empurro.

– Você está uma gatinha, sério mesmo.

– Ah, obrigada. É gentil de sua parte. Mas minha mãe está esperando que eu vá buscá-la, bem ali, no posto de gasolina, e eu realmente tenho que ir.

– Tudo bem, querida. Que tal depois?

– Não sei, Carl. Até que eu chegue em casa...

– Tá, tudo bem. Já saquei. Mas você sabe onde me encontrar – diz ele, desistindo.

Cerca de um ano atrás eu teria ficado feliz e até grata em sair com ele. Mas agora Carl não parece mais grande coisa. Eu passo os dedos folheando as notas que Steve e Carl me deram. Vou encarar isto como a última herança deixada do patrimônio inexistente de Frank.

SEGUNDA PARTE

"Estar perdido na floresta é uma experiência surpreendente e memorável, assim como valiosa... Só quando estamos perdidos ou, em outras palavras, só quando perdemos o mundo, é que começamos a encontrar a nós mesmos, e percebemos onde estamos..."

HENRI DAVID THOREAU, "The Village", Walden

CAPÍTULO 27

A lua da colheita veio e partiu. Choveu muito no Halloween e os ventos de Santa Ana chegaram em seguida. Aqueles ventos quentes sopraram durante semanas, depois baixaram, num astral sombrio como farristas da madrugada saindo no frio.

Agora já está quase chegando o Dia de Ação de Graças e a mata e arbustos ao redor da minha casa estão mudando dos tons de verde, para um tom morto. Na floresta, onde meus pássaros estão aninhados, a seiva flui, as raízes afincam, se emaranhando umas nas outras.

Nesses dias, eu penso em como fazer as coisas – principalmente em como acompanhar a turma. Para mim, foi uma revelação que a faculdade esteja sendo mais fácil que o ensino médio. Posso fazer tudo em meu próprio ritmo, cursando disciplinas que não têm testes de múltipla escolha.

Ao longo do último mês, tenho frequentado a turma de Conner, das oito horas da manhã. Saio alguns minutos mais cedo, para chegar à minha mesa às nove. Com o dinheiro do "patrimônio" de Frank, consegui me matricular num curso noturno de extensão – só quatrocentos dólares. Escolhi Introdução à Literatura Mundial e Filosofia. São disciplinas essenciais do primeiro ano – dá um gostinho de tudo. Eu até comprei umas roupas novas. Pareço uma aluna como outra qualquer – mochila preta e olheiras combinando.

Mas meu cabelo está bem melhor. Voltei ao salão várias vezes e estou começando a entender o conceito deturpado de cortar o cabelo para fazê-lo crescer.

Já estou na metade do alfabeto no escritório de Conner, e sigo catalogando. Às vezes, ele e eu fazemos pequenos debates enquanto estou trabalhando. Geralmente são sobre a aula que estou fazendo. Outro dia, eu disse a ele que estava estudando Descartes. Conner veio cheio de razão e lógica, falando incessantemente sobre o fato de Descartes ser o pai da filosofia moderna, o elo entre a mente e o corpo, e o começo do Iluminismo.

– Às vezes – eu me aventuro a dizer – nada parece fazer sentido.

– De que forma? – ele responde.

– Bem, por exemplo, "penso, logo existo". Quero dizer, existo como? Uma pessoa é o que acha ser, ou o que outras pessoas acham que ela é?

Ele me lança um olhar superior, falando deliberadamente devagar. – Bem... acho que estamos saindo do rumo, aqui. Para encurtar a história, a questão é a natureza da certeza. O pensamento e o ser são fundamentalmente a mesma coisa. Portanto, agora estamos entendendo um pouquinho melhor?

– Para encurtar a história, não. – Eu concluo que Conner não faz a menor ideia sobre pensar e ser, quando você não é quem você pensa que é – penso, logo minto, portanto, não sou? Penso, logo minto, portanto, sou?... mas nem tanto. Penso, logo sou... ah, esquece. Como eu poderia esperar que ele entendesse – e eu detesto esse tom de voz dele.

Outra dia, entrou em seu escritório e me pegou sentada em seu sofá, fazendo anotações para o meu trabalho. Ele me perguntou sobre o que era e eu disse que deveria ser sobre a aparência versus a realidade.

– Você já viu os escritos de Bertrand Russell? – pergunta ele, soltando os livros sobre a mesa.

– Não. Estou usando Platão. Sabe, a verdade por trás das aparências. Estou escrevendo sobre o fato de que as pessoas fazem coisas para que os outros pensem que elas são quem não são.

– Qual é o seu enfoque? – ele tira o casaco, senta na cadeira giratória e começa a checar os e-mails.

– Você.

– Eu? – ele ergue os olhos do laptop. Agora eu tenho sua atenção. Ele começa a girar a cadeira de um lado para o outro.

– Mais ou menos. Digamos que... em nome do argumento. Se você não tivesse a aparência que tem, ou agisse de determinada maneira, em aula, ou não trouxesse seu cachorro, ou contasse histórias impetuosas sobre a África – os pigmeus e tudo mais – os garotos não ouviriam. Sua aparência é a razão por eles gostarem de você. Por isso prestam atenção.

– Apenas minha aparência, é? – diz ele, dobrando as mangas da camisa.

– Bem, ao dizer aparência, eu me refiro a todo tipo de coisa, seu papo, seu carisma. É claro que depois é preciso descobrir que verdade há por trás.

– E você descobriu?

– Não. Não faço a menor ideia. Eu mal o conheço.

– Muito justo. Mas você pode fazer suposições.

– Tais como? – eu pergunto.

– Sou inseguro ou frustrado...

– Ou compassivo e condescendente. Por exemplo – eu acrescento.

– Exatamente. – Ele ri. – Você pode fazer isso com qualquer um. A verdade por trás das aparências. Vamos pegar você, por exemplo. – Ele senta ao meu lado, no sofá. Ótimo. Vamos ver o quão astuto ele realmente é.

– Você parece ser ingênua e sem escolaridade. Alguém que não ostenta nem um pingo o seu conhecimento – quase negligentemente. Mas, por baixo, você tem uma mente habilidosa e vê as coisas de um jeito singular.

– Obrigada...

Ele me corta. – Além disso, você parece ser uma mulher que subestima a própria beleza – deliberadamente se vestindo de um jeito meio indiferente. Mas a verdade é que você ainda tem uma aparência, digamos... em nome do debate... excepcional.

Eu momentamente desvio o olhar. Não estou acostumada a elogios, principalmente de homens. E fico constrangida em demonstrar o quanto estou satisfeita.

– Obrigada – eu digo. – Sabe, o trabalho não é realmente sobre você.

– Que alívio. Então, qual é o título?

– Ilusões do amor.

* * *

Não consigo me lembrar de quando aconteceu, exatamente, talvez depois de eu terminar o trabalho sobre o falcão. Não foi algo súbito, isso é certo. Mas aconteceu uma mudança dentro de mim. Algo está acontecendo. Talvez eu esteja dando importância demais, extrapolando a coisa. De qualquer forma, comecei a perguntar aos meus amigos se eles acham que estou diferente. Na verdade, posso ser a única pessoa do planeta que de fato conduziu uma intervenção em si mesma. Tudo bem, talvez não uma verdadeira intervenção em que as pessoas dão uma festinha "surpresa" para um ente amado que está viciado em alguma coisa, depois fica implorando para que ele entre em tratamento. Mas você tem que admitir que há semelhanças – eu estava basicamente à procura de algum tipo de reconhecimento formal, de gente que amo, de que eu estava começando a mudar. Então, naturalmente, comecei com a Tiff.

– Tiff, você está notando alguma coisa diferente em mim?

– Eu disse algo que te magoou?

– Não. Só quero saber se você vê alguma mudança em mim.

– Em que sentido? – ela pergunta, cautelosamente.

– Em qualquer sentido. Por exemplo... na minha conversa.

– Bem. Como se você parecesse melhor em...

– Me expressar? – eu ajudo.

– Exatamente. E você parece mais...

– À vontade, com outras pessoas? – eu digo.

– Sim. Eu decididamente reparei isso. E quanto ao seu cabelo? – ela pergunta, confiante.

– Bem, tenho que agradecer a *você*, por isso.

– Isso é verdade. Eu fiz, mesmo, um ótimo trabalho.

Como você pode ver, a Tiff não ajudou nem um pouco. Nem minha mãe. O pensamento geral sobre isso é que os pais sempre são os últimos a notar qualquer coisa diferente em seus filhos, mesmo que os filhos calhem de ser totalmente pirados, ou mentirosos patológicos. Eu prossegui, perguntando a algumas pessoas do centro de vida selvagem, ao tintureiro, à Sylvia, amiga da minha mãe, e até à garçonete do restaurante.

Tenho que dizer que a reação geral não foi nada abaladora. Na verdade, foi totalmente oposta ao que eu esperava ouvir. Quase todo mundo disse algo do tipo "Ei, Cassie, relaxe. Você não acha que eu lhe diria, se achasse que você está agindo de modo estranho?"

Mas o fato é que, mesmo que ninguém note, eu tenho novas teorias e ideias sobre a vida, um novo senso de como fazer as coisas darem certo. Chega uma hora, um ponto em que você sente uma linha imaginária – você está viajando por uma estrada, não sabe exatamente para onde está indo, mas sabe que está longe demais para voltar.

É desconcertante e confuso. Difícil de explicar. Parece que nunca há tempo suficiente. Estou indócil e agitada, inclinada a sair pela tangente, perder minha linha de raciocínio, andar por aí com a cabeça cheia de informação e me apressar, tentando fazer com que tudo se encaixe. Frequentemente, quando chego em casa do trabalho, eu me vejo passando de um cômodo ao outro, à deriva e ansiosa, procurando por um lugar para pousar. Sam pensa que é um jogo e vira, antes de mim, para ver o que vou fazer em seguida. E eu acho que sei o que é.

Frequentando essas aulas, trabalhando com Conner, eu quero ir à faculdade para valer. Quero fazer o Teste de Avaliação de Habilidade Depois dos 30. Na semana passada, todos os dias, eu procurei pelo teste no Google, entrei no site e respondi à pergunta do dia. De cinco vezes, eu acertei quatro. Quando eu estava no ensino médio, ninguém nunca mencionou em fazer o teste. Exceto minha mãe. Mas eu cortei a ideia dela. Mesmo com todo incentivo, eu simplesmente nunca tive segurança em mim mesma. Foram muitos anos lutando contra notas ruins para me obrigar a passar por tudo isso de novo. Não era uma preparação para a faculdade, então, para que o estresse? Mas, agora, tudo é diferente. Eu deveria tê-la ouvido.

Um dos meus professores está sempre falando sobre as coisas que trazemos conosco. Ele deveria estar falando sobre as coisas que não trazemos.

CAPÍTULO 28

Todos os dias, acordo por volta das cinco da manhã, dou comida aos animais, faço meu café e pego a estrada, cerca de seis horas. Dirijo numa espécie de torpor, seguindo um conjunto de luzes traseiras, descendo a estrada na ventania do vale, passando pelo depósito de madeira, o mercadinho e o centro de reciclagem, enquanto a cobertura nebulosa se ergue e o ar fica fresco e limpo. Hoje eu tenho um longo dia pela frente, aula às oito, trabalho até as cinco, depois, outra aula das setes às nove da noite. Corro pelo campus, ligeiramente atrasada para a palestra matinal de Conner, na qual nosso grupo de alunos habitualmente se senta na fileira mais alta, a dos fundos. É manhã de sexta-feira, decididamente há um clima mais leve no ar, e os garotos que estão aqui parecem ter acabado de sair da cama. A menina à minha frente está com o cabelo comprido molhado, veste calça de ioga, chinelos com contorno de lã e está comendo um muffin da Starbucks. O garoto ao meu lado está meio dormindo, com os cabelos escuros despenteados. Ele parece um garoto de coral crescido, exceto por sua camiseta amassada do Led Zeppelin e uma calça larga caindo, claramente sem cueca. Ele cutuca meu ombro e se apresenta. Seu nome é Zack.

– Ei, eu te conheço. Lembra de mim, do caixa eletrônico?

– Ah, claro. Oi. – O garoto bonito, com o dinheiro – que circula em Praga. Ele está remexendo sua mochila.

– Posso te pedir uma caneta emprestada?

– Sem problema. – Eu tiro uma da minha bolsa de lona.

– Legal – diz ele, e seu telefone toca. Depois, ele passa o restante dos dez minutos de palestra mandando mensagens de texto.

Ele usa um anel grosso de prata, com uma caveira e ossos em cruz, no polegar.

Agora meu telefone está vibrando. É o Freddy novamente. Recebi algumas mensagens dele, nas últimas semanas, e ontem ele me deixou um recado cafona, com "Splish Splash" tocando, ao fundo. Acho que eu sou uma aposta certa. Homens adoram mulheres que não estão disponíveis. Embora eu esteja e ele não.

Conner está virado de costas para a turma e usa uma caneta com luz na ponta, para dar mais ênfase. Ele está de jeans, uma camisa polo e um casaco de tweed. Ahab está todo enroscado no colo de uma garota bonita, na primeira fila, no céu canino, enquanto ela carinhosamente afaga suas orelhas. A palestra de hoje é sobre a migração dos pássaros.

– Havia algumas crenças bem estranhas sobre o que acontece aos pássaros quando eles migram. Os romanos acreditavam que as andorinhas passavam o inverno na Lua. Outras culturas achavam que eles se transformavam em sapos. Alguns até sugeriram chamar as tropas para evitar que os pássaros partissem. Ou atirar em todos eles quando saíssem.

Sinto outro tapinha em meu ombro. É o Zack, novamente.

– Pode me emprestar papel? – Acho que ele terminou de escrever as mensagens de texto. Eu me abaixo, pego um caderno espiral e arranco algumas páginas.

– Obrigado. O que ele acabou de falar?

– Que achavam que os pássaros migrassem para a Lua.

– Beleza. – Ele dá um sorriso enevoado, enquanto puxa a calça de moletom, que está caindo tanto que eu rapidamente desvio os olhos. Tarde demais. Eu vejo os seus pelos espetados para fora.

Conner diminui a luz e desce um telão. Nós o ouvimos, enquanto assistimos a uma onda de pássaros-canoros silenciosamente voando e entrando em formação.

– Com o advento das viagens modernas, o homem finalmente concluiu que os pássaros não desaparecem, simplesmente. Eles voam a velocidades inacreditáveis, por vastas distâncias. No auge da migração, 45 milhões de pássaros-canoros decolam, numa única noite, e voam quase 500 mil quilômetros, da costa do Golfo, de Corpus Christi, até Lake Charles, na Louisiana. Eles seguem sem descanso, no escuro, por entre as nuvens, e ninguém nunca descobriu por que eles não se perdem.

Eu penso no alimentador de beija-flores de minha mãe, e naquelas criaturas com asas obscuras que lampejam como pirilampos esmeraldas, e depois ganham o espaço. Minha mãe é sempre tão protetora com eles, colocando a comida em locais que os falcões e as corujas não possam alcançar.

– Toda essa energia e perseverança – diria ela -, com um cérebro do tamanho de uma ervilha.

Estou tentando ouvir Conner, quando percebo que Zack está me encarando.

– Então. Você está na aula como ouvinte, ou algo assim?

– Mais ou menos. Eu trabalho no departamento de Psicologia.

– Você é assistente do professor?

– Na verdade, não. Só estou fazendo uma pesquisa.

– Legal. – Ele me dá um sorriso fascinante estilo Tom Cruise.

– Tic Tac? – ele oferece.

Ele vira a caixinha de balas na palma da minha mão, enquanto ouvimos Conner passando um trabalho a ser entregue em duas semanas, sobre "Risco Predatório e Habitat, no Sudeste da Califórnia".

Zack lança a cabeça no ar e suspira. – Droga. Estou ferrado. Tenho duas provas, semana que vem. E ainda tenho que compensar umas coisas do último semestre, quando fiz a monografia. De qualquer forma, o que é risco predatório?

– Você sabe, predadores. Falcões. Corujas. Coiotes. – Freddy. – Aquilo sobre o que ele estava falando na semana passada.

– Eu meio que perdi a semana passada.

– Bem, faça o trabalho sobre falcões-de-rabo-vermelho. Eles estão por toda parte e comem todo tipo de animal que você possa pensar. – Eu poderia fazer esse trabalho em uma hora.

– Posso pegar suas anotações emprestadas? – Essa é inédita. Alguém pegando *minhas* anotações emprestadas. Mesmo sendo um preguiçoso. É melhor eu digitar e passar o corretor de texto.

– Claro. Pode ser na segunda-feira?

Ele se inclina em direção ao meu rosto, aperta meu braço e fala, com seu hálito mentolado:

– Claro. Sem grilo.

Conforme caminho de volta ao escritório, penso sobre falcões – aquele que Frank levou ao centro de vida selvagem, na primeira vez que nos vimos, e os que passam pelo nosso bairro, nas bolsas de ar quente, em busca de suas presas. Sam fica olhando de seu poleiro pela janela da cozinha – o sentinela silencioso. Quando avista um, ele imita o grito do falcão, depois agacha no canto da gaiola. Eu faço um lembrete mental para ir até a clareira, amanhã de manhã, pois faz semanas que não checo meus bicos-de-marfim. Vou colocar um despertador para quatro horas. É o melhor horário para vê-los. De qualquer maneira, quem precisa de sono?

CAPÍTULO 29

A luz matinal que antecede o amanhecer está filtrando por entre as árvores, conforme eu sigo em direção à clareira. Os grilos noturnos seguem cantando em meus ouvidos – uma onda de som agudo – a primeira manhã do começo do mundo. Nesta época do ano, a neblina é tão densa que é como se você estivesse andando pelo clima do ártico. Tropeço numa tubulação plástica mastigada, e fico ensopada. Devem ter sido os coiotes. Em nosso bairro, matilhas pulam as cercas e mastigam os irrigadores de grama, quando querem beber água. Os índios costumavam chamá-los de "malandros", por serem tão engenhosos e espertos. Eu ando com uma vareta grande para afugentá-los, se tentarem se aproximar de mim.

Vou entrando mais fundo na floresta, desviando das poças de água escura e pântanos sujos, cheios de um milhão de formas de vida silenciosamente fervilhando, antiquíssimas e férteis. A certa altura, eu me vejo cercada de cogumelos cor de néon, como a cena de *Alice no país das maravilhas*, com a lagarta fumando um narguilé. Sonhos lisérgicos de verdade.

Quando me aproximo da clareira, ouço um grande estardalhaço. É *happy hour* na terra dos pássaros. Carriças, canoros, tordos e pintassilgos voam de um lado para o outro, entre as árvores, como vizinhos que se visitam do outro lado da cerca. Há uma citação no quadro de avisos do centro de vida selvagem, de John Burroughs, que diz "Há novidade em cada arbusto". E, aqui, essa é a impressão que dá.

Eu me sento no meu lugar de sempre, pego meu diário e fico esperando que os bicos-de-marfim apareçam. Está um frio de matar, e minhas orelhas estão queimando. Ontem começou com chuva, mas depois a temperatura subiu, fazendo um belo dia de novembro em Los Angeles, com um gosto garantido de primavera no ar. Um dia para fazer ninhos, com certeza. Então, ontem à noite, a temperatura caiu novamente e agora está um frio terrível. De vez em quando, olho em volta. É estranho que eu nunca veja nem ouça ninguém nesta clareira. Eu poderia morrer congelada, esperando por esses pássaros, e ninguém me encontraria, durante semanas. Este é um pensamento confortante. Minha mãe e Tiff poderiam acabar vindo aqui, e algumas pessoas talvez ligassem – tipo o meu velho camarada Carl, com seu sorriso tolo de sapo. Ou o Freddy.

Droga. Eu pareço não conseguir me livrar da lembrança do que aconteceu. Passei pela metamorfose de uma mulher que não fazia sexo há anos e queria muito que isso acontecesse, para uma mulher que finalmente fez e gostaria muito de não ter feito. Espere aí, lá está a fêmea. Ela está sentada num cipreste apodrecido, a uma altura de uns nove metros, com a cabeça para fora de um buraco recém-aberto, grande o suficiente para um falcão entrar. Ela me encara com seu rosto antiquíssimo de réptil, como se me conhecesse. O macho aparece do nada e se junta a ela, e os dois começam a rotina, bicando o casco e chafurdando na festa de larvas. É só uma questão de tempo até que o macho perceba a minha presença e soe o alarme. Então, eles partirão juntos, num lampejo branco sagrado.

Enquanto isso, eu me acomodo para observar. Eles formam um casal esquisito, recluso, estranhamente pulando de galho em galho, vivendo uma vida de selvagem incerteza. Eu me pergunto se eles estão se preparando para fazer um ninho e se todo o barulho lá em cima é só uma coisa normal de casal. Os bicadores contra-argumentando entre si. Eu geralmente fico aqui durante horas, mas está fazendo um frio maldito. Relutante, guardo o diário e sigo montanha abaixo.

Quando chego em casa, tiro minha roupa molhada, que agora está gélida e grudada em minha pele, e tomo um bom banho quente. Nós realmente precisamos comprar um aquecedor maior, mas custa 1.500 dólares, portanto minha mãe disse que posso esquecer.

Dou uma espiada na gaiola de Sam. A cabeça dele está enfiada nas penas macias de seu pescoço, seus dedos compridos dos pés atracados no poleiro. Em mais ou menos uma hora, ele vai começar seu ritual matinal de se arrumar. Eu pego seu café da manhã e acrescento uns morangos frescos. Sam adora. Os restos de seu jantar estão espalhados pelo chão, perto de sua gaiola. Farelos de milho, macarrão e ossos de galinha. Sam sempre joga os restos no chão – ele gosta de manter sua gaiola limpa.

Eu li, em algum lugar, que o papagaio da rainha Vitória costumava acordá-la cantando "Deus Salve a rainha". Sam é tão rabugento quando acorda. Não fala muito até antes de meio-dia. Faço uma xícara de café e sento junto ao balcão da cozinha, com meu diário.

Meu professor particular de infância foi quem primeiro sugeriu que eu mantivesse diários. Eu costumava escrever sobre o que lia e como me sentia a respeito. Aquilo supostamente me ajudava a ter foco. Mas agora, eu os utilizo para algo diferente. Eu escrevo sobre minhas caminhadas, meus amados bicos-de-marfim, e o que vejo e ouço.

Termino de escrever em meu diário e depois imprimo as anotações para Zack. Verifico o trabalho. Risco Predatório e Habitat, no Sudeste da Califórnia. Isso é tão fácil. Talvez eu lhe dê alguns parágrafos – para ajudá-lo a começar.

Passo as horas seguintes no trabalho do falcão. Simplesmente não parece tão difícil. É estranho, mas no ensino médio, sempre que eu tinha que escrever alguma coisa, se eu pudesse ir para casa, sentar num canto sossegado, fazer com calma, eu tirava A. Os professores sempre escreviam comentários do tipo "ótima imaginação" e "bem escrito". Eu me lembro de minha mãe lendo sobre alguns dos melhores escritores que eram disléxicos. Portanto, acho que não sou tão incomum. O problema era que a euforia da nota A não durava muito. A certa altura, eu sempre tinha que ir para a aula, fazer uma prova e tirava D. Mas esse trabalho me exigiu tão pouco esforço – como escrever em meus diários. Acho que deve ser o assunto. Cinco páginas de falcões. Esse garoto vai me amar.

CAPÍTULO 30

Há um joguinho sinistro que todos jogam nessa época do ano, em Topanga, quando a centelha de um radiador de carro, ou até uma guimba de cigarro pode incendiar o bairro inteiro. Se você tivesse exatamente dois minutos para sair de sua casa, o que pegaria?

Para mim, é sempre surpreendente o que as pessoas acham dignos de salvar. Travessas, roupa de cama, móveis, até antiguidades raramente estão na lista. Nem arte. São as pequenas coisas que as pessoas anseiam. Uma pulseira herdada, álbuns de fotografia, arquivos de receitas, amuletos de sorte, cartas de amor. Dou uma olhada na ode de Conner para Pamela. Você pode descobrir muito a respeito de uma pessoa, dessa forma.

Depois que terminei o trabalho do falcão, acho que devo ter desmoronado, porque a última coisa que me lembro são aquelas ondas de exaustão, por volta de meio-dia. Estou naquele estado enevoado, crepuscular, que antecede à consciência, quando sua mente embaralha a realidade e os sonhos, e olho ao redor do meu quarto, pensando em minhas escolhas. O incêndio imaginário lambeu todas as coisas existentes colina acima, deixando tudo incinerado em seu rastro, e os helicópteros da polícia estão pairando sobre o meu telhado. Há uma onda de pânico no ar, e ouço um oficial falando num megafone, ordenando para que eu me mande dali (acho que eles usam o eufemismo "evacuar"). Presumindo que minha mãe e Sam estejam a salvo, pego meus livros preferidos sobre mitos, minha coleção de vitrais marinhos e a foto do meu pai me segurando, quando eu era bebê. Dou uma olhada no meu minicloset. Repenso, por um momento. Não, mais nada. Eu ficaria feliz em deixar tudo ali dentro virar fumaça – ah, espere um minuto – tudo, menos o meu novo vestido preto.

Cambaleio nos destroços do meu closet para pegar um suéter e tropeço num saco de sapatos velhos que eu ia mandar consertar, ano passado. Jesus. Aposto que não limpo meu armário há dez anos. Arrastei toda a minha tralha para a casa de Frank, quando me casei, e depois trouxe tudo de volta, quando ele morreu. Bem na minha frente, há uma exposição perturbadora do meu passado lamentável.

Ali está o vestido que usei quando Frank me pediu em casamento. Brilhante e nada sexy. A calça e blusa que usei na minha entrevista com Pearce. Deus, como é que eu pude? Um conjuntinho que eu costumava usar para ir à igreja, uma saia comprida de algodão florido, e blusa combinando, como a foto do cartão da Old Maid. Aqui está o casaco de brocado azul, que eu não tirava do corpo. Parecia que eu estava vestindo o sofá da Tiff. E eis a tinta corporal de chocolate que Frank me deu no dia dos namorados, no ano anterior à sua morte. Nem foi aberta. Será que essas coisas estragam?

Recostada à parede dos fundos, atrás de uma porção de caixas vazias de sapato, há uma foto minha, num porta-retrato quebrado. Estou em pé, na frente da casa, com um traje claro, fazendo cara feia. Só falta o garfo de feno. E o que é isso? Uma bolsa marrom horrível, de franjas, do Curtume da Vila, no fim da rua. Ela ficou ensopada quando tivemos um vazamento no telhado e agora fede e parece um texugo. E esse suéter, resultado de um acidente trágico na lavanderia. Certo. Agora chega!

Conner disse que eu me visto de uma maneira deliberadamente indiferente. Não é deliberadamente, eu acho, apenas inconscientemente. Uma vez, eu li que se você não usou algo em dois anos, deve livrar-se daquilo. Então, vou ter que me desfazer de quase tudo. Preciso limpar a minha alma de toda essa tralha. Coloco de lado as roupas novas que comprei para o trabalho e para a faculdade, e depois começo a jogar todo o restante em sacos pretos enormes. Simplificar é a regra, certo?

Penso no que vou comprar a seguir, quando tiver tempo e dinheiro. Quero o que Alison tem, mas sem aquela postura. *Clean*, macio, sexy, estiloso. Botas. Saias coladas no corpo. Jeans que deixam a bunda no lugar certo. Dá vontade de estourar meu próximo pagamento inteiro. Bem, não inteiro. Não quero morar com minha mãe pelo resto da vida. Imaginei que, ano que vem, nessa época, Tiff e eu provavelmente poderemos pagar o aluguel de nosso próprio apartamento.

Acabei de carregar o último saco lá para fora, quando o telefone toca.

– Alô?

– Certo. Esta é a terceira vez. Por que você não está retornando minhas ligações? – É o Freddy. A voz é amistosa, num tom de flerte.

– Eu só estava pensando em quando vamos nos encontrar. Como é que vai aquele seu namorado? – Ele é bem atrevido.

– Como vai aquela sua namorada? – Pronto. Falei. Agora há um silêncio do outro lado da linha, enquanto ele obviamente pensa em sua resposta bem planejada. Depois, risos.

– Nós temos torturado um ao outro há um tempo. E eu estou quase no ponto. Só falta um pouquinho. – Agora estou rindo. Não se consegue deixar esse cara constrangido.

– Sério. Que tal jantarmos, uma hora dessas? – ele força.

– Bem – eu hesito.

– Amanhã à noite? Você escolhe o lugar. – Eu penso a respeito. No panorama geral, ele realmente não fez nada *tão* ruim. Talvez ele tenha ficado tão atraído por mim que tenha resolvido jogar a cautela ao vento, e, de qualquer forma, ele está terminando com ela, não está?

– Tudo bem. Que horas?

– Eu te ligo amanhã. Faça reserva em qualquer lugar que você queira. Algum lugar legal.

Algum lugar legal. Eu faço uma reserva num restaurante italiano, em Santa Monica, às vinte horas.

* * *

Comecei a noite seguinte com um certo otimismo – com uma crença quase negligente de que Freddy não era quem eu achei que ele fosse. Resolvo vestir um suéter preto simples com calça comprida – um dos poucos trajes que sobraram. Depois, reúno um punhado de corretivos. Tonalizantes, iluminadores, bases e etc. Coisas que camuflam os defeitos da sua alma.

Então, espero. Ligo a TV. Desligo a TV. Coloco o cachorro lá fora. Trago o cachorro para dentro. Tranco Sam em sua gaiola, porque não quero ficar com pena de passarinho no meu suéter. No começo ele só fica deprimido, mas, agora, ele está ficando furioso. Ele detesta ficar trancafiado quando estamos sozinhos em casa. A cada cinco minutos, solta um grito de perfurar o tímpano. Vou tentar ignorá-lo, algo que, ultimamente, piora as coisas.

Agora são oito horas. Talvez eu ligue para o restaurante e avise que estamos atrasados. Talvez não. Espero mais meia hora. Depois mais meia. Agora estou cansada. Eu me recosto no sofá, tentando não estragar meu cabelo e minha maquiagem, caso ele ligue. Vou agir de maneira irritada, porque já passa das nove, mas vou me reanimar e encontrá-lo.

Conforme a noite avança, os sentimentos de autopiedade vão virando uma bola de neve, devorando a onda inicial da noite, de expectativa e empolgação. *Tomei um bolo.* A parte triste dessa rejeição terá que entrar na fila, atrás de uma lista de decepções. Repasso uma relação de tudo o que deu errado nos últimos cinco anos. Quando chego a cem, resolvo parar. De um modo deturpado, esse trabalho movimentado tira minha mente do fiasco amoroso que estou enfrentando. Eu me lembro do pastor, em nossa igreja, falando que a libertação frequentemente exige uma viagem ao inferno.

Finalmente, às dez horas, admito que esse encontro não vai acontecer. Agora estou com raiva. Detesto Freddy. Detesto aquelas calças cáqui amarrotadas. Detesto seus amigos elegantes e seus nomes ridículos, Quatro, Três, Dois e Zero. Detesto sua irmã, sua mãe, seu pai e a babaca da sua namorada, Patricia. Detesto seu prédio inteiro e todos que estão ali dentro, incluindo o porteiro. Detesto seu apartamento todo reformado, sua arte horrenda que "tem que ter", sua cozinha de inox sem uso, sua sala multimídia imbecil. E detesto seu chuveiro. Bom, o chuveiro, talvez não.

O telefone toca. Eu me preparo e atendo com uma voz sucinta.

– Alô?

– Você não vai acreditar no que aconteceu comigo. É o Freddy. Ele parece animado.

– Você provavelmente está certo.

– Eu perdi o voo e estou preso no aeroporto. – Sam solta uma série de gritos hostis, depois grita:

– Socorro!

– O quê? – eu digo. – Não consigo ouvir. Meu pássaro está aborrecido.

Freddy repete, dando uma ligeira parada:

– Perdi meu voo... estou preso no aeroporto.

– É mesmo? – eu digo num tom monótono, revirando os olhos de incredulidade.

– Tive negócios em São Francisco. – (Certo. Num domingo.) – E as reuniões se estenderam, depois eu perdi meu voo. – (Não tem telefone em São Francisco?)

– É uma pena – eu estrilo. Sinto que uma dor de cabeça de rachar está a caminho. Seguro o telefone ligeiramente distante do ouvido, deito no sofá e começo a esfregar as têmporas. Enquanto isso, Sam está chacoalhando a gaiola e batendo as asas. Ele ainda está gritando:

– Socorro! Socorro! Me solta!

– Me perdoa? – pergunta Freddy. Eu consigo até ver seu sorriso de flerte. – E eu prometo que vou levá-la a um lugar maravilhoso, para compensar.

– Freddy, eu não sou imbecil. – Sam agora está imitando uma sirene de incêndio.

– Você está realmente aborrecida, não é?

Eu tento pensar em algo verdadeiramente insultante para dizer, mas, em vez disso, eu digo:

– Não, eu estou no ponto. – Eu rio, mas não de um jeito legal. De certa forma, isso se traduz em chegue perto de mim e eu vou atirá-lo no abismo para onde eu mesma estou seguindo, neste momento. Aperto o botão e desligo o telefone.

Meu gosto para homens sempre foi suspeito e subitamente me ocorre que Freddy é simplesmente o lado irreverente de Frank. Com mais verniz, talvez. Uma versão mais cara, aculturada com finesse e charme, mas o mesmo rato lascivo e mentiroso.

O namorado de Tiff costumava brincar, "Tiff, meu bem, sua bunda está ficando gorda".

Ela saía batendo os pés até a geladeira, pegava uma caixa de sorvete e comia na frente dele. Ela não tinha medo. Eu admirava isso. Eu me lembro de como eu tinha medo de dizer a Frank o que eu realmente pensava. Eu passava todos os dias com um aperto no estômago, fingindo me sentir de uma determinada forma, fingindo estar feliz, acreditando que aquela era a única vida disponível para mim.

Sam começa a berrar, depois solta uivos guturais. Vou batendo os pés até sua gaiola, abro a porta e agora ele está lívido, virado de costas para mim e não sai. Está bem. Pode fazer birra.

Levanto, vou até o banheiro, dou um chute para abrir a porta e esfrego a maquiagem para tirá-la do meu rosto. Depois abro toda a torneira de água quente e enfio o rosto na pia. Espere um minuto. Então, me ocorre que a única emoção que estou sentindo agora é raiva. Nada de autopiedade, nada de "coitadinha de mim". Eu repasso a conversa em minha mente e percebo que eu disse a ele exatamente como eu me sentia. Eu soltei o verbo. E me sinto, mesmo, no ponto. Já chega. E não somente com Freddy.

CAPÍTULO 31

O ritmo acadêmico está começando a me pegar. Durante as duas últimas semanas, eu vinha me preparando para as provas e a quantidade de matéria que eu estava estudando era esmagadora. Zack me deu algumas dicas úteis, como os cartões pautados, chiclete de nicotina e Red Bull. Nós temos um grupo de estudo que se encontra, após o trabalho, na biblioteca ou na livraria do campus. É engraçado como as prioridades deles são diferentes das minhas.

Tudo que esses alunos fazem tem um motivo – um passo que leva a outro lugar. Eles não vivem exatamente o momento. Esqueça aquele tipo de pensamento budista. Para eles, o curso tem que qualificar em três níveis. Precisa (A) atender às exigências de sua concentração, (B) ajudá-los a entrar numa boa universidade e (C) mais importante, o professor tem que ter influência. Será que ele ou ela pode escrever uma carta que os ajude a conseguir um estágio expressivo, ou um emprego prestigiado?

E todos eles pertencem a clubes. Contatos. Contatos. Eles entram na Dante Society. No Clube de Cinema Italiano, Amigos da Turquia, Couro Eslavo, Robótica Aérea e o Clube do Gongo – seja lá o que for. Também vi que há os Estudantes Pela Doação de Órgãos. Tiff é uma doadora oficial de órgãos, mas ela só se cadastrou no Departamento de Trânsito para poder colar aquele selinho na carteira de motorista e cobrir sua idade.

Algumas vezes, consigo me identificar com suas ambições. Mas, na maior parte do tempo, estou fora daquilo tudo. Só quero provar para mim mesma que consigo fazer isso. Algo que, diante dos objetivos deles, parece ínfimo. Eles querem conquistar o mundo, eu só quero terminar um trabalho.

Corro para a palestra de Conner e encontro um lugar, no fundo do auditório, ao lado de Zack. A turma se aquieta quando Conner entra rapidamente, seguido por seu cachorro, que deita no meio do palanque e começa a lamber o seu traseiro furiosamente.

Conner dá uma olhada para ele e diz:

– Pare com isso, Ahab.

Geralmente, antes de começar a aula, Conner fala um pouco sobre o que estiver em sua cabeça, naquele dia. Hoje, ele está nos contando sobre seu Toyota Land Cruiser, movido a óleo vegetal vindo das fritadeiras de restaurantes locais.

– O óleo dos restaurantes japoneses é o mais limpo – diz ele. – O segundo melhor é o italiano, um pouquinho mais encorpado e muito eficaz. Eu tento evitar o óleo vindo de locais que vendem fast-food. É sujo demais para o meu carro, portanto, não recomendo que seja consumido via oral.

Então, muda de assunto.

– Eu raramente enfatizo um único trabalho, mas este texto sobre predadores ficou particularmente benfeito e eu gostaria de compartilhar com vocês.

Ele põe os óculos e começa a ler:

– Chama-se "Algo malvado vem nessa direção." – Dogra! Esse é o negócio que eu dei para o Zack.

– Falcões são assassinos, guerreiros mortais, matando tudo que encontram pelo caminho. Quando avistam algo, o resultado é irrevogável – um pesadelo primitivo. Eles são amorais. Sem consciência. Mirando em suas presas como mísseis secretos. Seguindo pelas correntes de ar quente, sobrevoando acima, parando na mosca, alçando um mergulho de cabeça, garras esticadas, raptando filhotes de canoros, enquanto soltam um grito angustiante de guerreiro indígena, que eriça os cabelos e congela os nervos.

Mas que cretino! Zack não mudou uma palavra sequer. Isso deveria ser apenas um guia, um ponto de partida. Ele copiou a coisa toda. Conner continua lendo. A turma está arrebatada e atenta. Eu olho em volta e percebo, ei, eles realmente estão gostando do meu texto.

Conner termina e anuncia – Zack Henderson. Você está aí atrás. Poderia se levantar? Belo trabalho. – A turma aplaude quando Zack levanta, radiante, e pisca para mim. O babaca.

Esse é um exemplo de uma má ação que passa impune. Quando dei minhas anotações e texto ao Zack, algumas semanas antes, ele ficou muito grato. Eu não fazia ideia de que ele entregaria exatamente como estava. Ora, mas que diferença isso faz? Não estou fazendo aula pelo crédito. Deixe o garoto tirar um A. *Eu* sei que eu escrevi. Mesmo assim, estou desapontada. Ninguém jamais saberá sobre meu triunfo, exceto eu e ele. E é certo que ele não vai contar a ninguém.

Conforme o dia se desenrola, começo a me sentir melhor em relação a tudo. Tenho uma reunião com Conner, às duas da tarde. Meu desejo é que ele jogue os braços ao meu redor, dizendo – Cassie, eu sabia o tempo todo! Mas que perspicácia! Que inteligência! Vamos ler novamente!

Em vez disso, sou recebida com um meio aceno, enquanto Conner prossegue em sua conversa telefônica. Ele aponta para o sofá, faz uma mímica muda dizendo "desculpe", e continua falando.

Eu sento e seu cachorro pula e senta ao meu lado. Ele se joga em meu colo e passa o focinho em meu braço, como um filhotinho. Quando remexo nos cachos do pelo de sua cabeça, ele vira para o lado e fica de barriga para cima, e eu a coço, distraída. Paro por um minuto e ele late para que eu continue. Conner coloca a mão no bocal do telefone e ordena, sério:

– Ahab. Desce!

Ahab o ignora completamente, vira para o lado e lambe meu rosto. Agora o cachorro e eu estamos totalmente emaranhados. Eu tento empurrá-lo, mas ele pula de volta.

– Ele tem bom gosto – diz Conner, terminando a ligação.

– Não sei por que, mas os cachorros gostam de mim. – No entanto, não me dou tão bem com os homens.

Conner me conta que sua assistente, que geralmente o ajuda com sua viagem anual de observação dos pássaros, está indisponível. Será que eu me importaria em substituí-la? Eu teria que providenciar a van, confirmar reservas num hotel, refeições, etc., etc., etc. E também acompanhá-lo, juntamente com nove alunos, no próximo fim de semana, se eu não tiver outros planos (isso é garantido). Com minha experiência no centro de vida selvagem, sou a substituta perfeita.

Eu, é claro, concordo em ir. Para mim, isso não parece trabalho e eu recebo hora extra. Quando conto a Pearce a respeito, ela diz que ele a convida todo ano, e ela sempre dispensa.

– Gosto de tudo na observação de pássaros, exceto levantar antes de amanhecer, ficar sentada no pântano e esperar, esperar, esperar pelo maldito passarinho que nunca aparece. Fora isso, é brilhante.

No fim das contas, o dia não foi uma perda total (embora eu hesite ao usar esse termo). Vou até meu Honda e na maçaneta há uma rosa vermelha de cabo longo, com um celofane vermelho e uma daquelas cápsulas de água na ponta da haste.

O bilhete diz: "Parabéns por seu trabalho 'benfeito'. Você é muito legal. Zack."

CAPÍTULO 32

Numa noite, logo depois que Frank morreu, minha mãe ligou para uma "encantadora de pássaros" que ela descobriu on-line. Acho que ela estava farta. Sam ficava acordado o tempo todo, piando, gritando, gemendo. Estava rabugento e irritadiço e só comia macarrão com queijo parmesão. Nós o arrastamos duas vezes ao veterinário, pagamos cem dólares por cada consulta, mas ele não conseguiu encontrar nada de errado com o pássaro. Ele não estava trocando de penas. Não estava resfriado. Era um mistério. Sam nem mesmo queria jogar seus jogos favoritos. Quando eu tentava brincar de esconde-esconde, ele só dizia "imbecil" e derrubava sua torre de blocos.

O acordo com a encantadora de pássaros era o seguinte: você mandava uma foto do seu passarinho (vivo ou morto) e 75 dólares (via PayPal, cheque ou transferência bancária), e uma tal de Sherry completaria a leitura em até cinco dias úteis. Inicialmente, eu fiquei muito zangada com a minha mãe, por mandar dinheiro a alguém que parecia uma doida de pedra. Além disso, minha mãe disse a ela todo tipo de coisa a meu respeito. Como o Frank morreu. E como Sam o odiava.

A encantadora chegou a uma análise brilhante. Aparentemente, ela canalizou Frank, que lhe disse estar assombrando a gaiola de Sam, e nós precisávamos fazer um exorcismo. Não estou de brincadeira. Minha mãe acreditou. Ela sempre acredita. Ela disse que tinha pagado, portanto, nós tínhamos mais é que experimentar. De qualquer jeito, nada mais estava dando certo. Agora vou contar o mais esquisito de tudo. Todo ano é realizada uma grande cerimônia mexicana no centro de Los Angeles, com uma parada de animais, chamada Benção dos Animais, que termina com um padre jogando água-benta nos bichinhos. É um batismo ritual que exorciza os demônios da alma de um animal. Centenas de pessoas levam seus bichos de estimação e passam o dia ali. É como um festival, com balões, crianças, sorvete. Eu me recusei a ir, mas, mesmo assim, minha mãe levou o Sam. E eu juro por Deus, daquele momento em diante, tive meu velho Sam de volta.

Estou pensando em tudo isso enquanto dirijo pela I-15, numa velha van sem ar-condicionado, a caminho do Santuário Tract de Vida Selvagem. Fiquei mortificada quando fui pegá-la no estacionamento da locadora. Fiz a reserva pela internet. Quero dizer, por que usar a Hertz, se temos a Locadora Super Cheap Discount dando sopa? Agora eu sei por quê. Era tarde demais para mudar de locadora e a única outra van disponível tinha mulheres nuas pintadas na lateral. Quando cheguei à faculdade, Conner me deu um meio sorriso e disse: "Bela van."

Há pouco mais de uma hora, ele vem tentando conduzir uma discussão sobre comunicação com animais e a natureza. O que me fez acordar foi uma piada que ele contou sobre O Encantador de Cavalos. Se ele soubesse que eu estava pensando em exorcismo de papagaio, provavelmente me acharia maluca. Particularmente, a parte de ter dado certo.

Somos onze pessoas na van. Zack estava sentado ao lado de uma garota chamada Andrea, com a minissaia jeans mais curta que eu já vi, mas ele veio sentar ao meu lado, quando viu que eu estava sozinha. As outras garotas estão vestindo jeans de cintura baixa, camisetas reveladoras e chinelos de dedo. Elas carregam casacos com timbres do Eddie Bauer e da North Face. Estou com minhas velhas botas de caminhada, jeans, um moletom de lã e um chapéu de sol que roubei da minha mãe. Sou a única aqui que está pensando em caminhar. Por outro lado, eles estão bonitos.

Havia um clima festivo no ar logo que partimos, me lembrando da época em que fazíamos excursões na escola, e a melhor parte era sempre o ônibus. Quero dizer, quem, em seu juízo perfeito, realmente gostaria de visitar mais uma missão espanhola em San Juan Capistrano, e olhar o cocô de andorinha incrustado nos telhados? Mas agora, as múltiplas conversas foram morrendo e quase todos estão com fones de ouvido, debruçados sobre alguma coisa. PalmPilots, BlackBerries, iPods, joguinhos nos telefones e alguns alguns laptops.

Zack está dormindo. Quando olho para Conner, ele está se concentrando na faixa interminável de estrada e parece perdido em seus pensamentos.

Neste momento, o único som vem da traseira, onde duas garotas estão engajadas numa conversa particular intensa, que envolve um gestual dramático, as mãos enroscando os cabelos ansiosamente, enquanto a outra assente solidária e, ocasionalmente, solta algo do tipo – Não sacaneia! – ou – Que babaca!

Olhar pela janela é igualmente monótono. Carvalhos, manzanitas, pés de iúca (que soam horríveis, porque são), bolas de capim ao vento, um mato alto marrom e rochas retorcidas.

Algumas horas depois, um velho encarquilhado faz nosso check-in no hotel dos observadores de pássaros, onde a pequena área de recepção fede a Pinho Sol e cigarro velho. Perto do prédio baixo, o restaurante local exala um cheiro de churrasco de caça.

Os quartos não são muito melhores – quase vazios, mofados, sem TV, uma pia no canto e um banheiro comunitário, no fim do corredor. A van foi culpa minha, mas isso é culpa do Conner. Ele evidentemente *sempre* fica aqui. Eu olho pela janela e o vejo caminhando, determinado, entrando na mata atrás do prédio. Ele para, enfia a mão no bolso da jaqueta de safári e tira um maço de Camel. Depois faz aquele truque com o fósforo, quando parece que você estala o dedo e uma chama surge, magicamente. Há um motivo para que o cara do Marlboro esteja entranhado em nossa cultura. Um caubói macho e eterno, com sua calça Levi's apertada, esporas reluzentes e um chapéu Stetson. O fumo é um veneno, mas, às vezes, é simplesmente sexy. Quando Conner termina, amassa a guimba na terra, depois pega e enfia no bolso. Que belo exemplo.

O planejado é fazer uma caminhada no pôr do sol, antes do jantar. Então nós largamos nossas coisas nos quartos e nos reunimos em semicírculo, na entrada da trilha, perto da beirada do santuário.

A subida é íngreme e rochosa e o grupo se divide em punhados de dois e três, com vários alunos passando o braço ao redor do outro, ou pressionando a palma da mão nas costas dos garotos da frente, e empurrando-os adiante. Há uma certa camaradagem ali, o que me faz sentir saudosa e até ligeiramente invejosa. Eu acompanho o ritmo de Conner e percebo que ele deliberadamente mantém uma distância tranquila e social do restante do grupo, embora esteja cordial e relaxado.

Finalmente fazemos uma pausa, num ponto de observação chamado "ponto de inspiração" e nos reunimos num círculo, enquanto Conner tira da mochila uma edição surrada com capa de couro de *Walden* e começa a ler em voz alta. Sua voz é profunda e íntima, como se ele estivesse se confidenciando com seus ouvintes e os alunos caem em silêncio.

– Eu gostaria de dar uma palavra em nome da natureza, por sua absoluta liberdade e vastidão... de considerar o homem como um habitante, ou parte ou parcela da natureza, em lugar de um membro da sociedade.

Ele nos olha seriamente (faz parte de seu charme) e continua a ler.

– Se você estiver pronto para deixar pai e mãe, e irmão e irmã, e esposa, filhos e amigos, e jamais voltar a vê-los – se você pagou suas dívidas, fez seu testamento e resolveu todos os seus assuntos, e é um homem livre – então, você está pronto para uma caminhada. – O propósito deste fim de semana, alunos, é fazer com que vocês vejam o que Thoreau viu em Walden – resumindo, "todas as coisas boas são selvagens e livres".

Conner então nos presenteia com algumas histórias que parecem inventadas, como o fato de que Thoreau foi um dos primeiros vegetarianos, embora ele gostasse de marmota crua. Os garotos parecem estar pouco se lixando, até que Conner passa à famosa descrição sanguinolenta de Thoreau sobre a batalha das formigas. Bingo. Silêncio mortal.

– ...a luta, a carnificina... a ferocidade... as cabeças rachadas dos guerreiros negros inimigos ainda vivos, penduradas de ambos os lados, como se fossem troféus medonhos... roendo as canelas do inimigo... seu peito totalmente rasgado...

A trilha vai ficando mais íngreme, passando a um caminho estreito, e nós seguimos em fila única. Conner diz ao grupo para que fique atento aos veados, raposas, linces e leões da montanha, embora eu saiba que a maioria deles não irá aparecer por mais algumas horas.

Ouço a voz grogue de Zack atrás de mim, falando de alguma boate onde foi, ontem à noite e, juro por Deus, sinto cheiro de maconha. Tanto faz. Não é problema meu.

Finalmente chegamos ao cume e há um tom rosado na encosta da montanha. O céu está repleto de vozes de centenas de pássaros. O barulho chega a um ápice fervoroso, depois, de repente, nada. Os garotos estão reunidos em grupos, comendo suas barras energéticas, bebericando das garrafas de água mineral Fiji. Eu escolho uma bela pedra lisa para me sentar. Há um pouco de sombra e eu tiro o meu chapéu. Conner vem em minha direção, solta sua mochila e se senta. Ele olha os pássaros em zigue-zague no céu.

– Você não gostaria de poder fazer isso?

– Voar?

– Sim. Eu fiz algumas aulas de voo uma vez, quando eu estava na África. Era um avião biplano – fantástico. Eu não queria descer. Você já se sentiu assim?

Não, de forma alguma, penso. Em minha opinião, só os pássaros supostamente devem voar. Humanos, não. Quando estou num avião, o que não acontece com frequência, eu imagino os pássaros sentados nos postes telefônicos, nos vendo decolar e dizendo "Tomara que vocês batam, seus babacas". Ele está esperando uma resposta.

– Bem, às vezes, eu sonho sobre voar – minto.

– É mesmo... – Ele sorri, sedutor. – Você sabe o que o Freud disse – todos os sonhos sobre voar, na verdade, são sobre sexo.

– Ora, vamos – eu digo, cética.

– O que isso a faz lembrar? Decolar. Ausência de peso. Êxtase. Elevando, mergulhando, erguendo...

– Pare. – Eu rio. – Já entendi.

– Você cursou a Universidade de Michigan, certo? – pergunta ele, mudando bruscamente de direção. – Meu amigo Steve Anderson leciona filosofia, lá. Você chegou a conhecê-lo? – Ai, merda.

– Pra lhe dizer a verdade, faz muito tempo. Eu mal me lembro de alguma coisa.

– Então, e onde você trabalhou, depois do centro de vida selvagem? – Isso está indo de mal a pior.

– Ah, eu trabalhei para o meu marido.

Conner parece surpreso. Eu vejo que ele dá uma olhada em minhas mãos. – O que ele faz?

– Ele trabalhava na indústria automobilística, mas morreu alguns anos atrás.

Ele se aproxima. Estou esperando pelo habitual, você é tão jovem, quanto tempo faz... em vez disso, ele diz:

– Temos uma adorável viúva em nosso meio.

Sinto minhas bochechas começando a queimar. Nunca sei o que dizer quando alguém me faz um elogio. Meu instinto é me livrar daquilo, o mais rápido possível.

– Deve ser duro – ele continua. – Nunca perdi ninguém próximo.

Fico tentada a dizer que ele não era próximo, mas, nesse momento, duas meninas nos interrompem.

– Professor Conner, importa-se se Andrea e eu começarmos a descer? Nós estamos com frio.

– Tudo bem. Vamos todos. Está escurecendo. – Ele levanta, estica os braços como um nadador prestes a mergulhar, e pendura a mochila nos ombros.

Vejo sua silhueta contra o sol, resplandecente como uma figura mítica. Ele olha o céu. E todos olhamos para ele.

Agora, as meninas estão bufando colina abaixo, como cavalos rumo ao estábulo. Eu as entreouço conversando e rindo sobre os inúmeros motivos pelos quais detestavam os acampamentos elegantes de verão – as cabanas ruins, sem telas, as pequenas camas calombentas, os conselheiros malvados, os mosquitos e o lago de água gélida, no qual eram forçadas a nadar, todos os dias. Andrea disse que implorou aos pais que fossem buscá-la, mas eles a obrigaram a ficar dois meses inteiros.

– Foi um jeito infeliz de passar o verão – diz ela, dramaticamente.

Diferente dos meus verões. Limpando as gaiolas do centro de vida selvagem, por cinco pratas a hora.

Volto ao meu quarto de solteiro e penso no que Conner diria, se descobrisse que eu menti sobre Michigan. A verdade é que eu tenho que ficar dizendo a mim mesma que essa era a única forma de entrar. Mentir. Então, eu fiz. E não vou ficar pensando nas consequências. Simplesmente não vou.

CAPÍTULO 33

Algumas horas mais tarde, todos nós andamos restaurante adentro. Zack, que agora está em sua terceira porção de costelinha de porco, diz que não consegue encontrar sua mochila e se por acaso eu a vi.

– Espero que eu não tenha deixado lá na montanha – diz ele. Imagino. Principalmente se tiver bagulho dentro.

Conner está numa conversa animada com uma garota que parece se interessar por pássaros. Ela propositalmente se inclina na direção dele, e eu vejo seu decote adolescente. E aposto que ela não está pensando no beija-flor de pescoço azulado. Tenho certeza que isso acontece o tempo todo. As garotas se reunindo depois da aula, seguindo-o até seu escritório, olhando para ele com desejos ocultos e paixões secretas. Mas Conner nunca parece atraído. Falando diretamente com essas alunas enamoradas, ele é tranquilo e profissional, de uma maneira incomum.

Depois da sobremesa, enquanto uma garçonete cabeluda empilha nossos pratos e limpa nossa mesa, eu busco coragem para perguntar a Conner se posso pegar o *Walden* emprestado.

– Parece uma noite interessante – diz ele, num tom irônico. Então me olha, por um minuto.

– Quer dar uma volta?

Nós passamos por algumas caçambas de lixo reciclado, atrás do restaurante, e sentamos num banco próximo. Dá a sensação de que estou sentada num bloco de gelo. Ele me pergunta o que estou lendo, mas é óbvio que não está no clima de argumentar, como fazemos no escritório. Depois ele muda de assunto, passando ao centro de vida selvagem, dizendo que era o fator mais interessante do meu currículo. (O que é uma sorte, porque o restante foi inventado.)

Ele me diz que costumava dar seminários num lugar ao norte, e eu me vejo contando sobre minhas tarefas no centro de vida selvagem, o tempo todo abafando a voz de Tiff, no fundo do meu cérebro, me censurando e mandando parar, pois não é atraente. Eu explico que a coisa mais difícil de os voluntários entenderem é que para curar os animais selvagens você tem que se disciplinar para ter o menor contato possível com eles. Todo gesto tranquilizador coloca os animais em perigo. Lá fora, na selva, nós somos o inimigo, eu digo, e Conner assente.

A conversa passa por outros assuntos, como pássaros doentes, leões-marinhos envenenados – o habitual – quando percebo que ele está olhando o céu.

Talvez Tiff esteja certa. Eu falei demais novamente. Além disso, posso ver que as orelhas dele estão ficando roxas ao redor das beiradas e seus olhos azuis estão lacrimejantes do frio.

– Eles têm um telescópio aqui, eu acho. Está interessada? – pergunta.

– Conner, estou congelando. Você não?

– Não. Bem, talvez, mas é uma pena. Dá pra ver a maioria dos planetas, nessa época do ano – os nove, ou oito, ou dez, ou todos os 23.

– Quantos são?

– Ninguém sabe mais, ao certo, quantos planetas há lá em cima. Jesus, você está certa, está frio aqui – diz ele, subitamente, levantando e me puxando junto. – Vamos.

Meu traseiro e meus pés estão congelados e a parte de trás do meu jeans está úmida. Nós seguimos mais um pouquinho, depois ele para, pouco antes de chegarmos aos quartos.

– Sabe de uma coisa – diz ele, se alegrando. – Tem um barzinho no fim da rua. Legal e aquecido, aconchegante, com música e chope. Quer matar a próxima aula?

Eu hesito, mas depois tomo uma decisão.

– Não, obrigada – digo, rapidamente. Depois de minha sequência de encontros amorosos ruins, é melhor eu simplesmente ficar sozinha.

– Tem certeza? Eu pago – diz ele.

– Obrigada, mesmo assim. Estou moída – minto. Eu quero ir com ele. Afinal, ele só está me convidando para uma bebidinha antes de dormir... como Freddy. Esqueça. Não vou.

Mais tarde, naquela noite, depois que os alunos foram indo dormir, de dois em dois, como na Arca de Noé, eu olhei pela janela, vendo a escuridão. A Lua era um disco prateado que sumia e aparecia entre as nuvens embriagadas, e o céu parecia um vestido preto com pontos cintilantes. Este é o tipo de noite que tentaria Odisseu a seguir a doce canção das sereias a guiar seu navio sem sorte às ondas da costa.

CAPÍTULO 34

As paredes são tão finas que posso ouvir cada palavra que estão dizendo. Posso praticamente ouvi-los inalando. São duas da manhã e o cara da Domino's acaba de entregar algumas pizzas. Há uma batida forte. O que estão fazendo agora? Gritos de riso. Deve ter uns dez garotos ali. Ouço as palavras "bagulho" e "doidão".

Férias primaveris na Terra dos Pássaros.

– Mande alguém lá, com identidade.

– Eu acabei de ir.

– Manda a Andrea. Ela é gostosona.

– Desta vez, compre Coors.

– Preciso de mais vinte pratas.

Eu espio, colocando a cabeça para fora da porta, olhando o corredor. Tem um garoto do lado de fora, com uma camiseta com essas palavras, na altura da cintura: "Estou por aqui com anões".

– E aí? – eu digo, tentando pensar numa forma agradável de dizer a ele para calar a droga da boca.

– E aí. – Ele sorri para mim, com os olhos vidrados. – Espero não tê-la acordado.

– Não, de jeito nenhum. – Dou um sorriso falso e ouço as garotas dando gritinhos e risadinhas. Volto para dentro do meu quarto. Sou tão covarde. Agora alguém está batendo na minha porta.

– E aí, Cassie? – É o Zack. Ele está pelado, exceto pela cueca. Vejo o dorso de barriga de tanquinho e pele macia, e suas pernas de nadador. Johnny Stud com um hematoma na coxa, provavelmente causado por um acidente de skate. – Steve disse que você estava acordada. Quer vir até o quarto de Andrea? – Sempre há um ar de travessura em Zack, como se ele estivesse se esforçando para mostrar seu melhor comportamento.

– Nossa. Parece legal, mas estou muito cansada.

– Ora, vamos. Tem certeza?

– Realmente tenho certeza. – Eu fecho a porta e tento ignorar o som de rap que agora está bombando no quarto deles. – *Vai tomar aqui e vai tomar ali. Vou pegar aquela vadia.* – Onde Conner se meteu?

Três e meia da manhã. Meu despertador dispara. Nós ficamos de nos encontrar no lobby, às quatro. Os garotos estão saindo aos poucos, de olhos caídos, bem amarrotados.

– Isso parece serviço postal – geme Zack, para uma menina próxima. – Eu tenho uma palavra para dizer como me sinto: todo ferrado.

A garota passa o braço ao redor dele e afaga seus cabelos.

– Isso são duas palavras.

Conner chega inesperadamente, entusiasmado, bastante profissional. Ao menos, um de nós teve uma noite decente de sono.

– Tomei Ambien, remédio pra dormir. – Ele pisca para mim. – Este é meu quinto ano.

Ele está com uma cadeira dobrável presa à mochila, seus binóculos Zeiss 7x42, seu Peterson e uma lanterna de mineiro presa na cabeça, conforme distribui saquinhos marrons com café da manhã para todos. O que esses garotos realmente precisam é de uns drinques de Bloody Bulls, para garantir a neutralização do coquetel de substâncias ilegais com que poluíram seus corpos ontem à noite.

Conner respira fundo, enquanto caminhamos lá para fora – um desfile de zumbis. Há um aroma forte no ar gélido e ele claramente está bem-disposto na excursão que antecede o amanhecer. Por que eu não vesti mais coisas? Está um frio de matar e todos têm uma expressão cabisbaixa. Deve estar abaixo de zero do lado de fora. Conner nos diz que estamos seguindo para o melhor ponto de observação de pássaros da região – lar temporário para até quarenta espécies de pássaros. Ele não menciona pinguins.

Para aumentar a nossa infelicidade, cai uma garoa fina, enquanto saímos num breu absoluto. Alguns dos garotos seguram lanternas e sinalizadores alaranjados fluorescentes. Nós tentamos acompanhar o ritmo veloz de Conner à medida que seguimos pela terra encharcada, pulando troncos caídos, passando por sulcos escorregadios e íngremes.

Seguimos assim durante algumas horas, sem ver nada, e, quando a primeira luz aparece, ainda não há passarinhos. Conversamos em sussurros, e, às vezes, por meio de um sinal, Conner nos manda ficar imóveis, numa campina aberta, ouvindo. A maior parte dos garotos para com expressões sorumbáticas, até que Zack grita – Estátua!

– Se você assustar um pássaro, a essa hora, você não verá *nenhum* deles – diz Conner, seriamente.

Agora começa a chover torrencialmente e, ensopados, nós buscamos abrigo embaixo de uma árvore, sentindo o cheiro de tronco molhado.

– Ainda não vimos um maldito passarinho – resmunga um garoto, conforme saímos novamente, andando pela lama.

Depois de mais uma caminhada difícil, o sol aparece, em meio às nuvens, e a neblina pesada sobe. Conner encontra uma clareira onde nós começamos nossa "vigília". Não é como a minha clareira, é um espaço aberto e dá para ver milhas de extensão adiante. Ele arranca a sua lanterna de mineiro, tira as luvas Tefal, e nos diz que acha que veremos alguns chegando dentro da próxima hora.

E ele está certo. De repente, hora do show! Nós ouvimos os pássaros chamando uns aos outros, estorninhos, pardais, carriças, tentilhões e corvos. Eles aparecem em pares, sozinhos, em grupos, circulando e chamando, girando em direções diferentes – uma demonstração deslumbrante de acrobacias aéreas. É hora do rush na floresta. Até em seu estado precário, os garotos estão impressionados.

O sol saiu totalmente, mas ainda está um frio de matar, quando paramos, num pequeno cume de mata, na metade da subida da montanha. Todos estão devorando seus cafés da manhã e Conner me oferece a cadeira, enquanto se acomoda ao meu lado, numa lasca de rocha. Sinto o calor do sol atrás de meu pescoço e descendo pelos meus braços. Um momento Gelol. Estou tão morta de cansaço que poderia pegar no sono agora. Sinto um tapinha de leve no meu ombro. Conner está com um sorriso malicioso, segurando um objeto reluzente por baixo do casaco.

– Somente para adultos – diz ele, ao me entregar um frasquinho prateado. Eu dou um gole. É vodca gelada, e deixa um gosto suave e demorado, com uma leve ardência. Devolvo o frasco a ele no momento que vira de costas para o grupo e dá uma gole. Nós secretamente passamos de um para o outro, como dois garotos dividindo um baseado. Agora estou decididamente me sentindo mais aquecida, mais relaxada e polida.

Ficamos quietos por um minuto. Estou pensando que esse cara pode ser um cientista, mas ele é tão... como posso dizer? Gostoso. Eu vejo que ele está me observando de rabo de olho. Ele me entrega o frasco e dou outra golada. Ele coloca as mãos nos meus ombros e começa a fazer uma pequena massagem em meu pescoço. O que há com ele? Seus alunos estão por toda parte.

– Esses garotos realmente não se importam com os pássaros, mas eu tento dar a eles um gostinho.

Eu acho que o grande lance da vodca é que, depois de um tempo, você não sente mais o gosto.

– Eu me importo com os pássaros – digo. Conner cai na gargalhada.

– O que é tão engraçado? Eu me importo, *sim*, com os pássaros. Todos os tipos de pássaros. Esses pássaros. Meus pássaros...

– Nada. Só que você é diferente. – Ah, se ele soubesse...

– Você procura pássaros raros, em algum momento? – eu pergunto, subitamente.

– Eu costumava fazer isso. Depois parei. Finalmente percebi que não me fazia feliz.

– De qualquer forma, por que as pessoas ficam obcecadas por eles?

– Bem, esta é uma questão maior. É o fato de ter qualquer coisa rara. Você é tragado por aquilo. Eu não sei – diz ele, tirando o casaco, dobrando as mangas da camisa, remexendo na mochila.

– Talvez seja algo mais profundo que faz com que as pessoas continuem procurando – eu respondo. – Para descobrirem algo que só elas possam ver. Talvez isso faça com que se sintam como o Messias; só eu posso falar com Deus, ou prever quando o universo inteiro irá explodir no nada. Só eu consigo ver aquela imagem da Virgem Maria numa casca de taco. Só eu consigo ouvir a voz de Deus através do fogo. Ou talvez nem seja assim, tão profundo. O vislumbre transitório é tão hipnótico quanto o olhar da Medusa: belo, mas pode transformá-lo em pedra.

Conner parou de se remexer e está me encarando.

– Você está certa – diz ele. Depois ele fica quieto. – Então, você avista um pássaro raro. Mas isso não desvenda os segredos da vida, não é? Você ainda acorda, no dia seguinte, com o mesmo relacionamento de merda, as mesmas perguntas existenciais, a mesma porcaria de goteira no telhado. Mas, durante aqueles momentos, você é imortal. Você superou o improvável. Reverteu a ordem natural das coisas.

Ele pega um vidro de azeitonas de Martini na mochila e estende para mim. Eu enfio uma na boca. Ele continua, num tom quase religioso, ou talvez ligeiramente alcoolizado. A essa altura, quem se importa?

– Francamente – diz ele –, a melhor parte da observação de pássaros é simplesmente o prazer silencioso dos momentos comuns. Quanto mais você olha, mais você vê. Falando nisso, você fez alguma coisa no cabelo?

– O quê?

– Está bonito.

Estou prestes a responder, quando Zack despenca ao meu lado, pousa a cabeça em meu ombro e suspira.

– Estou tããão chapado.

Eu penso, eu também, quando viro a cabeça para que ele não sinta o cheiro do meu hálito. Conner lhe dá um empurrãozinho e diz:

– Hora de partir. – Zack volta em direção ao grupo, enquanto Conner coloca as mãos nos meus ombros, deixa que deslizem gentilmente até meus dedos e me puxa para cima.

CAPÍTULO 35

– Tira esse rabo gordo da frente! – Zack berra pela janela da van, enquanto faz um sinal obsceno para o motorista rural da caminhonete de cabine dupla que está à nossa frente, na estrada. A caminhonete sinistramente diminui a velocidade e quatro caras na cabine nos olham, de cara feia.

Estamos a caminho de volta para Los Angeles e Conner está dirigindo.

– Pare com isso, Zack, vão te dar uns tapas – ele grita, bem-humorado. Agora Zack está com as duas mãos para fora da janela, com os polegares enlaçados imitando um passarinho.

A caminhonete diminuiu ainda mais, quase se arrastando. Uma bolha negra de indignação. Conner tenta ultrapassá-los, e quando estamos olho a olho, o guerreiro tosco e grandalhão acelera, bloqueando a passagem. Conner recua, diminui e volta à faixa, atrás deles. Então, a caminhonete anda quase parando novamente. Ela tem vidro fumê, portanto, tudo que vemos à nossa frente são as sombras de quatro corpos volumosos.

– Acho que não deveríamos estar mexendo com esses caras – eu digo, querendo ajudar. Ninguém diz nada.

– Talvez seja melhor eu simplesmente sair da estrada – diz Conner. – Eu olho os adesivos colados na caminhonete – a bandeira americana, Harley-Davidson, "Apoiem Nossas Tropas", "Coma Poeira" e um bem sutil, dizendo "SOU A NRA"(Associação Nacional de Rifles).

– Não é uma boa ideia – eu digo.

– Vou tentar ultrapassá-los novamente – diz Conner, chegando para o lado, e, desta vez, a caminhonete nos deixa passar.

Está acontecendo alguma coisa. Isso está fácil demais. A caminhonete acelera com tudo, atrás da gente, e bate em nossa traseira. Em seguida, caso a gente não tenha notado, eles batem novamente. Alguns dos garotos são lançados à frente, os iPods e as mochilas deslizam pelo chão. Algumas meninas começam a dar gritinhos e a chorar.

– Ai, meu Deus, nós vamos morrer!

– Ligue para a polícia! – Conner me diz. Eu começo a discar.

– Não seja um bundão, deixe que eu dirijo! – diz Zack, saltando de seu lugar e chegando até o volante. Dá para sentir a testosterona exalando dele.

– Cale a boca, Zack! – Conner dispara de volta.

– Eu posso jogá-los pra fora da estrada! Eu consigo! – Zack berra.

– Não! Sente-se – diz Conner, desviando e saindo para uma estrada de terra quando o motorista da caminhonete afunda a mão na buzina e dispara pela estrada afora. Nós encostamos na lateral e todo mundo desce. Olhando o interior da van parece que ela foi pega pelo Godzilla e sacudida pelo pescoço, até morrer. Há coisas para todo o lado.

– Então, chegamos a falar com a polícia? – Zack pergunta, cautelosamente, enquanto olha para a mochila.

– Não – eu digo, olhando para Conner. – Meu celular não funciona aqui.

– Bom – diz Zack. E eu penso "da próxima vez, deixe o bagulho em casa".

Algumas horas silenciosas depois, nós deixamos os garotos na escola. Conner tem uma "conversinha particular" com Zack, que está estranhamente arrependido, assentindo e concordando, com uma expressão encabulada no rosto, enquanto Conner lhe dá uma bronca. Ouço as palavras "tolo" e "irresponsável".

Conner vai me seguindo para devolvermos a van. Até chegarmos à locadora Super Cheap Discount, o para-lama está solto e batendo no chassi.

– Sorte que você alugou essa porcaria. Se estivéssemos na Hertz, ficaríamos ali durante horas. Eu preciso de um drinque. Gostaria de me acompanhar? – Não quero nem saber. Vou dizer sim. Também preciso de um drinque.

Nós vamos parar na Ruth's Steak House, um bar antigo e escuro, independentemente da hora do dia. Sentamos numa das mesas dos fundos, com sofás de couro vermelho. Conner pede um uísque e eu peço um Martini, depois mudo para margarita, depois para vinho branco.

– Tem certeza que não quer uma Coca Zero? – Conner brinca. O que ele quer de mim? Estamos no meio da tarde e eu não consigo decidir em que humor estou. Será que quero ficar ligeiramente alta, ou mais que isso? Estou com dor de cabeça.

As bebidas chegam e Conner vira a sua em dois goles. Depois ele pede outro drinque. Dou um gole no meu vinho, como uma dama. Só vou tomar um e *não* vou ficar bêbada.

– Jesus, o garoto é doido – diz ele, exalando ruidosamente, depois passando os dedos no cabelo, do jeito que as pessoas fazem quando finalmente estão relaxadas. Nós dois sabemos que ele está falando de Zack, quando prossegue, tamborilando os dedos na mesa, depois gesticulando para o garçom. Ele pergunta se vendem cigarro e o garçom sacode a cabeça, dizendo que não.

Eu educadamente ignoro essa interação.

– Acho que Zack é um garoto meigo, é apenas jovem – eu digo. Embora ele tenha roubado o meu trabalho.

– É mais que isso, ele é destemido e imbecil. E autoritário. Zack é aquele que atira a mesa pela janela e nunca é flagrado. Todos o protegem, o menino de ouro. Talvez sejam os genes, o comportamento arriscado, desafiador. – Agora eu sei que ele não está falando de Zack.

– Então, o que foi que *você* fez?

– O que foi que eu não fiz. O colégio estava sempre ligando para o meu pai e fazendo aquelas reuniõezinhas mortais. Ele vinha de carro, de Nova York, e nós ficávamos mudos, enquanto o reitor repassava a lista das minhas confusões – descumpria o toque de recolher, tinha um comportamento inapropriado com o sexo oposto, matava aulas. A expressão do meu pai nunca mudava. Depois, nós saíamos para um almoço elegante e ele nunca mais tocava no assunto.

– Ele nunca ficava zangado?

– Eu sempre tive a impressão de que ele fazia a mesma coisa, quando era garoto – ele me diz, com um belo sorriso seco. – De qualquer forma, eu não sei exatamente o que ele fazia. Nós éramos sempre tão formais um com o outro, era quase como se eu fosse um conhecido do trabalho.

– Você tem sorte de não ter sido expulso.

– Ah, minhas notas sempre foram boas. Isso é parte do motivo para que eles me deixassem em paz. Isso, e o fato de que meu pai era o chefe da campanha de levantamento de fundos.

– O que sua mãe achava?

– Ela morreu quando eu tinha 11 anos. Meu pai se casou novamente, e a nova sra. Conner não ligava a mínima. E quanto à sua família? – ele pergunta, obviamente tentando mudar de assunto.

Eu começo a contar sobre minha mãe e as amigas que abraçam árvores e acreditam em disco voador, e possuem lojas de vitaminas e fazem pronunciamentos como "Alho e colesterol são inimigos naturais". Estou contando algumas de suas aventuras, quando percebo que Conner está olhando lá para fora, na direção de um terraço aberto, onde várias pessoas estão baforando.

– Ainda tem horas que eu mataria por um cigarro. Fúria na estrada é uma delas – diz ele.

– Ah – eu digo, casualmente. – Pearce me disse que você parou.

– Parei. Decididamente. Tudo funcionou como um encanto. O adesivo, o chiclete, a esteira, piscina, meditação, ioga, acupuntura, kickboxing, compras compulsivas, comida...

– Sabe, é engraçado um biólogo da vida selvagem e ambientalista que fuma. Além disso, você tem lindos dentes brancos, como consegue?

– Eu parei, lembra? De qualquer jeito, obrigado – diz ele, parecendo mais relaxado.

– O problema – ele continua – é que nada expande tanto a mente, nem é tão exuberante quanto inalar e exalar com fumaça. Tentei dizer isso a diversos iogues, mas, de alguma forma, eles não engoliram. O que é compreensível.

– Você está brincando, não é? – eu pergunto.

– Bem, sim e não. Parar de fumar é como se resignar a uma eterna sensação de anseio sem qualquer libertação. Seus sentidos ficam de tocaia o tempo todo, atacando quando você menos espera. Surge um determinado cheiro, um gosto, até uma passagem num livro, ou até, digamos, aquelas malditas borboletas que nós vimos, aquele dia, na mostra. Deus, eu quis muito um cigarro, depois daquilo. Eu não sei, você se sente tão desanimado. Nunca realmente inteiro.

– Como o amor – eu digo, subitamente. – Não é assim?

Conner sacode a cabeça com uma expressão que parece incredulidade, depois sorri pra mim.

– Sim, exatamente. Como o amor – diz ele.

– Então, Cassie – Conner continua –, vamos direto ao assunto. Há quanto tempo seu marido se foi?

– Uns três anos.

– Você deve ter ficado devastada. Você está bem? – Estou tão farta desta pergunta. E me dá vontade de dizer – Quando os policiais chegaram e me disseram que ele estava morto, levei um tempo para descobrir o que eu estava sentindo. Depois caiu a ficha. Era alegria. – Eu dou outro gole em meu vinho. Ah, já passou.

– Não precisamos falar disso, se você não quiser. – Ele pressiona, fazendo sinal para o garçom, e pedindo outro vinho.

– Bom, tudo bem. Foi um acidente de carro. Ele olhou abaixo, por um segundo. Eu não sei. Um movimento aleatório e tudo muda. Você pisa no acelerador, em vez de pisar no freio. Ou resolve mudar de voo, no último minuto. Aquilo dispara uma reação em cadeia inevitável e transforma tudo numa maldita tragédia.

– Quantos anos vocês ficaram juntos?

– Cerca de quatro. Agora parece que faz tanto tempo... Eu tenho dificuldade de falar disso. – Ele me olha com compaixão e me ocorre que é porque ele acha, assim como todo mundo, que eu o amava.

– Bem, então vamos mudar de assunto. – Ele desvia os olhos, por um minuto, e eu noto que ele está avaliando a situação. Conner toma uma decisão. – Você está saindo com alguém?

– Na verdade, não.

– Então, você está, "na verdade", ou "não"?

Eu começo a rir. – Tudo bem. Não estou.

– Bom.

– E você? – Quem é a moça da carta? E Samantha? E seu "dom" musical irritante?

– Também não – diz ele, decidido, enquanto vira seu segundo drinque. – Posso levá-la para jantar, uma hora dessas?

– Eu gostaria disso.

Agora ele está mudando de um assunto para outro, desde o aquecimento global, até outras emergências planetárias. Ele me conta sobre seus amigos que estão protegendo o habitat do panda, nas montanhas do sudeste da China, evitando que milhões de toneladas de CO_2 entrem na atmosfera da floresta de Madagascar, estabelecendo centenas de milhares de acres para a Reserva Tayna de Gorilas, no Congo.

– Isso que eu gostaria de fazer, se não estivesse lecionando.

– Bem, você pode se inscrever no meu centro de vida selvagem e fazer ninhos de copinhos Dixie – eu digo.

– Cada pouquinho conta. – Ele ri, apertando meu braço.

Conner finalmente pede a conta, depois me diz que tem de estar em St. Louis, semana que vem, para uma conferência, mas vai me ligar quando voltar.

– É tão estranho – diz ele, num tom como quem está praticamente falando consigo mesmo. – Você vai a uma festa, ou a algum lugar, e passa a noite inteira mirando a mulher de vermelho, a loura do canto, a garota com a risada alegre, e então, quando você está indo embora, percebe alguém que estava fora do seu campo de visão. O cabelo brilhando contra a luz, o pescoço longo inclinado, enquanto ela ouve atentamente a pessoa ao lado. Aí, você sabe que era com aquela mulher que você *deveria* ter conversado. – Ele se inclina à frente e me dá um beijo no rosto.

E foi assim que passei meu primeiro encontro com Conner.

CAPÍTULO 36

Muitas noites, quando há calmaria depois do jantar, cedo demais para os programas de TV, tarde demais para sair e dar uma volta, minha mãe se acomoda junto à bancada da cozinha e joga paciência com Sam. Ele dá bicadas na área do jogo, acrescenta seus dois centavos e ocasionalmente surrupia algo de ouros ou copas (ele só gosta das cartas vermelhas). Depois, ele se apressa para entrar em sua gaiola, segurando a carta com o bico, mas raramente consegue fazê-la se levantar. Ela continua dando as cartas, inabalada pelas birras de Sam.

– Que carta você roubou? – ela pergunta ao Sam, calmamente.

– Black Jack – Sam responde.

– É meu dois?

– Black Jack – ele repete. Sam prefere 21, mas minha mãe não troca de jogo. É uma defensiva aviária.

Eu pego a carta de Sam e sento com ela, para jogar paciência dupla – as mesmas regras de quando eu era criança, que ela pode mudar segundo seus caprichos, o mesmo baralho grudento e cheio de orelhas, com desenho de bicicletas, que pode ou não ter 52 cartas. É uma tradição que compartilhamos desde sempre, embora eu lhe diga que agora ela pode jogar na internet, sem a interferência de Sam. Ela não se interessa.

É bom ficar com ela. Durante os últimos meses, tem trabalhado várias noites por semana no centro de vida selvagem, chegando em casa só depois que eu saio para o trabalho. Mas ela gosta. Ela diz que é calmo. E minha mãe adora paz.

Ela está em casa esta noite porque está gripada há dias e faltou ao trabalho. Agora beberica uma caneca de água quente e mel, misturados com Bourbon e uma pitada de Vick VapoRub. Sam mantém distância. Papagaios não gostam de cheiros fortes. Ela dá as cartas para outro jogo, com os óculos pendurados numa cordinha, ao redor do pescoço.

Percebo que ela parece um pouquinho cansada e pálida, e provavelmente não comeu muita coisa. Por todo o seu histórico boêmio e inclinações naturalistas, nunca se interessou muito por fazer as atividades domésticas, como cozinhar e limpar. Sugiro à minha mãe darmos um tempinho. Ela vai ao banheiro para colocar a cabeça no vapor e eu dou uma olhada na dispensa, em busca de algo para o jantar. Quando não tem mais nada disponível, sempre posso contar com espaguete e azeite de oliva. Estou enchendo uma panela de água, quando ouço o telefone tocar. Minha mãe atende.

Ela sempre teve aquele tipo de voz que dá para ouvir através das paredes. Não que ela fale alto demais, é que seu tom de voz é encorpado e complexo, reverberando profundamente em minha cabeça, como uma consciência pesada. Em princípio, achei que poderia ser a Sylvia, pois escuto a menção de Joshua Tree e a Rodovia 62. Surge um risinho suave, baixinho. Ela está falando com um homem, isso é certo. Agora eu ouço o nome Conner. Socorro! Eu solto a panela, pego a extensão e interrompo, no meio da frase.

– Oi – eu digo.

– Oi, oi, oi! – Sam repete, como se fosse Ed MacMahon doidão de speed. Ele sobe no meu braço e se instala em seu local preferido, no alto do meu ombro.

– Eu já ia chamá-la, querida – minha mãe diz. – O professor Conner e eu estávamos batendo um papo muito agradável.

– Desliga, mãe.

– Desliga, desliga – Sam está grasnando. – Fecha a droga da porta!

– Foi um prazer falar com você – minha mãe diz rapidamente, depois eu ouço um clique.

– Essa voz é do seu filho? – pergunta Conner, enquanto eu caminho até o quarto, com o telefone, e fecho a porta.

– É meu pássaro. Não tenho filhos.

– Ah, o *African gray*, certo?

– Sim. Seu nome é Sam.

– Coloque-o no telefone – Conner diz, alegremente.

– Você não vai querer falar com ele. Ele é muito mal-educado.

– Não, sério. Coloque-o no telefone. Eu tenho jeito com pássaros.

– Está bem. Você que pediu. – Eu coloco Sam sobre a escrivaninha, seguro o telefone junto à sua cabeça e ele imediatamente começa a bicá-lo.

– Ele está na linha – eu digo a Conner.

– Então, Sam, meu camarada. Diga "merda" – diz Conner. Sam está em silêncio.

– Merda! Merda! Merda! – eu ouço Conner repetindo, como se fosse o ABC. Certo. Chega. Eu pego o telefone de volta.

– Muito engraçado – eu digo. – Ele já sabe bastante palavrão, não precisa que você o ensine mais.

– Bem, de onde ele aprendeu? – Conner ri. Certo. Por que ele está realmente ligando? Por que não vai direto ao assunto e me convida para sair?

– Eu estava falando com sua mãe sobre o Pé Grande. Soube que ela vai voltar ao deserto para procurar por ele. Talvez tirar mais algumas fotos, será?

– Ouça, Conner. Eu sei que parece estranho, mas ela e suas amigas são supersérias quanto a isso. Não é piada para elas. Mas eu não quero que você pense...

Depois de ontem à noite, eu estava buscando, em minha cabeça, a forma certa de reagir quando, e se, Conner algum dia ligasse. Mas eu não contava que ele fosse descobrir tão rápido que eu tenho uma mãe estranha e um papagaio desbocado. Ao contrário da bela Samantha com seu péssimo *backhand* e guarda-roupa glorioso.

– Não se preocupe com isso, Cassie – diz ele, interrompendo e concluindo a conversa fiada. – Eu realmente liguei apenas para lhe agradecer por vir comigo à viagem de observação dos pássaros. Foi legal você estar lá.

– Certo. Obrigada – eu digo, ainda esperando.

– Eu te vejo quando voltar da conferência. – E ele desliga.

– Diga merda! Diga merda! – Sam berra. Exatamente.

CAPÍTULO 37

Conner está de volta da conferência há aproximadamente uma semana, mas eu não o vi e ele não me ligou. Pearce me pediu para ir até seu escritório, hoje de manhã, para começar a planejar a festa de fim de ano do escritório, e a primeira coisa que ela fez foi ligar para Conner, no viva voz.

– Certo, a maldita festa – diz ele, irritado.

– Ora, Conner. Nós cuidaremos de tudo. Você não terá que fazer nada – ela o tranquiliza.

Ela está vestindo uma saia longa de veludo vinho, uma blusa branca de seda e um galho falso de azevinho e frutinhas preso na gola. Está com brincos festivos em formato de flocos de neve e pentes de tartaruga prendendo seus cabelos rebeldes grisalhos para trás. Parece que não importa o que Pearce vista, ela sempre tem um ar de distinção. Ela usa o mesmo tom de voz que eu uso com Sam, quando estou tentando convencê-lo a fazer algo que ele não quer.

– Você sempre diz isso – diz ele, emburrado. – Acho que é a vez de outra pessoa.

– Ora, vamos, meu amor. Você tem uma casa maravilhosa – ela o bajula. – Nós passamos por isso todo ano e a festa é sempre ótima, não é?

– Eu não sei nem mesmo por que nós temos que fazer uma festa. Nós deveríamos simplesmente dar o dinheiro para caridade, como o pessoal de matemática.

– Ora essa, quem ia querer se sociabilizar com o pessoal de matemática? Eles não querem se sociabilizar nem uns com os outros.

Ela dá uma piscada para mim. – Vou mandar a Cassie até a Costco com a lista. Ela irá ligar para o quarteto de cordas...

– Poupe-me de ouvi-los arrasando Pachellbel, ou o *Brandenburg Concerto*, pela milésima vez. Será que não podemos fazer algo um pouquinho diferente?

– O que você quiser. Nós cuidaremos disso, certo Cassie?

– Ah. A Cassie está sentada aí?

– Diga olá para Conner, querida – diz Pearce.

– Olá, Conner. – Isso é estranho.

– Olá, Cassie.

Pearce conclui a conversa e depois me diz o que precisam para a festa. A maioria dos convidados é o que ela chama de "bebedores sociais", então ela me diz para comprar o habitual – vinho branco e tinto e rum para o *eggnog*[3]. Também preciso comprar seis lasanhas Stouffer's gigantes, uma bandeja de *crudité* - o qual ela traduz como sendo legumes e uma pastinha – e uma porção de outras coisas. Para usar meu próprio bom-senso. Ela quer que eu faça as compras na próxima quinta-feira, pois a festa será daqui a uma semana, contando a partir de amanhã. A parte boa é que nesse dia eu posso sair cedo e fazer compras. Vou ligar para a Tiff.

Estou sentada na minha mesa, lendo baixinho, quando olho acima e percebo Conner em pé, do lado de fora da sala de Xerox. Eu rapidamente pego o telefone e finjo estar terminando uma conversa.

– Ótimo. Eu te vejo sexta à noite! – Melhor aproveitar e agir como se eu tivesse uma vida social. Eu pouso o telefone, quando Conner bate na parede.

– Você já comeu? – ele me pergunta. Eu olho o relógio. Meio-dia.

– Não...

– Quer me acompanhar para o almoço? Eu tenho uma ideia para outra excursão e gostaria de falar com você a respeito.

---

[3] Bebida típica norte-americana, em geral feita com conhaque, leite, ovo, açúcar e noz moscada. [*N. da E.*]

– É melhor que não seja em Joshua Tree.

– Na verdade, é. Sério, o que você acha de levarmos os garotos até lá?

– Sério? Aquele grupo? Deixe-me apenas lhe dizer que eles fazem as festas *rave* mais absurdas do sudeste da Califórnia, naquele deserto. E, a menos que você queira o Zack e o restante daqueles garotos correndo de um lado para o outro, com listras de neon, de bunda de fora, totalmente doidões, eu não recomendo.

Ele me olha, surpreso. Acho que estava esperando algum tipo de discussão sobre o Pé Grande, ou o deserto, ou a flora e a fauna.

– *Rave*?

– Você sabe, aquelas festas malucas ao ar livre, que duram a noite inteira.

– Eu devo ter perdido essa experiência cultural. Você já foi lá?

– Eu só estive lá com a minha mãe e ela não é do tipo que gosta de festas *rave*.

– Então, acho que isso é um não para Joshua Tree? – Ele ri.

– Vamos nessa – eu digo. Estou com uma saia jeans, botas de couro de carneiro e uma blusa de gola rolê. Nada elegante, mas com estilo suficiente para almoçar com ele. Ultimamente, tenho usado o cabelo preso no alto, graças a Alison. Aprendi a fazer aquele negocinho torcendo o cabelo com os dedos, depois prendendo com a presilha.

Ele me leva a um pequeno restaurante que já ouvi Alison mencionar. Os garçons o conhecem e lhe dão uma supermesa na janela. Eu já fui garçonete e sei que esse é um lugar privilegiado. Há uma garrafa elegante de azeite de oliva e vinagre, e uma garrafa fechada de Pellegrino, sobre a toalha branca. Nada de cardápio. O garçom chega, pega meu guardanapo e pousa em meu colo, como uma manta. Depois, ele começa a recitar os pratos do dia. Eu escolho o risoto e Conner quer peixe. Ele pede uma garrafa de Pinot Grigio. Essa será uma discussão e tanto.

Eu pergunto como foi a viagem e ele dá início a uma discussão de dez minutos, sobre as fontes de energia alternativa, e o impacto nas espécies heterogêneas, usando palavras como "biogeografia aviária", "sistemáticas", e "pesquisa ornitológica". Complicado. Então, eu me concentro em seu rosto e fico ouvindo a forma como ele pronuncia suas palavras. Gosto de ouvi-lo falar.

O garçom serve uma taça de vinho para cada um de nós, enchendo até o alto, deixando trilhas de lágrimas na borda, quando dou um gole. Agora melhorou.

A palestra que ele mais gostou na conferência foi dada por um psicólogo que falou sobre a ligação entre o luto por um membro da família e o luto ecológico, comparando a perda de um local ou espécie estimada, à perda de um ente amado.

– Às vezes, eu sonho em voltar no tempo e poder caminhar por uma floresta vasta e imperturbável, onde cada animal extinto que já existiu esteja vicejante.

– Como o Jardim do Éden? – eu digo, enquanto o garçom enche meu copo novamente. Percebo que Conner põe a mão sobre seu copo.

– Sim. Exatamente. – Há uma pausa. Ele olha meu vinho e serve um pouquinho em seu copo. Acho que mudou de ideia.

– O que você estava lendo, antes do almoço? – pergunta ele. Então, agora estamos falando de mim.

– Whitman. – Eu dou uma grande golada em meu vinho.

– O que você acha?

– Acabei de começar "Canção de mim mesmo". Não rima. Mas é tão bom.

– Eu sou o poeta do corpo – Conner recita. E como, eu penso.

– Quando eu estava na faculdade – ele prossegue –, nós todos nos identificávamos com Whitman. Ele superou seus problemas, sua classe, sua pobreza, inabilidades, e se reinventou aos 36 anos. Deu esperança a todos nós.

– Ele não era gay?

– Isso está além da questão.

– Não, não está. Ele estava lutando pra ser ele mesmo, num mundo que não podia aceitá-lo. Isso está além da questão?

Conner se inclina mais perto e sussurra:

– Eu canto o corpo elétrico. Esta é a questão. – Merda. Ele está novamente flertando comigo. – A propósito – diz ele -, um amigo meu costumava dar a todas as garotas com quem dormia, uma edição de *Folhas de relva*. É muito erótico.

– É mesmo? – eu digo, pensando que nós sabemos de quem ele estava falando e o nome provavelmente rima com Bonner. – Bem, eu ainda não cheguei lá. Levo muito tempo para ler. Sou disléxica. – Então, eu lanço essa, junto com sua elétrica do corpo.

– Alguns dos meus melhores amigos são disléxicos. – Ele ri, sem perder o rebolado. – Brincadeira, Cassie. Deve ter sido difícil na escola.

– Foi tudo bem. – Eu só repeti três anos, depois desisti.

– Você sabia que John Irving é disléxico?

– Eu sei. – Há um silêncio, o tipo de silêncio que separa duas pessoas, em determinados momentos, quando o tal limite está para ser ultrapassado, a linha proibida que o deixa vulnerável e dissipa todas as ilusões e mentiras.

– Sabe o que eu notei sobre você, Cassie? – Ihiii. – Há muita coisa que você não diz, quando diz alguma coisa. Eu me pego me esforçando para ouvir suas palavras não ditas.

Eu olho abaixo, para meu copo de vinho, para que ele não veja a onda de constrangimento. É verdade. Fico relutante em despejar tudo, mas que bom que ele esteja interessado até mesmo no que eu não estou dizendo.

– Na maior parte do tempo, você não fala de você mesma. Acho que esta é a primeira vez que tive uma conversa verdadeira com você.

– Então, o que você quer saber? – eu pergunto. Que se dane.

– Sobre sua vida. Seu casamento – as coisas sobre as quais a maioria das pessoas fala sem parar... eu tenho perguntas.

– Certo, manda. – Agora estou olhando diretamente em seu rosto, e todo o barulho do restaurante subitamente desapareceu, como se todos tivessem ido embora, sem que notássemos.

– Bem, como foi a luta para ler? E seu marido?

– Falecido marido – eu interrompo.

– Então, conte-me.

– Frank e eu passamos por maus pedaços, perto do fim. Ele tinha uma namorada. Está vendo? Sou um livro aberto. E quanto à forma que lidei na escola, eu aprendi a usar minha imaginação. E fugia para a floresta, como dizem. Ainda fujo. Você pode ser quem você quiser, falante e inteligente, imbecil e horrenda, mal-amada e não beijada... e ainda sentir que pertence a alguma coisa. – Eu espero que Conner responda, mas ele fica mudo.

Ainda bem que a comida chega.

– Para a bela dama – diz o garçom, com um sotaque italiano falso, ao pousar um prato fumegante de risoto. Ele é provavelmente ator. As travessas fazem um tinido. O ruído do restaurante volta, com tudo.

Eu dou um sorriso adorável para o garçom. Conner ainda está olhando para mim. Bem, ele pediu. Chega de se esforçar para ouvir meus pensamentos.

Ele dá um gole no vinho.

– Bem – Conner diz. Ele está com a expressão que minha mãe teve, nas corridas de cavalo, quando ela acidentalmente apostou no cavalo errado e lentamente descobriu que tinha ganhado.

* * *

Nós voltamos ao escritório por volta de duas horas. Estou uma hora atrasada, mas Alison não diz nada quando passo, porque estou com Conner. Ele se inclina à frente e diz a ela:

– Eu peguei a Cassie emprestada. Estamos trabalhando numa excursão.

– Ah, sem problemas. – Alison dá um sorriso encantador.

Ele me pede para ir até seu escritório, um minuto. Ele tem algo a me dizer. Eu subo atrás dele. Nós entramos e, lá dentro, sentada, está Samantha.

– Ah, oi – diz ele. Ela levanta, e lhe dá um beijo na bochecha.

– Estou deixando o tíquete do estacionamento, desta noite. Preciso chegar cedo, para organizar. – Conner a olha, inexpressivo.

– E você se esqueceu, não foi? O teatro? A festa, depois? – Nós duas vemos Conner lembrar e uma expressão acanhada que significa, ai, que droga, eu me esqueci.

– Ah. Certo. Estive viajando. Você se lembra da Cassie.

– Claro. Oi, meu bem. – Meu bem. Era assim que todos me chamavam, quando eu trabalhei como garçonete, durante um verão. Estou saindo. O que ele queria dizer pode esperar até mais tarde.

CAPÍTULO 38

Déjà vu. Na manhã seguinte, estou atravessando o pátio, levando alguns papéis até a secretaria, quando ouço um barulho familiar PLACT, PLACT, como insetos contra um para-brisa. Vejo Conner praticando seu *backhand* na lateral do prédio.

Quando passo por ele rapidamente, fico tentada a perguntar se ele gostou do teatro, mas me contenho, quando Conner me dá um pequeno aceno.

– Oi. Onde é o incêndio?

– Ah, oi, Conner – eu digo casualmente, como se não o tivesse notado.

– Ocupada? – pergunta ele, enquanto continua a bater e eu continuo a andar.

– Só preciso levar esses papéis até a secretaria.

– Merda! – ele grita, conforme a bola passa zunindo por cima da minha cabeça e quase acerta a janela. Ele me alcança.

– Bela tacada – eu digo.

– Você joga?

– Um pouquinho. – A última vez foi no ensino médio, em concreto rachado e rede frouxa. Mas foi um dos poucos cursos que eu passei.

– Que tal ser minha parceira em dupla, esse sábado? Minha parceira habitual não vai poder ir.

– Isso é uma pena. Mas eu sou muito ruim.

– Tudo bem. Ela também é.

– Não, verdade. Eu não jogo desde o colégio.

– Tudo bem. Nós só jogamos por diversão. Não é algo competitivo, realmente.

– Posso te dizer depois? Eu geralmente ajudo minha mãe, no centro de vida selvagem, aos sábados.

– Claro. Sem problema.

Acho que Samantha não pode. Passo o dia num dilema. Será que devo? Será que não devo? Tiff me diria para simplesmente ir fundo. Mas eu não consigo evitar pensar que isso é o Freddy, tudo outra vez. Ah, que inferno, eu quero ir.

Então, aqui estou eu, dirigindo para o Los Angeles Country Club, para meu jogo de duplas vespertino no sábado. Lá, lá, lá. A entrada de carros já diz tudo – longa, ventilada e perfilada por uma cerca viva impecavelmente aparada. Há um portão gigantesco, que grita "privativo", em pequenas letras discretas. Quando meu carro se aproxima, um guarda sombrio e pançudo, segurando uma prancheta, sai de sua casinha de anão.

– Boa-tarde, nome?

– Cassie Shaw. Sou convidada de William Conner. – O rosto dele relaxa enquanto ele checa o nome na lista, e me aponta a direção das quadras. Eu sigo dirigindo pelo que parece um campo de golfe de centenas de acres, cercando a sede do clube, que saiu direto de um comercial da Ralph Lauren, exceto pelos carrinhos de golfe estacionados, em vez dos pôneis de polo.

Vejo Conner e seus amigos de roupa branca de tênis (aparentemente, um branco melhor do que os outros tipos de branco), sentados ao redor de uma mesa de ferro fundido, com vista para as quadras. Os homens se levantam quando eu me aproximo. Percebo que eles estão tomando chá gelado em copos altos, com folhas de menta. E me dá vontade de explodir, num couro de "Dixie".

Estou vestindo um short rosa de cadarço e uma camiseta branca (não é o branco tênis) e tive que dar uma remexida infernal na casa para encontrar um par decente de tênis, em vez dos meus Vans e Nikes de caminhada, com sola sulcada. Não tive tempo de fazer compras e, no fundo da minha mente, eu resisti quanto a fazer qualquer coisa que custasse um centavo, afinal, ele ainda tem namorada (mesmo dizendo que não tem) e só Deus sabe o que ele acha que está fazendo, me enganando o tempo todo, me enchendo com esse papo de natureza e sua ligação espiritual com o mundo. Finalmente encontrei um par de tênis velhos e os joguei no carro. Então, eu não vou impressionar ninguém, com meu guarda-roupa. Não sei por que concordei em fazer isso. E espere só até que eles vejam como eu jogo.

Conner me apresenta ao grupo, depois me entrega uma raquete grafite prateada que ele pegou emprestada na loja profissional e que, segundo ele, é feita com tecnologia de ponta.

– Portanto, não a jogue no chão, quando você errar uma tacada. – Ha, ha.

– Sem problema – eu digo, sem sorrir.

A outra dupla – os Austin, Wing e Melissa – são seus oponentes habituais. Conner me conta que Wing é seu velho colega de alojamento da faculdade, e se casou com Melissa logo depois da formatura.

Wing é alto, louro e magro. Melissa é baixa e atarracada, e usa uma viseira enorme. Ambos estão vestindo Adidas, dos pés à cabeça. Melissa me dá um olá alegre e me agradece muito por ter vindo substituir. Ela pode ser atarracada, mas é meiga. Sabe que trabalho com Conner e até sabe sobre o centro de vida selvagem, portanto, ele obviamente deu a eles um relatório, antes da minha chegada. Melissa caminha até a quadra mais distante e começa a passar um espesso e esbranquiçado bloqueador solar, em todo o seu corpo. Eu ouço o barulho da abertura de uma lata de tênis exalando o ar, quando Wing puxa o lacre.

– Então, Conner – diz ele, olhando para as minhas pernas – onde você andou escondendo essa aí?

– Se eu fosse você, eu me concentraria no jogo, em vez de ficar bajulando a oponente.

– Bem, ela certamente será uma distração. Talvez você tenha feito isso de propósito.

– Cala a boca, Wing. Não ligue pra ele, Cassie.

– Eu o achei perfeitamente encantador. – Eu sorrio.

Wing me pergunta se minha pegada está boa. Quando ele se aproxima para checar, Conner pega minha mão e diz:

– Ela está ótima. – Quando entramos na quadra, Conner começa a se alongar daquele jeito estranho que os caras fazem, parecendo cegonhas.

Durante o aquecimento, tudo parece muito civilizado. Fico dando umas raquetadas com Melissa, enquanto Conner e Wing também batem e rebatem, bem-humorados.

– Boa tacada! – eles gritam, rebatendo um para o outro. As batidas de solo são profundas e longas. A forma é perfeita. A atmosfera é amistosa e não competitiva.

– Bela batida, magrinha! – Wing grita pra mim. – Talvez, da próxima. – Melissa diz, incentivando, quando eu erro totalmente.

– Boa garota! – Conner grita, quando faço um *backhand* desajeitado.

– Certo. Que o jogo comece! – grita Conner, conforme ele corre pela quadra, recolhendo as bolas, chutando para o alto e pegando na rede da raquete. Ping. Ping. Ping. Melissa parece meio lenta, enquanto aplica mais protetor labial, e esfrega um bastão de protetor solar nas costas das mãos.

Conner perde a virada e Wing ganha o primeiro saque. Eu vejo Melissa junto à rede, executando um pequeno movimento de hula que sinaliza que ela está pronta. Então, ela exagera, sacudindo a raquete como um bebê acima de sua saia xadrez, enquanto Wing saca direto no meio. Conner rebate com tudo, dando um golpe dianteiro para Melissa, que me devolve a uma velocidade supersônica. Antes que eu tenha tempo para pensar, Conner salta na minha frente e rebate. Wing corre até a rede e lança a bola enviesada atravessando a quadra, enquanto Conner mergulha atrás de mim, rala o joelho e manda a bola para o céu, aterrissando pouco além da linha de base deles.

– Droga! – Conner grita.

– Quinze-amor! – Wing grita.

Num instante, todos eles se transformaram em monstros, espumando pela boca, mostrando dentes e músculos, executando golpes punitivos uns contra os outros, um atrás do outro. Esse não é um jogo para alguém que tenha sequer um grama de insegurança pessoal ou ansiedade.

Agora, Wing vai sacar para mim e eu fico de prontidão, sem me sacudir, sem fazer a hula, sem a babaquice. Ele manda um saque fácil e eu prontamente rebato pra fora.

– Trinta-amor.

– Mantenha os olhos na bola – Conner estrila.

– Ela está atrapalhada com a raquete – Wing berra, ajudando. – Ajuste sua pegada.

Conner arruma meu pulso suado virando um pouquinho a raquete. Ah. Agora ficou melhor. Agora o saque é para Conner, que está pulando de um lado para o outro como se estivesse viajando depois de cheirar uma lata de gás venenoso. É uma granada que passa dois centímetros acima da rede. Conner geme ruidosamente, rebatendo com um *backhand*, e indo até a rede como um javali. Wing rebate em minha direção. Ihiii. Conner começa a recuar, gritando:

– Minha. Minha. Eu pego! Sai!

Eu mal saio do caminho, e ele rebate na rede.

Outro. – Droga!

Wing ri.

– Isso é o que acontece quando você corta a bola, seu filho da mãe! – Quarenta-amor.

– Certo. Cassie e eu precisamos de um tempo.

– Mostre a ela onde fica o ponto G! – Wing ri.

– Cala a boca, Wing! – Conner grita, caminhando decidido, em minha direção. Nós viramos de costas para a rede, numa espécie de minirreunião e ele passa o braço ao meu redor. Por que não me sinto confortada?

– Fique na zona, Cassie. – Estou pensando, Mas que droga de zona ele está falando? Mas eu digo – Pode deixar, Prof.

– *Game point*, gente – diz Wing, com uma expressão estupefata, e ele diz a Melissa, que está novamente aplicando bloqueador solar, para ir para a rede.

– Apenas lance por cima da cabeça dela que eu cuido do resto – implora Conner.

O saque de Wing mais uma vez é fácil e educado. Que cara legal. E eu obedientemente mando por cima da viseira gigante de Melissa. Agora Wing rebate com um *backhand* enviesado espetacular. Droga. Está vindo direto pra mim. Conner novamente salta na trajetória gritando.

– Minha! Minha!

Ele faz tudo o que pode, mas a bola bate na borda da raquete e ricocheteia na direção das mesas e cadeiras.

– No alvo! – Wing grita. – Game para os incríveis Austin! – Ele espalma a mão da mulher radiante.

Conner dá uma risadinha maliciosa e diz:

– Nós estamos só começando. Não é verdade, Cassie?

Eu gostaria de dizer que precisamos reagir, mas isso seria claramente o ponto alto. Acho que não consigo mais acertar uma bola dentro. Depois que cometi uma dupla falta, pela terceira vez, Conner perdeu uma bola fácil e jogou a raquete no chão.

– Legal – diz Wing.

Aos seis-amor, Melissa anuncia que parou, e segue ao vestiário para se "refrescar". Conner vai até lá dentro para fazer uma ligação (celulares não são permitidos na quadra) e eu fico sentada com Wing, que pede uma taça de vinho para cada um de nós. Eu lhe digo que gosto de seu nome, por minha afinidade com pássaros e tudo mais. Ele diz que é apelido, porque quando ele tinha 7 anos, pulou da janela do segundo andar de um prédio, tentando voar, quebrou os braços e a família o chama de Wing, desde então.

– É mesmo? – eu digo.

Ele pisca para mim.

– Não. Na verdade, é galês, soletrado w-i-n-q-u-e-t.

Eu começo a rir e nós acabamos falando disso e daquilo, conforme vai escurecendo e o ar vai esfriando. Melissa volta, um pouquinho depois, de calça e camiseta. Seu cabelo está preso num rabo de cavalo e ela obviamente reaplicou a maquiagem. Conner finalmente reaparece, de cara feia.

– Vocês dois querem nos acompanhar para o jantar? – pergunta Melissa, de um jeito anfitrião.

Antes que eu possa dizer qualquer coisa, Conner rapidamente responde:

– Nós realmente não podemos. Obrigado, mesmo assim.

Eu tento não parecer humilhada, enquanto ele me acompanha até o carro e ingressa numa longa explicação de como já tinha planos anteriores que não pode cancelar, e o quanto lamenta... blá, blá, blá. Eu digo que está tudo bem, porque também estou ocupada, mas não pareço convincente. Nem pra mim.

Eu me pergunto o que seus alunos achariam, se vissem esse lado dele. Já era sua imagem de garoto natureba sensível. Ele queria ganhar. Queria muito. Eu era apenas o corpo substituto. Bem, Samantha o quer? Ela pode ficar com ele. Eu o vejo se afastando de mim, rumo ao seu carro, com as mãos nos bolsos, a raquete embaixo do braço. Ele olha abaixo, como se estivesse concentrado em algo nos pés, abre a porta e joga as coisas na traseira. Seu celular toca. Ele o atende e entra no carro.

Enquanto sigo dirigindo pelo caminho bem-cuidado dos tolos, posso ouvir sua voz gritando em meu ouvido:

– MINHA! MINHA! MINHA!

CAPÍTULO 39

Está uma noite movimentada no Costco. Há pessoas empurrando, entrando em filas para amostras gratuitas de salsicha, brownies, e kebabs de frango. É a temporada de compras natalinas que, nessa loja, começa logo após o Halloween. Vejo mães navegando com seus carrinhos de compras abarrotados, enquanto os filhos correm freneticamente pelos corredores, pegando os brinquedos que estão nas prateleiras. Já tive amigas que vieram comprar um pé de alface e voltaram para casa com um piano elétrico.

Não tenho certeza de onde fica o vinho, então vou até o único lugar que não está lotado e pergunto a duas mulheres sentadas junto a uma mesinha de armar. Uma é loura, a outra é morena, e elas têm sorrisos congelados em seus rostos e parecem aflitas. Depois eu vejo um pôster gigante atrás da mesa, anunciando o seu romance. Ah. Nossa. Um lançamento com autógrafo.

– Você gostaria de comprar um livro? – uma delas me pergunta, esperançosa.

– Talvez, mais tarde – eu digo, fazendo uma anotação mental para evitar esse corredor, na volta.

– Cassie! – Tiff grita, do outro lado da loja.

O carrinho dela já está lotado com arranjos, biscoitos, presentes de Natal, e seu mais novo livro de autoajuda *Comida não te faz engodar, a menos que você ache que pode fazer*.

– Lá, lá, lá, lá – ela canta. – Acho que consegui eliminar todos os presentes do escritório. – Ela olha para o vinho e o rum no meu carrinho e diz – Só isso? É tudo que você vai comprar?

– Bem, eu ainda não peguei a lasanha... nem os biscoitinhos e a pasta.

– Mas não tem birita de verdade? Tá parecendo uma festa divertida.

– Minha chefe disse que eles são bebedores sociais.

– O que isso significa? Ninguém é um bebedor social e, se for, a festa está um saco. Você não quer que a festa seja divertida?

– Bem... ela disse para que eu usasse o meu bom-senso.

– Perfeito. Onde está a tequila?

Além de cinco garrafas gigantes de Viva Tequila, álcool 100, nós pegamos também uma caixa de Corona, limões, copinhos plásticos de uma dose, uma bandeja de legumes, seis lasanhas gigantes da Stouffer's, pasta de guacamole, salsa, salgadinhos de milho e um monte de pizzas congeladas.

Tiff então acrescenta algumas caixas de bolinhas de chocolate recheadas com uísque Jack Daniels.

– O pessoal adora isso. Você fica bêbado com umas duas bolinhas.

Nós seguimos para a fila do caixa. Com meus dois carrinhos e o carrinho de Tiff.

– Então, você teve mais notícias de Freddy?

– Não.

Tenho a sensação de fazer tanto tempo, desde que contei para Tiff. Se eu dissesse que não estava com Freddy e sim com Conner, na cabeça, nós entraríamos num assunto novo e não estou a fim.

– Acabou com Freddy.

– Por que você não me deixa te arranjar com um cara que conheci? Ele é bonitinho, acabou de se divorciar. Você sabe, tem que pegar logo. Esses caras não duram muito tempo sozinhos.

– Acho que não – eu digo, e vejo Tiff desanimar. – O último foi um desastre.

O caixa agora puxa um carrinho plano para colocar toda a nossa tralha. Minha notinha tem um metro de comprimento e vai enroscando, como um laço natalino. Ho ho ho!

Teria sido a compra perfeita, se não fosse por um motivo. No estacionamento, Tiff tira uma lata de caviar do sutiã.

– Toma, se acaba. Divida com seus amigos elegantes – diz ela, orgulhosa.

– Tiff, pelo amor de Deus. Você quer ser presa?

– Você não quer caviar?

– Não, não quero – eu estrilo. – Leve-a de volta, agora mesmo. Diga que você esqueceu.

– Ah. Está bem. – Ela cruza os braços dramaticamente, como a Virgem Maria, ergue os olhos em direção ao céu e diz:

– Por favor, me perdoe, eu esqueci. – Ela ri, desconfortável. – Calma, eu vou levar de volta.

– Bom – eu digo, sem sorrir. – Espero aqui.

– Sabe, Cassie, às vezes sinto que você não quer mais estar comigo. Você não me liga. Não vai lá em casa. Quero dizer, esqueça o roubo, isso foi uma estupidez. Eu só estava de palhaçada. Mas você nunca ficava zangada. O que está havendo?

– Nada. Só estou cansada. Estou trabalhando que nem uma maluca, fazendo uma porção de aulas. E você sabe como é uma merda pra mim, sentar e ler qualquer coisa. Eu levo três vezes mais tempo do que qualquer outra pessoa pra fazer qualquer coisa.

– Eu sei. Desculpe. Mas sinto que você não quer mais estar comigo.

– Não seja ridícula. Eu te amo – digo. E então Tiff começa a chorar. Ai, Deus.

– Eu só acho que você mudou bastante com o seu novo emprego, e sua nova vida, e eu não faço mais parte de seu mundo.

– Tiff. Não chore. Eu estou tão distraída. – Eu tiro um Kleenex amassado da bolsa e dou a ela.

– Está bem. Deixa pra lá. Esquece. – Ela assoa o nariz.

– Não. Você está certa. Você realmente quer saber o que está acontecendo? Tem um professor, no trabalho, de quem estou começando a gostar, ele me convidou para ser sua parceira de dupla de tênis na tarde do último sábado, num clube de campo bacana, e acabou dando em nada. Ele tinha algo programado com outra pessoa, naquela noite, e foi um babaca competitivo na quadra. Eu, é claro, não consegui rebater uma bola.

– Que clube de campo? É mesmo? – Tiff se anima.

– Essa não é a questão. A questão é que eu não consigo entender o que ele quer. Às vezes, acho que ele realmente gosta de mim, outras vezes, acho que está só se divertindo com uma esquisita do seu escritório, viciada em natureza.

– Você é, *mesmo*, meio esquisita nesse departamento – diz ela. – Você *sabe* que é. De qualquer forma, me conte. O que você vestiu?

– Eu estava horrível.

– Aposto que não estava. Você nunca está horrível... mais. Você é tão inteligente e bonita e nem sabe.

Nós conversamos mais um pouquinho sobre Conner e, quanto mais falamos, mais eu percebo que Tiff sempre esteve em minha lista de almas santificadas, juntamente com minha mãe e Sam. Ela aposta que Conner vai me ligar porque, mesmo que eu não tenha usado uma roupa de tênis sexy.

– Ele é um homem educado e reconhece algo clássico, quando vê.

Eu lhe dou um grande abraço.

– Quer que eu vá com você, devolver a porcaria do caviar?

– Quero – diz ela. – Não me deixe comprar mais nada.

CAPÍTULO 40

– Então, você percebe que, se Napoleão tivesse se dado ao trabalho de observar o voo das cegonhas e garças, passando acima de seu exército, na estrada rumo a Moscou, todo o curso da história da Europa talvez fosse diferente?

– É mesmo? – eu digo, tentando parecer tranquila. Conner está em pé, atrás da minha mesa, inclinado na máquina de Xerox, de volta à sua velha forma charmosa. Aquela ruguinha zangada entre os olhos – a que ficava aparecendo, sempre que eu errava uma bola – se foi, e ele obviamente não está com a menor pressa para ir a lugar algum.

– Os pássaros sabiam que um inverno terrível se aproximava e voaram rumo ao sul, mas Napoleão e seu exército marcharam rumo ao norte. Se você pensar, isso é incrível.

Já se passou quase uma semana desde o nosso joguinho de tênis. Eu evitei subir e, por sorte, ele esteve num retiro, com alguns de seus alunos, na maior parte do tempo, o que foi bom, porque eu tenho estudado como uma maluca. Que babaca, nem me ligou.

– Então, Cassie, o que você achou do Wing?

– Ele é um bom esportista.

– Ao contrário de mim.

– Bem, você sabe o que Platão diz: "Você pode descobrir mais de uma pessoa em meia hora de jogo do que em um ano de conversa".

– Muito bem, Cassie. Qual é mesmo o nome do seu professor?

– Brooks.

– Bem, ele está criando um monstro.

– Eu não acho. "Filosofia é a música mais alta." Isso também é de Platão.

– Eu o acho superestimado. De qualquer forma, desculpe pelo jogo. Às vezes eu me deixo levar. Mas tenho um elogio a você. Wing quer que eu a leve novamente e eu não acho que seja pela suas tacadas. Acho que ele usou a palavra "fascinante", com ênfase em "ótima estrutura óssea".

– Diga-lhe que ficarei encantada.

– Não direi. Ele é um paquerador – Conner estrila.

– Achei que ele pareceu interessante – digo, provocando.

– Eu não achei que ele fizesse seu tipo.

– Qual é o meu tipo? – pergunto.

– Intelectual, articulado, despretensioso, ligado à natureza, experiente e charmoso.

– Você se esqueceu de acrescentar competitivo, controlador, crítico e porco.

– Você se divertiu tanto assim, é?

– Ah. Foi bem isso.

– Ouça. Quanto à minha saída correndo, daquele jeito...

– Você não tem que se desculpar.

– Bem, eu tinha uma situação acontecendo.

– Sua esposa não te entende?

– Muito bonitinho. Está mais para ex-namorada.

– Ela sabe que é ex?

– Agora sabe.

Nós ouvimos passos e Pearce surge na porta, carregando uma pilha de papéis.

– Não estou interrompendo? – pergunta ela.

– Não – eu digo. – Nós só estávamos discutindo o recuo de Napoleão.

– Nunca fui muito interessada nos franceses. Não contem a ninguém. A festa está sob controle, Cassie?

Eu disse a ela que tinha comprado umas coisas a mais e, quando sai, ela dá uma olhada para mim e Conner. Nada passa despercebido por Pearce.

– Então, que festividades você planejou para amanhã à noite?

– É surpresa.

– Adoro surpresas.

– Essa envolve marimbas gigantes, tequila e bolinhas de Jack Daniels cobertas de chocolate.

– Você me faz sorrir.

– Você me deixa zangada.

– Precisamos fazer algo sobre isso.

CAPÍTULO 41

São cinco da tarde, o ar ainda está quente e perfumado. O que é atípico para a estação, até mesmo para os padrões de Los Angeles. Desço o vidro da janela do meu carro, estaciono junto à casa de Conner e uma onda de ar com cheiro de laranjeira bate em meu rosto. Fico sentada no carro parado, com o rádio ainda ligado, com aquela sensação exuberante que se tem, quando algo está prestes a começar, e relutante para desligar o motor e entrar. Através da janela, dá para ver gente deslocando os móveis, um fervilhar de atividade – garçons segurando bandejas, homens com baldes de gelo. Eu penso no que eu costumava adorar, quando ia a uma festa – bebidas, comidas e os caras bonitinhos, não nessa ordem. Mas agora, eu fico na expectativa de conversas vigorosas com acadêmicos cheios de observações intelectuais e perspicazes. Certo, e por causa de Conner também.

Alison deveria vir ajudar, mas ela me disse que não faz "arrumação". Depois inventou para Pearce uma conversa fiada de ter que viajar.

A casa de Conner havia sido construída nos anos 1930 por um astro discreto do cinema, que evidentemente adorava drama. O lugar parece um chalé serrano de pedra. Há pilares de carvalho maciço amparando o teto, piso em madeira escura e uma lareira imensa de pedras, agora decorada com abetos vermelhos e viscos.

Relembro a descrição que Conner fez de sua casa, logo que nos conhecemos. Simplificar é o escambau. Isso aqui é tão tumultuado quanto a casa de qualquer um. A sala é repleta de móveis grandes e pesados que alguém me diz serem de madeira teca da Indonésia. Há almofadas de cores vivas, pilhas de livros, pastas, brinquedos de cachorro e velas meio queimadas, com cera endurecida nas mesas e no chão.

Dou uma olhada no espelho da entrada. Meu objetivo era parecer que eu não tinha gastado muito tempo me aprontando. Obviamente isso levou horas. Lavei o cabelo, sequei com o secador, fiz depilação nas pernas, axilas, outros lugares, maquiagem, pasei um rímel discreto, blush, um belo delineador, sutiã meia-taça. Colocar roupa. Tirar roupa. Roupa íntima bacana. Deu tudo certo. Ainda adoro meu vestido preto. Mesmo depois de tudo o que passou.

Quando eu disse à minha mãe que nós queríamos algo diferente para a festa do corpo docente da faculdade, ela sugeriu uma banda marimba, em vez do quarteto de cordas. O centro de vida selvagem os contratou no ano passado, para a festa de angariação de fundos, e foi um grande sucesso. Os músicos agora estão descarregando a van e parecem palhaços saindo de um fusca. Um altão, um baixinho, uma família de quatro, três adolescentes, dois caras mais velhos arrastando um piano portátil como um rebocador, um baixo e os marimbas.

O grupo inteiro parece uma tribo de hippies envelhecidos e, ah, eu mencionei as crianças gritando, descalças, correndo para todo lado? Um dos garotos, que deve ter uns 7 anos, tem um corte de cabelo moicano, e passa zunindo por mim, com imensos óculos escuros de plástico verde neon. Ele deixou Ahab frenético, atazanando o cachorro com umas salsichas roubadas da cozinha.

– Raven, para com essa merda e vem aqui – berra um dos homens. Raven finge que nem é com ele.

– Olá? Cassie? Onde está você? Escolha musical interessante, querida – Pearce diz, piscando. – Adoro pompa.

Ela está usando um conjunto vermelho festivo, com um broche de estrela. Pearce me apresenta à sua amiga de infância, Marion, que deve ter quase dois metros de altura e um cabelo pintado de vermelho vivo. Dá para ver onde está crescendo o cabelo grisalho e castanho. As luzes fluorescentes da cozinha acentuam o tom alaranjado de sua maquiagem, já derretendo em seu rosto.

– Muito prazer em conhecê-la – diz Marion, com uma voz grave, ao me dar um forte aperto de mão. Ela está vestindo uma túnica imensa, azul-turquesa, que meio que camufla sua barriga protuberante.

– Então, você é a menina da natureza – diz ela, com um sorriso de lado, que a faz parecer prestes a contar uma piada.

– E aí, menina da natureza – diz Conner, entrando rapidamente, com um sorriso cansado, arrumando a gravata. Ele recua e me dá uma olhada exagerada, beija meu rosto e sussurra em meu ouvido – Está bem urbana esta noite.

Pearce e Marion trocam olhares.

– Olá, senhoras, adoráveis como sempre.

– E você, encantador, como sempre – diz Marion, amistosa.

– O que está havendo lá atrás? – ele pergunta, ao ouvirmos um dos músicos gritando:

– Chega esta maldita mesa pra lá! Você está destruindo as minhas cordas!

– Esse é seu entretenimento musical. – Pearce sorri, enquanto ajusta o seu colarinho. – Você está tão bonito, e disse que estava cansado de quartetos de cordas. – Ela dá uma piscada para mim, enquanto o bajula, descaradamente.

Há um burburinho de conversa animada vindo da outra sala. Os convidados estão chegando continuamente, a maioria trazendo travessas de canapés. Conner passa a ficar na porta, sorrindo genuinamente, cumprimentando cada um com "Posso lhe trazer um drinque?" Quer me dar seu casaco? Sua travessa? "Que bom que você veio." Ótimo vê-lo.

O anfitrião perfeito.

Ele abraça alguns homens fervorosamente, segurando seus ombros de um jeito fraternal, bem ao estilo de clube. Talvez sejam velhos colegas de escola.

– Ei, Brad, você está horrível. Eu pareço tão velho assim? – Conner brinca com seu velho amigo.

– Não. Você tem cabelo, seu filho da mãe – Brad responde, alegremente.

A banda ainda está se preparando. Quando eu pergunto quanto tempo ainda vai demorar, o cara encarregado me diz "Fica fria, estamos quase prontos." Eu volto ao bar e me sirvo do segundo copo de vinho. As conversas estão embaladas à minha volta.

– Lecionar para calouros é uma perda de tempo – diz um homem, com um suéter vermelho vivo, com duendes sorridentes, jogando presentes num trenó.

– Alunos do segundo ano não são muito melhores – responde seu confidente magérrimo.

– Parker acabou de ser publicado novamente.

– O filho da mãe.

– Bem, seu programa de aulas é bem leve.

– Como vai indo o seu romance?

– Foi traduzido para 19 línguas, incluindo celta.

– Que ótimo.

– Brincadeira. Estou procurando um editor. – Riso falso.

– E é sobre o quê?

– Você sabe. A vida. Realmente não posso falar a respeito.

– Não está quente aqui?

Há duas mulheres reunidas num canto, olhando o homem de meia-idade, que acabou de entrar.

– ...acabou de se separar da esposa de 30 anos.

– ...está morando num clube universitário, no centro da cidade.

– ...uma aluna formada.

Um casal entra pela porta da frente, um professor e a esposa, com um suéter de gola de pele. Eu a ouço dizer ao marido:

– Você acha seguro que eu coloque meu suéter lá em cima?

– Eu não sei, querida, ele tem um cachorro.

– Eu não quis dizer isso – ela estrila. – Quero dizer que há alunas aqui. – O marido lança um olhar e silenciosamente pendura o suéter no braço.

Um grupo de alunos ávidos, parecendo ligeiramente desconfortáveis em seus ternos, vira taças de vinho no bar. Dois deles estão recostados no batente.

– Eu entendia Rilke porque ele compreendia o sofrimento humano. Ele respeitava o sofrimento humano. Mas aquele professor de literatura me sacaneou totalmente.

– O cara foi cotado abaixo de zero na escolha dos alunos. Você nunca deveria ter entrado naquela turma.

– Nem me fale. Foi o único trabalho que eu fiz nesse período, até me orgulhei, e ele basicamente me disse que estava uma merda. Pra que me incomodar?

– É mesmo.

Eles seguem em direção à mesa de canapés, onde um deles pega um camarão na bandeja, enfia o corpo na boca e joga o rabinho no chão.

Do outro lado da sala, Conner está de costas para mim, conversando com um grupo de estudantes. Ele descreve uma de suas aventuras com as mãos – fervoroso, animado.

Pearce e Marion se aproximam. Elas me veem olhando para ele.

– Então, querida, você e Conner têm passado um tempo juntos? – Pearce pergunta, maternalmente.

– Na verdade, não. – Estou pensando no que Conner disse sobre "na verdade, não". É "na verdade", ou é "não"? Eu não sei.

– Porque você sabe o que o Conner representa, não sabe? – Pearce me olha diretamente.

– Problemas – Marion responde, com um sorriso.

– Ele é um amor. Realmente é. Sou louca por ele. Mas você sabe que ele é meio conquistador – diz Pearce.

– Nunca se casou – Marion acrescenta, com ênfase, caso eu não tenha entendido. Ah, mas eu entendi.

– E ele tem um efeito mágico sobre as mulheres. Na verdade, é genial. Sua bajulação, seu humor autorreprovador, sua habilidade esplêndida em desarmar e depois desaparecer. Dádivas fatais, no que diz respeito a você – diz Pearce, de forma protetora.

– Você não fica aborrecida por estarmos lhe dizendo isso, fica? – ambas pressionam.

– Ah, não. De jeito nenhum. Obrigada por me dizerem. – Eu forço um sorriso. Certo. Um galanteador. Como se eu não soubesse.

– Só não se ofereça para tomar conta de seu cachorro. Não irá levá-la a lugar algum – diz Marion, tirando suas sandálias baixas. – Deus. Meus pés estão me matando e a festa está apenas começando.

Neste momento, Conner conduz todos para fora, ao pátio, sobe num palco provisório e pega o microfone.

– Antes de começarmos a música, tenho um comunicado importante a fazer. Hank, meu colega e bom amigo, *novamente* ganhou o Prêmio Edward Lear Society Limerick, pelo terceiro ano consecutivo! Portanto, eu pedi a ele que recitasse um de seus versos vencedores. Venha, Hank!

Todos aplaudem, exceto Marion, que enfia os dois indicadores na boca, mostra dentes de cavalo e solta um assovio ensurdecedor, de estádio.

Hank segue ao palco, hesitante. Ele é o professor de geologia que recebeu uma cotação baixa. Está com uma gravata listrada e um suéter verde-escuro, como o mr. Rogers. Hank tropeça ao alcançar o microfone e gesticula para que todos parem de aplaudir. Seu nariz é vermelho como o de Rudolph e seus olhos estão vidrados. Ele já está para lá de Bagdá. Essa vai ser boa.

– Qual deles? – pergunta a Conner, com um sorriso tímido de duende.

– Você escolhe – diz Conner.

– Sabe, eu nunca gostei de falar diante das pessoas, mas agora estou me sentindo ótimo. Acho que é o milagre do álcool. Lá vai! – diz Hank.

Enquanto eu cortejava, tocar Bach era uma tática,
Causando orgasmos intergalácticos.
Mas quando Beethoven tocava,

Eu nunca transava:
A música de Ludwig era anticlimática.

Alguns gritos de "Opa!!" vindos lá do fundo. Aplausos entusiasmados. Todos gritando "Mais! Mais!", "Vamos, Hank!" Hank se remexe, vermelho pelo sucesso. Ele dá uma golada em sua tequila e continua.

Matemáticos excitáveis
Só transam em posições contáveis
Pois enquanto estão transando
Também estão cortejando,
Com gozos prematuros impensáveis.

Conner está radiante. Pearce ri, enquanto Marion relincha e ronca. Acho que é riso. O restante da galera está no embalo. "Mais um!!"

– Mais sacana! – eles gritam. Você não poderia arrancar o Hank do palco, nem com um pé de cabra. Ele está só esquentando.

– Vocês que pediram! – ele grita.

Demóstenes era mestre em oração
Através da arte grega da chupação;
Enquanto ele tentava emocionar,
Com aquele pênis a engasgar,
Melhorou em sua silabação.

Todos gritavam. Agora eu sei o que gente inteligente faz em festas natalinas. Eles contam piadas sujas disfarçadas de poesia. Eu vejo Conner fazendo um sinal de "vou cortar seu pescoço" para Hank, mas ele ainda não terminou. Sem chance!

Disse a amante de Pinóquio, a suspirar,
A técnica do meu fantoche, o prêmio vai ganhar.
Ele me dá a medida que eu merecer,

Através de seu desonesto prazer:
Eu sento em seu rosto, para mentira ele contar.

Conner finalmente ouviu o bastante. Ele gesticula para que a banda comece a tocar. Hank, triunfante, enfim desiste do palco gritando "Saúde a todos! Vivam um dia de cada vez!" Se ele ao menos fizesse isso em aula, seria garantido que ganhasse um A.

Conner e eu agora estamos recostados na parede e, conforme a aglomeração se dispersa, eu vejo Hank se aproximando de uma mulher atraente.

– É a esposa dele? – eu pergunto a Conner.

– Ah, não. Hank não é casado. Ele se apaixonou loucamente, uma vez, mas ela nunca ligou muito pra ele.

– Isso é triste.

– Foi. Eu o levei a Yosemite para animá-lo. Nós bebemos muito, lemos Muir e eu interpretei Cyrano, escrevendo cartas para a sua amada. – Ele está sorrindo.

– Você devia ser bom nisso.

– Ah, sim. Se estou lhe dizendo, a carta ficou ótima. Vejamos... Eu roubei algumas linhas de Whitman... "quando estou com você, os prazeres do céu estão comigo e as dores do inferno... Ó amor inconfessável, apaixonante... Venha pra mim, nessa noite louca e nua de verão". Hank achou exagerado, então ele nunca mandou a carta. A mulher partiu o coração dele.

Eu penso em confessar a ele que, nesse exato momento, a carta está na gaveta da minha mesinha de cabeceira. Depois mudo de ideia. Então, era Whitman!

Conner se aproxima de mim e sussurra:

– O que você pensaria, se recebesse a carta? – Seu tom é encorpado e indecente, e eu recosto de volta na parede, e me agarro à vida, por um fio.

– Acho que se Hank tivesse mandado essa carta, as coisas talvez tivessem sido diferentes para ele.

CAPÍTULO 42

A festa entrou no Reino Sem Dor. A cantoria começou com uma versão espirituosa, mas desafinada, de "La Bamba" e ingressou na ensurdecedora "Ole Holy Night". Entre a banda da minha mãe e a tequila de Tiff, nós realmente demos uma virada nessa festa.

A certa altura, Pearce e Marion subiram ao palco, pegaram os malhos e começaram a batucar loucamente com a banda. Isto é, até que Marion tombou, com dores no peito que cessaram quando alguém ligou para a emergência. Na hora que eles chegaram, as dores no peito já tinham passado e ela caminhou modestamente porta afora, acompanhada por Pearce.

Mas agora, todos se foram, exceto dois professores, um dos quais está tão bêbado que seus olhos estão vitrificados e chocados, como os de uma boneca. Era de se pensar que eles podiam se mancar. Tiff sempre diz que esse tipo de coisa figura em seu livro Guinness do Comportamento Mal-Educado – os festeiros que não vão embora. Eles esperam até que todos os convidados tenham partido, caminham cozinha adentro, como se fossem os donos da casa, remexem na geladeira em busca da comida que já foi guardada. Depois vão até o bar, pegam a bebida que nem foi aberta. Eles matracam, matracam, até que você quer gritar "Sai da droga da minha casa!" Esses dois ainda estão de rabo sentado, declamando pronunciamentos sobre música.

– Mendelssohn, Shmendelsson, estou falando de música de *verdade*.

– Você quer dizer como a quarta, de Sibelius? É a melhor dele, você sabe.

– Não. É a *única*.

Eu olho suplicante para Conner, enquanto limpo os restos de guimbas de cigarro no sofá, copinhos de dose de tequila nos vasos de plantas, e rabos amassados de camarão, espalhados pelo piso. Pearce prometeu a ele que nós deixaríamos a casa nas mesmas condições que encontramos. Sem chance. Conner aproveita a deixa e enxota os caras dali.

– Graças a Deus – eu digo. – Como conseguiu fazê-los ir embora?

– Eu disse a eles que queria que fossem pra casa.

– É mesmo?

– A verdade sempre funciona. Eles não se importaram. – Ele pega meu braço. – Vem cá. Eu quero te mostrar uma coisa.

Eu vou atrás dele, até lá fora. Ainda está quente e os grilos estão cantando tão alto que parecem sinos de trenó. Nós sentamos nos degraus dos fundos e ele vira pra mim, com o colarinho torto, todo descabelado.

– Então, eu estava pagando a banda, dando uma gorjeta boa, dizendo o quanto foram bons e adivinha o que eles me deram?

– Uma marimba de duzentos quilos?

– Chegou perto. – Ele enfia a mão no bolso e tira um baseado. Um baseadão. – Eles me disseram que isso é "bagulho do bom". Então, o que você acha?

– Você tem fósforo? – eu respondo.

Ele acende, tragando com tanta força que o papel encolhe. Conner prende a respiração por uns cem segundos, contorcendo o rosto como um levantador de peso, depois exala com um ataque de engasgo e cuspe, puxando o ar.

– É ótimo – diz ele, num tom estrangulado, ao me entregar.

– Estou vendo – eu digo. A última vez que fumei maconha foi no ensino médio, mas não vou pensar nisso agora. Eu enfio a guimba na boca, ele segura o fósforo e eu inalo. Uma grande explosão de luz ilumina o rosto dele, como se fosse um santo. Sinto a mão dele em minha coxa e há uma ligeira eminência de desastre.

Nós passamos o baseado de um para o outro, até que ele fica tão pequeno que queima meus dedos.

– Negócio bom – eu digo, num tom que percebo ser ligeiramente vertiginoso.

– É como um maldito milagre natalino – ele ri.

– Sabe – eu digo -, Mildred me disse para tomar cuidado com você.

– Mildred?

– É, a amiga da Pearce – eu digo, dando uma risadinha, depois tendo um ataque incontrolável de riso.

– Você quer dizer a Marion – ele responde, depois ri.

– Qual é a dela, hein?

– Ela é engolidora de fogo, no circo.

– É nada. Ela é lançadora de pesos olímpica.

– Ela tem um gato chamado mr. Tickles.

– Que caça ratinhos e torce seus pescoços.

– Ela é viciada em chocolate.

– Você tem algum? Estou faminta – eu digo.

– Acho que podemos cuidar disso. – Ele desaparece, depois volta, com a mão cheia das bolinhas de Jack Daniel's, de Tiff, que eu devoro. Elas parecem o céu.

Eu seguro as bolinhas de chocolate.

– Esses negócios são incríveis – eu digo.

– Você é incrível – diz ele, inclinando-se e me dando um beijo. Eu tinha me esquecido do quanto é bom beijar quando você está chapado. Surge uma onda surpreendente de calor que se espalha pelo meu vestido engole meu peito e o alto das minhas coxas, como lava incandescente, me fazendo cruzar os braços bem apertado e corar de tanto desejo. Será que ele nota? Eu abro os olhos. Ele está me olhando. Acho que se ele não me tocar, eu vou pular em cima dele. Ele sorri e me beija novamente, puxando levemente o lábio inferior, depois me afasta outra vez, me deixando a ponto de quase implorar. Como ele pode? Será que ele não percebe que estou me esforçando para manter a minha compostura, fingindo que o que está acontecendo com meu corpo não está acontecendo, que posso desligar os ímpetos frenéticos que chamuscam a minha pele toda vez que ele me toca? Ora, vamos, eu penso, desesperada, torcendo para que eu NÃO tenha aquela expressão predadora meio enlouquecida que uma pessoa tem nos olhos, quando quer muito aquilo. Calma. Você está doidona.

– Então, as mulheres simplesmente se atiram em você? – eu pergunto, casualmente, quando finalmente me recomponho. Ele chega o rosto tão próximo do meu que eu vejo uma veia fininha pulsando ligeiramente, em sua têmpora.

– Bem, às vezes eu tenho que me atirar nelas e elas nem notam. – Ele me olha diretamente e de repente levanta. Depois ele joga uma bolinha de Jack Daniels na boca e olha para o céu.

– Passei tantos anos em busca de criaturas evasivas. Pássaros, animais, mulheres. Isso é tudo o que quero agora. Apenas os prazeres simples. Sentar no meu quintal dos fundos. Olhar o céu noturno. – Ele me olha, como se eu fosse um artigo raro de luxo. Então, ele toca meu rosto e quase cai em mim.

– Sabe... você tem uma característica que é... eu não sei...

Eu recuo e tento descobrir que raios ele está tentando dizer.

– É algo... indescritível... você está simplesmente me puxando... – Ele para e me dá um sorriso engraçado.

– Eu não costumo falar assim com as pessoas. – Ele se detém por um instante. – A menos que eu queira transar – ele ri. – O que não quero – ele mente.

– Isso é bom – eu digo. – Porque eu não sou quem você pensa que sou.

– Então, quem é você?

– Bem... – Eu penso a respeito. – Durante o dia, eu sou apenas a Cassie, mas... à noite, eu me transformo no extraordinário, magnífico pica-pau-bico-de-marfim. O pássaro mais procurado da terra.

Ele fica quieto por um momento. Eu sorrio e digo:

– Você tem mais maconha?

Ele levanta, robotizado, vai lá dentro, e volta com um saquinho e um narguilé de vidro.

– Então, o que você sabe sobre o bico-de-marfim?

– O que *você* sabe? – eu pergunto.

– O que alguém sabe? Ele não existe. Ou existe, mas ninguém consegue achar.

Nós dois damos uma tragada no narguilé e a água do fundo borbulha e fica amarelada. É tão suave.

– Eu posso achá-lo. Sei onde ele está.

– É claro que sabe.

– Não. De verdade. – Eu quero contar tudo a ele. – Eu sei onde encontrar o bico-de-marfim.

Ele recosta, sonolento, falando baixinho em meu ouvido.

– O bico-de-marfim. Que pássaro glorioso – ele sussurra.

CAPÍTULO 43

É uma manhã quente de inverno. Posso ouvir o vento soprando – como se estivesse congelando lá fora – mas são as rajadas Santa Anas e o ar está quente e empoeirado. Eu olho do outro lado da cama. Nem uma criatura se mexendo. Conner está dormindo profundamente, como um cadáver na praia. Nem mesmo consigo ver se ele está respirando. Ahab está esticado no tapete, ao lado da cama. Ele ergue a cabeça e olha para mim, quando ouve os lençóis se remexerem, depois eu ouço seu rabo flap, flap, flap.

Eu saio da cama devagarzinho e vou até o banheiro. O chão de madeira é frio sob meus pés descalços e eu visto o roupão branco atoalhado que está pendurado no gancho, perto do chuveiro. Jogo um pouco de água fria no rosto, depois vejo que há duas escovas de dente num copo, perto da pia. A Tiff me diz que você pode descobrir tudo que precisa saber de alguém, olhando seu armário do banheiro. Eu abro e inspeciono o conteúdo. Uma fileira inteira de vitaminas. Soro antiofídico, soro para picada de abelha, giletes, creme de barbear, pasta de dente, uma variedade de analgésicos – Advil, Tylenol, Motrin. Dois tubos de Neosporin, um deles com uma etiqueta escrito "Ahab". Nem sinal de mulher. Eu olho embaixo da pia. Talvez haja uma bolsa de maquiagem. Não vejo nada além de alguns rolos de papel higiênico. Volto ao quarto e vejo Ahab esperando ao lado da porta. Eu silenciosamente abro e ele passa correndo por mim, atravessa a cozinha e sai pela portinha de cachorro. Há uma cafeteira na bancada. Eu começo a encher uma panela, depois paro. O que estou fazendo? Eu devo ir embora. Os cachorros da vizinhança estão latindo para os corredores matinais, enquanto volto para encontrar minha roupa. Conner está sentado. Merda. Estou tão desconfortável. Ele sorri e dá um tapinha nos lençóis.

– Está cedo, por que você não volta pra cama?

– Bem, Ahab queria sair.

– Ele está lá fora.

– Eu realmente preciso ir pra casa. – Estou paralisada.

– Eu estava torcendo pra que a gente pudesse ir tomar café.

– Ah. Café da manhã.

– É, você sabe. Torradas, ovos – ontem à noite foi maravilhoso –, suco. Talvez, depois, nós pudéssemos ir de carro até a praia, ou algo assim. – Ele levanta, passa os braços ao meu redor.

– A menos que você não queira.

– Eu quero.

Ele me empresta um suéter grande de lã e uma calça larga de moletom, que visto por cima dos meus saltos pretos. Acho que deve ser o dia mais quente de dezembro já registrado. Quando ele abre a porta de seu Land Cruiser, o ar quente embaça meus óculos de sol. Nós entramos, ele abaixa os vidros totalmente.

– Jesus, está que nem sauna aqui dentro – diz ele, enrolando as mangas e depois sacudindo a bainha da camisa para fazer um ventinho. Ele liga o ar-condicionado e sai um sopro de ar quente. Nós esperamos um minuto até esfriar, mas não esfria.

– Talvez eu precise de anticongelante. Não uso o ar desde o verão – diz ele.

– Eu deveria ter pegado uma camiseta emprestada. Estou morrendo – eu respondo. Também nem me incomodei de colocar o sutiã e esse suéter está me pinicando loucamente.

– Verdade ou consequência – diz ele, subitamente, com o sorriso do gato de Alice. – Diga a verdade, ou tire tudo, meu bem. Você não achou Wing realmente atraente, achou?

Eu levo alguns segundos, até perceber o que está acontecendo. Eu dou um sorriso lento de reconhecimento. Eu jogava esse jogo quando era criança. É claro que a consequência, naquela época, era comer terra ou tocar a campainha de alguém e sair correndo. Certo. Se ele quer jogar, eu vou jogar.

– Verdade. Você está certo – eu devolvo. – Não achei. Minha vez. Verdade ou consequência. Pearce disse que você é um galanteador. Você é galanteador?

Ele para por um minuto, se estica até o banco traseiro, pega uma toalha e seca a testa.

– Não. Não sou um galanteador. Verdade. Minha vez. Verdade ou consequência. Você saiu com o irmão da Alison?

Epa. Essa eu não vou responder. De qualquer forma, como foi que ele descobriu? Eu tiro os meus óculos de sol. Ele ri quando pego a toalha e limpo a parte de trás do meu pescoço. Estou pingando.

– Minha vez – eu digo. – Verdade ou consequência. Então, você não é um galanteador, certo? Quantas Samanthas já existiram?

Ele recosta em meu colo, põe as pernas pra fora da janela e arranca os tênis dramaticamente.

– Verdade ou consequência – ele manda de volta. – Você dormiu com o Freddy? – Agora, eu recosto no colo *dele*, ponho as pernas pra fora da janela e arranco as sandálias com os pés. Elas batem no asfalto como pérolas pesadas de sabedoria.

– Verdade ou consequência – eu digo. – Qual é o motivo verdadeiro para que você não tenha direito a estabilidade no emprego?

Ele se retrai.

– Agora está ficando horrível.

Ele tira a camisa, faz uma bola e joga pela janela junto com meus saltos.

– Verdade ou consequência – diz ele. – Com quantos homens você já esteve?

E eu achei que ele fosse diferente. Todo homem acaba perguntando isso – numa determinada altura – mesmo que você só esteja saindo com ele casualmente. Mas a verdade é que eles não querem saber a verdade e eu certamente não direi nada a ele. Olho Conner nos olhos e lentamente ergo meu suéter. Ele pega a toalha e carinhosamente seca o suor do meu peito.

– Verdade ou consequência – eu falo. – Você dormiu com a Samantha antes ou depois de ter terminado com ela, no sábado à noite? – Nós dois olhamos para a calça dele. Ele dá um sorrisinho malicioso e diz – Verdade. Nenhum dos dois.

Está decididamente ficando infernal dentro do carro. Nós dois estamos nus da cintura pra cima e eu estou esperando que um dos vizinhos dele apareça, passeando com o cachorro. Ele não está nem aí. É a vez dele.

– Certo. Verdade ou consequência – ele ri, me provocando. – Você é realmente inocente como parece?

Eu vou tirando a calça de moletom, aos pouquinhos, aparece um pedacinho da minha coxa, joelho, panturrilha e tornozelo. Depois eu faço uma apresentação da Cigana Rose Lee, girando a calça com um floreio e a jogo pela janela. Ainda bem que estou com a minha tanga.

O rosto de Conner está vermelho, ele vem em minha direção, mas eu o empurro para longe.

– Verdade ou consequência. – Eu penso, por um minuto. Por que não? – O que você realmente quer de mim?

Ele se aproxima, murmura "Verdade", e começa a beijar meu peito nu, meu pescoço, acariciando a parte interna da minha coxa. Depois ele desliza a mão por baixo do elástico da minha tanga e puxa para tirá-la, enquanto sussurra em meu ouvido:

– Não consigo decidir, você é diferente, toda vez que eu te vejo. Você é estranha, reservada e evasiva... – Ele me dá um beijo na boca e me pressiona junto a ele. – E cheia de histórias sobre pássaros e seres mágicos... – Eu olho em volta e há pequenas partículas dançando no ar, como diamantes de poeira. Bem na hora que vamos nos aninhar, ele murmura – E você me leva até o céu.

* * *

É meio-dia. Estamos de volta ao quarto dele. Eu vejo a luz quieta nas paredes escuras, o verde lá fora. Ahab está deitado junto ao pé da cama, com sua respiração ofegante.

Agora estamos fazendo a recapitulação da "manhã seguinte", com as cabeças juntas, como duas crianças, sussurrando embaixo do lençol. Falamos sobre a festa. Quem foi embora com quem. A banda. Pearce. Então, do nada, ele me diz:

– E o que foi aquilo tudo, ontem à noite, sobre o bico-de-marfim?

Eu lentamente sento e puxo o cabelo para trás das orelhas, num gesto protetor.

– Eu estava realmente chapada.

– Engraçado, as coisas que afloram.

– Não é? – Eu paro, por um minuto. – E se eu lhe dissesse que vi o bico-de-marfim?

– Você já disse.

– Isso é um teste, finja que é verdade.

– Eu sempre gabarito os testes.

– Bem, então não finja. Apenas responda.

– Você está falando sério, certo? Primeiro, eu perguntaria onde você viu, imaginando que tivesse sido na Flórida, ou Louisiana, ou algo assim. Depois, eu diria, sem chance. Isso é história de passarinho.

– Encontre-me no pé do vale Topanga, amanhã de manhã – eu digo. – Eu quero te mostrar uma coisa.

CAPÍTULO 44

Nós nos encontramos às quatro horas, na manhã seguinte. Ele apareceu com a lanterna de mineiro, binóculos, e todo o restante de suas coisas, mas claramente estava cético. Conner ficava me lançando uns olhares duvidosos, conforme adentrávamos mais fundo na floresta, mas eu dizia a mim mesma que não me importava, pois sabia o que ele sentiria, quando visse os bicos-de-marfim – ficaria exultante, incrédulo. No entanto, em vez disso, ficamos aqui, em pé, encharcados de suor, olhando para cima, em meio à pérgula de árvores, vendo o céu azul. Nada. Só uma parede de ar, subitamente vazio. Nós esperamos durante horas. Ainda, nada. Os pássaros não estavam aqui.

O silêncio é enervante. Ele está me olhando com descrença. Um golpe de raio atravessa meus olhos e perfura meu cérebro, como estilhaços de vidro partido. Há um gosto metálico em minha língua e eu estou enjoada. Acho que estou tendo um colapso nervoso.

– Por que não vamos tomar café da manhã? – diz Conner, me animando.

– Para onde eles poderiam ter ido? – eu digo, em pânico. Não consigo saber se estou mais aborrecida por eles não estarem aqui, ou por Conner não tê-los visto. Eu lanço para ele um olhar acusador. – Você não acredita em mim.

– Eu não sei, Cassie. Acho que você viu alguma coisa.

– Mas você não acha que era o bico-de-marfim.

– É que eles nunca vieram tão longe, para o oeste.

– Mas eles *estavam* aqui. Olhe, você pode ver os buracos – eu digo, num tom quase suplicante.

– Há muitas espécies de pássaros que fazem esse tipo de estrago. Outros pica-paus e até mesmo marmotas, guaxinins. – Ele está vendo que estou quase chorando.

– Ora, Cassie. Ninguém vê esse pássaro há mais de setenta anos. Eles estão extintos. As pessoas alegam que os viram, mas ninguém pode provar.

– Eu posso provar. Apenas espere mais um pouquinho.

Nós nos acomodamos novamente atrás dos arbustos, olhando acima, para a abóbada de árvores. Estou rígida como uma estátua. Talvez tenhamos feito barulho demais. É isso. São nossas vozes.

– Cassie o que está havendo?

– Shhhh! – Eu digo a ele. – Eles têm uma percepção auditiva extremamente afiada.

– Eu sei disso, pelo amor de Deus, Cassie.

Ficamos ali sentados, em silêncio, por mais meia hora. Nada. Eu tento ouvir, desesperada, qualquer mínimo som. Ele está ficando impaciente.

– Como foi que você chegou a isso?

– O que você quer dizer com "chegou a isso"?

– Quero dizer que você tem uma imaginação vivaz e está vendo coisas na natureza que outras pessoas não veem, tudo bem, mas isso está beirando a história do Pé Grande.

Ele pensa que eu sou maluca. Agora eu estou aos prantos. Ele passa o braço ao meu redor.

– Vamos fazer o seguinte. – ele recua. – Deixe-me pensar um pouco sobre isso. Talvez eu volte com minha câmera digital, prenda numa árvore e veja se podemos encontrar alguma coisa.

– Está bem – eu digo. Eu tento soar esperançosa. Nós caminhamos de volta aos nossos carros, em silêncio. Eu ouço esquilos, sapos, corvos, e até o uivo de um falcão, em algum lugar. Mas todos os outros sons da floresta agora representam uma afronta para mim. Estou tentando ouvir aquele som particular, aquela voz que é como uma afirmação da existência de vida. Mas esse som não está ali.

Quando chegamos lá embaixo, ele me dá um beijo que parece ser de consolo, aperta meu braço e diz:

– Não fique tão abalada. Talvez eles voltem.

Eu aceno positivamente com a cabeça, entro em meu carro e o vejo sair dirigindo. Fico ali sentada por um minuto, desligo o motor e decido voltar.

Quando eu tinha 10 anos, me perdi na floresta, num verão. Eu estava de férias, com a minha mãe e a família dela, no interior de Michigan, onde minha tia alugou um chalé, perto do lago, e convidou todos os parentes dela do país. Eu tinha que dividir um quarto no sótão com um monte de primas chatas e me lembro de ter dito à minha mãe, no carro, a caminho da cidade, um dia, que o quarto fedia a meias sujas e mofo, e que as garotas nunca calavam a boca.

Eu estava rabugenta e cansada, e reclamava muito da comida, do aquecedor, dos insetos, e de tudo que eu conseguia pensar, na época. Minha mãe me disse que estava com dor de cabeça e me pediu pra, por favor, parar de me queixar tanto. Mas eu continuei, mesmo assim. Ela finalmente explodiu, soltando os cachorros para cima de mim. Furiosa, eu mandei que ela parasse o carro para que eu saltasse. Para a minha profunda surpresa, ela parou e eu saí correndo para dentro da mata, enfurecida. Eu podia ouvir a voz dela me chamando, vindo atrás de mim. Depois, ficou um silêncio absoluto.

Não sei quando eu me dei conta de que estava perdida. Só percebi que eu estava cansada, mas quando virei de volta para a estrada, a estrada não estava lá. Apenas a vastidão de mata e verde, para todos os lados que eu olhasse. Segui caminhando penosamente, chutando pedras, me sentindo como se estivesse presa no lugar para onde vão as coisas perdidas que nunca mais retornam.

Eu continuava esperando ver algo familiar, então, segui em frente andando, parecendo nunca chegar a lugar algum. E foi quando eu o vi. Estava um breu absoluto, mas senti uma presença. Era um homem alto e marrom, com cabelos compridos e mocassins. Ele tinha um cheiro úmido de tronco de árvore, e emanava uma imobilidade confortante.

Ele me perguntou de onde eu vinha, depois me ofereceu para me levar de volta à cidade. No fim das contas, eu estava a cerca de oito quilômetros do lugar onde minha mãe parou o carro. Minha família inteira estava esperando por mim, na delegacia de polícia. Entrei ali sozinha. Meu guia havia desaparecido.

Mais tarde, minha mãe me perguntou sobre o homem, mas eu não soube dizer muita coisa a ela. Só que ele contou que conhecia a floresta e que as árvores falavam com ele. Da mesma maneira, ele sabia o que se passava dentro delas.

Todos disseram que eu estava mentindo – sobre o índio, sobre a distância que eu tinha andado, sobre a história toda. Exceto minha mãe. Ela me disse que acreditava em minha história. Em cada palavra.

Aquilo fez com que eu me sentisse melhor, até anos depois, quando ela me disse que o índio, na verdade, era o espírito da floresta, me levando pela mão, e me guiando para fora da escuridão. Talvez, só talvez, disse ela, fosse o Pé Grande.

CAPÍTULO 45

Eu voltei à clareira esperando que, de alguma forma, Conner tivesse afugentado os pássaros, mas que, milagrosamente, eles fossem aparecer para mim. Esperei e esperei. Nada de pássaros. Eu ficava pensando num artigo que li o sobre o último bico-de-marfim visto na América. Era uma fêmea, sozinha, numa floresta minguante. Os bicos-de-marfim se unem pela vida toda e, aparentemente, ela chamou o seu macho por um longo tempo, depois desapareceu. Aquilo me deixou tão triste.

Eu caminhei de volta até o carro, pensando que apenas algumas horas antes, minha vida tinha virado de ponta-cabeça. Eu estava com alguém com quem eu me importava, para quem pude confiar meu segredo. Nunca me ocorreu que os pássaros não estariam ali. E que ele não acreditaria em mim.

Enquanto eu dirigia para casa, pensei em meu passado, um desfile de fracassos, um após o outro. Vi o rosto de Frank pairando sobre mim.

– Você nunca chegará a lugar algum, Cassie. Talvez, se você entrasse para os Vigilantes do Peso. Aprendesse a fazer comida italiana. Fizesse uma prova para corretora imobiliária. Vendesse Mary Kay, de porta em porta.

Talvez ele estivesse certo. Tem uma médica, num programa de rádio, que diz que as mulheres são maravilhas biológicas, comparadas aos homens e que seus corpos lidam com o estresse de maneira muito mais eficiente. Homens, segundo ela, são elaborados para vidas curtas, cruéis e difíceis, enquanto as mulheres são feitas para vidas longas e infelizes[4]. Eu não entendo o motivo, mas essa informação ficou comigo.

[4] Dra. Estelle Ramey. [*N. da A.*]

Naquela noite, cheguei ao meu ponto mais baixo, mais depressivo. Eu estava à toa, despejando meu coração para Sam, quando a ideia subitamente me ocorreu. A encantadora de pássaros. Talvez eu pudesse descobrir para onde os bicos-de-marfim tinham ido. No fim, ela se lembrou de Sam e me ofereceu um desconto de "cliente regresso". Cinquenta pratas.

– Então, você acha que consegue entrar em contato com eles? – eu perguntei, alegremente. (No entanto, eu não disse a ela que tipo de pica-pau era, e nem a localização – não sou tão ingênua assim.)

Ela me disse que poderia se conectar energeticamente com os pássaros, mas precisava de uma foto. Eu disse que não tinha.

– Bem – ela hesitou –, não é tão fácil, mas eu ainda posso – somente através da energia – telepaticamente me conectar aos pássaros e descobrir seus pensamentos, sentimentos e desejos. Também posso abordar quaisquer assuntos relativos ao seu comportamento ou saúde.

Ouvi a mim mesma dizendo a ela que perguntasse a localização deles... depois pensei... que diabos estou fazendo? Eu disse que havia mudado de ideia e desliguei.

Eu não tinha grandes expectativas quanto à segunda-feira. A ideia de tentar ter uma conversa normal com Conner era simplesmente demais para mim. Acabei não tendo com o que me preocupar. Eu mal o vi. Ele me disse que inesperadamente teve de ir até o leste, resolver uma "questão de família", mas seu assistente armaria a câmera, e observaria a área, assim que a chuva parasse. É claro que choveu torrencialmente. Nós conversaríamos quando ele voltasse. Tudo muito profissional. Tudo muito civilizado. Tudo muito desagradável.

No dia em que ele voltou, eu fui vê-lo. Quando perguntou se havia qualquer outra prova, mencionei meus diários. Ele pareceu interessado. Então, juntei tudo que estava na estante do meu quarto, seis meses de anotações, e levei ao seu escritório, no dia seguinte. Quando entrei, ele estava sentado em sua mesa, com Ahab deitado aos seus pés. O cachorro deu um salto e veio correndo em minha direção, enquanto eu cuidadosamente colocava os cadernos sobre o aparador. A última vez que Ahab me viu, eu estava na cama com Conner.

– Cassie, nós precisamos conversar. Sente-se. – Ele estava muito sério. – Olhe, isso não é pessoal. (Xi. Eu aprendi que, quando alguém lhe diz que algo "não é pessoal", você está prestes a se ferrar.) – Meu assistente realmente está questionando a coisa toda.

– Ele está? – eu recuo e sento no sofá, enquanto Ahab se aconchega ao meu lado.

– Primeiro de tudo, eu lhe disse, esse não é o habitat natural dos bicos-de-marfim. A Universidade de Cornell tem mandado equipes de especialistas a campo durante os últimos setenta anos, tentando encontrá-los. Há pessoas que dedicaram suas vidas inteiras a isso. Simplesmente parece impossível que eles tenham aparecido em Topanga.

– Bem, e quanto àqueles pássaros saindo milhares de quilômetros de suas trajetórias? Pássaros da Sibéria, encontrados no Texas. Eu escutei isso em sua palestra.

– Cassie, é simplesmente tão irrealista – diz ele, aflito.

– Eles estavam lá. Os pássaros estavam lá. Está tudo nos meus diários.

– Talvez seja o pica-pau-cristado. Esse engana até os especialistas. Muitos desses pássaros se parecem.

– O bico-de-marfim não se parece com nenhum outro pássaro.

– Bem, talvez, quando você fez a pesquisa sobre ele... – Ele folheia as páginas de um dos diários com o polegar.

– Eu não fiz pesquisa nenhuma. Essas são minhas observações. – Eu empurro o cachorro e levanto. Tenho vontade de gritar.

– Você poderia ter copiado isso de qualquer lugar! – Ele hesita. – Eu quero dizer que os especialistas podem pensar que você copiou isso de observações passadas.

– Eu não fiz isso. Achei que você acreditasse em mim.

– Eu não sei no que acreditar.

– Você foi a única pessoa em quem confiei com relação a isso. Achei...

– Cassie. Simplesmente não é possível – ele interrompe, num tom sussurrado e constrangido. Ele perdeu a paciência comigo, como se eu fosse uma criança meiga, porém iludida. – É uma fantasia.

– Você está dizendo que estou mentindo?

– Se você acredita, não é mentira. Vamos apenas deixar isso de lado e seguir em frente.

Eu tento pensar em algo a dizer, mas tudo parece tão patético. Saio do escritório batendo a porta, deixando os diários para trás. Penso em meu nome e em seu significado mitológico. Penso na maldição que Apolo lançou sobre Cassandra, fazendo com que ninguém jamais acreditasse nela. Uma fonte eterna de dor.

CAPÍTULO 46

O resto da semana foi melancólico. Finalmente liguei para Tiff e ela se ofereceu para me encontrar para o almoço. Tinha o dia de folga e logo percebeu que eu estava chateada.

– O que há, Cassie? Você está com uma voz horrível.

– Bem, falo com você pessoalmente.

Tiff nunca tinha ido ao meu escritório, então o plano era que ela passasse por lá, me pegasse, e nós fôssemos ao pequeno restaurante italiano que gostamos. Mas quando eu estava prestes a sair, Pearce me ligou e pediu que eu entregasse algo no departamento de biologia, que fica do outro lado do campus. Eu corri até lá, imaginando Tiff circulando o quarteirão, esperando por mim, mas, quando finalmente voltei ao escritório, vejo Tiff conversando – logo com quem – Alison. Caminho em direção a elas e Alison lança um sorriso estranho e radiante.

– Tenham um bom almoço, meninas. Foi ótimo conversar com você, Tiffany – diz ela, dando ênfase ao "ótimo", olhando diretamente para mim.

No segundo em que saímos, eu pergunto a Tiff:

– Sobre o que você e Alison estavam falando?

– Ela realmente não é tão ruim assim, Cassie. Ela até que é legal, embora não saiba onde fica sua mesa.

– O que quer dizer?

– Ela me mostrou uma mesa na sala de Xerox, com uma moldura da Universidade de Michigan, e eu disse essa não pode ser a mesa dela, Cassie não teria coisas de Michigan, e Alison disse por que não, ela fez faculdade lá, e eu disse, não fez, não, e eu sei, porque sou sua melhor amiga.

– E depois, o que ela disse?

– Bem, ela me perguntou onde você *fez* faculdade e eu disse que você não fez. Nenhuma de nós duas. De qualquer forma, nós conversamos um pouquinho, de como acabei fazendo curso de assistente jurídica e você apareceu... Cassie?

* * *

Então, agora estávamos no carro de Tiff. Seu rosto estava cinzento. A última vez que a vi com essa expressão, foi quando seu pai apareceu bêbado na escola, para buscá-la.

– Cassie, por que você não me contou? Eu juro por Deus que jamais teria dito o que eu disse.

– Eu não sei. Talvez eu quisesse que todo mundo pensasse que eu arranjei o emprego sozinha. Talvez eu simplesmente tivesse começado a acreditar que era quem eu disse ser. Isso não é loucura?

– Mas você *é* essa pessoa, Cassie. Bem, não exatamente, essa pessoa. Mas eles te amam, não é?

– Bem, eles amam quem pensam que eu sou. Ah, deixa pra lá. Não tem importância. Alison vai correr até o escritório da minha chefe e já era. Demitida. Virei lenda.

Tiff cai em prantos.

– Ah, não precisa ficar chorando. Como é que você podia saber? De qualquer forma, isso era provável de acontecer. Eu deveria ter dito a verdade.

– O que é tão bom quanto a verdade? – Tiff pergunta.

– Eu não sei. No fim das contas, funciona melhor.

– Mas no começo, não. Você nunca teria conseguido aquele emprego.

– Apenas me deixe em meu carro, Tiff.

– Tudo bem. Eu te amo. Você pelo menos disse que se formou *cum laude*?

Sigo para casa dirigindo e pensando que essa deveria ser a sensação de ser pego roubando, seja numa loja de bebidas, ou a carteira de alguém. Ligo o rádio e a música me ataca como um enxame de abelhas zangadas e desligo o som. Eu me sinto melhor no silêncio, com a vergonha escorrendo por cima de mim. Sinto uma forte dor no meu peito enquanto dirijo pela rodovia. A mesma ideia fica revolvendo sem parar em minha mente. O que é que vou fazer? O que é que vou fazer?

Chego em casa e minha mãe está na cozinha, dando comida ao Cachorro Preto.

– Você chegou cedo, Cassie – diz ela, enquanto Sam fica pulando como um grilo, grasnando meu nome. Minha cabeça dói e eu estou prestes a dizer alguma coisa, quando subitamente caio em prantos e conto a história toda para ela, expirando todo o ar que já inalei até hoje.

Ela ouve pacientemente, enquanto Sam voa de seu poleiro até meu ombro. Ele sabe que estou aborrecida e começa a bicar suavemente as minhas orelhas e meu pescoço. Minha mãe não fala muito, até que eu termino meu discurso, ela só fica quieta ouvindo.

– Sabe, fui até o túmulo de seu pai, no último fim de semana. Estive lá tirando o capim, colocando flores frescas. Apenas visitando. Às vezes, leio as outras lápides e noto que todas têm o mesmo tipo de mensagem. Pai amado, irmã adorada, amigo de confiança. Você acha que alguma dessas lápides tem escrito Presidente da Exxon, Presidente da UCLA, formada em Michigan?

– Na minha estaria: Aqui jaz uma mentirosa.

Ela sacode a cabeça, como se eu estivesse falando bobagem.

– E agora, o que é que eu faço, mãe?

– Transforme tudo em verdade. Faça os cursos e tire seu diploma. Você sabe que pode.

– Mas eu adorava *aquele* emprego. Adorava aquelas pessoas. Nunca mais vão me contratar.

– Vão, sim. As pessoas tendem a perdoar – diz ela, alisando meu cabelo para trás.

– Você vive num mundo de ilusão. Por que eu ainda ouço você? Você acredita no Pé Grande.

– Mas Cassie, meu bem, ele é real.

CAPÍTULO 47

Acho que eu poderia ter voltado na semana seguinte, discutido a respeito do meu caso, explicado por que eu queria o emprego e por que menti. Mas a semana passou e eu não tive coragem. A essa altura, já estávamos no recesso de Natal e eu tinha tomado minha decisão. Nunca mais voltaria.

Troquei o número do meu celular e, com nossa caixa postal, não preciso me preocupar com ninguém aparecendo em minha porta – não que eles viessem. Bem, Conner talvez. Mas, por que ele viria? Ele acha que eu sou uma mentirosa, como todo mundo.

Na maioria das manhãs, eu me arrasto até a clareira, ao amanhecer, esperando por algum sinal – como se esperasse por um amante que nunca liga. Autopiedade é um sentimento que deveria ser banido do universo. Implodido. Uso a mesma calça de moletom e a camiseta com que dormi, e, se ainda estiver com frio, remexo o cesto para vestir algo por cima. Meus sutiãs estão todos embolados numa gaveta com meias sem par e calcinhas. Dá muito trabalho desenroscar tudo, tirar todas aquelas roupas ali de dentro, e depois guardar de novo. Não consigo me lembrar da última vez que lavei meu cabelo – talvez tenha sido quinta passada. Eu puxo para trás e o prendo com um elástico, para não parecer tão sujo, embora meu couro cabeludo esteja coçando e doendo. As mechas louras já estão quase saindo e tem uma raiz escura horrível aparecendo. Também não tenho me incomodado em tomar banho. O chuveiro parece frio e medonho, cheira a mofo e o piso de ladrilhos está emplastado de cascão de sabonete. De qualquer forma, é cedo demais quando eu saio para começar a ligar o aquecedor portátil e procurar uma toalha que não esteja usada. Ou uma gilete. Estou exalando um ligeiro cheiro de podridão, o cheiro dos perdidos e solitários.

Quando volto da clareira, minhas roupas estão grudando em minha pele e as gotas de suor escorrem pelo meu peito e por baixo dos braços. Ao menos o Sam fica contente, quando chego em casa. Ele passa as penas no meu braço, e o bico nas pernas da minha calça, deixando rastros gelatinosos de sementes e cuspe de passarinho. Quando finalmente consigo começar a pensar em tomar um banho, estou cansada demais e já é quase hora do jantar, e para que se incomodar, afinal, não vou a lugar algum. O dia seguinte é a mesma coisa e o outro e o outro. Agora já faz mais ou menos uma semana e eu parei de ir à clareira. Não há mais mistério. Os pássaros se foram.

Acho que sou igual ao restante dos perseguidores de bicos-de-marfim – enfeitiçados e abandonados. Em busca de uma pista ou alguma razão para manter a fé. Sinto como se tivesse sido trapaceada por algo, ou até dispensada. Perdoe-me Pai, pois não sou digna.

* * *

Dá para notar que minha mãe está preocupada, pois ela me inscreveu para começar a trabalhar no centro de vida selvagem, logo depois do primeiro dia do ano, embora ela tenha organizado um horário de modo que eu possa continuar meus cursos, se eu quiser. Para dizer a verdade, eu preferia me afogar a aparecer novamente naquele campus. Pouco antes de eu trocar de celular, Freddy ligou. Alison naturalmente contou a ele sobre meu currículo "enganador". Ele deixou um recado dizendo que não tem nada de mais – todo mundo inventa alguma coisa... e que tal sábado à noite?

– Está vendo? – disse ele. – Eu disse que ia terminar com minha namorada. – Que príncipe! Não liguei de volta.

Depois tem a Tiff. Ela fica tentando me levar para o shopping, ou para jantar, ou ao cinema. Tudo por conta dela. Nós conversamos ao telefone, mas ela inevitavelmente traz à tona o que aconteceu no meu emprego. Falando e repetindo, como se ela pudesse ter dito algo mais, algo que fosse mudar meu destino. Isso me deixa maluca.

– Esse negócio está me comendo viva, eu tinha que ter percebido o que estava acontecendo – diz ela. – Não sei por que fiquei insistindo que você não tinha feito faculdade, quando Alison dizia que fez.

Eu tenho que me segurar para não gritar com ela, porque sei que Tiff não teve culpa, mas acabo pedindo que pare. Surge um silêncio constrangedor, depois ela diz "Por favor, não me odeie." Então, *eu* que me sinto culpada por ela estar se sentindo culpada, e nós desligamos.

No meio disso tudo, Tiff e sua família recebem uma boa notícia. Guy Jr. conseguiu uma licença para as festas, então, nós duas paramos com o drama e fizemos umas arrumações de última hora, para que a casa ficasse com um ar festivo. Todo ano, eles tiram os enfeites do armário, como se fossem tesouros enterrados. É confortante. Quase como se a vida na casa deles nunca fosse mudar. Apenas muita música alegre, boas novidades e alegrias para lavar as chatices do ano anterior.

Hoje é noite de Natal e eu levei o dia todo para me recompor. Tiff se ofereceu para refazer meu cabelo e finalmente tive que dizer a verdade sobre o conserto que fiz no salão. A assistente de Franck tinha um horário vago essa manhã e então marquei correndo. Tive que lavar o cabelo *antes* de ir, para se ter uma ideia de como estava horrível.

Quando eu era criança, minha mãe detestava a ideia de ter um pinheiro cortado morrendo na sala, e ela tampouco teria uma árvore artificial, além disso, as lâmpadas gastavam energia demais. Mas toda noite de Natal, saíamos de carro para olhar todas as casas acesas. Ligávamos o rádio e ouvíamos "White Christmas" e "Winter Wonderland", enquanto passávamos pelas palmeiras e cartazes com garotas de biquíni com um bronzeado alaranjado, fazendo propaganda de salões de bronzeamento, algo que sempre me pareceu loucura, numa cidade onde faz sol trezentos dias por ano.

Às quatro horas, minha mãe e eu, carregadas com nossos presentes, molho caseiro de *cranberry* e uma caçarola de batata-doce, seguimos caminhando até a casa da Tiff. A noite está limpa e clara, bem melhor que os últimos dias, quando as partículas de ar pareciam fragmentos de trigo. Nós passamos pela casa de nosso vizinho, que tem uma porção de esculturas de cimento poluindo a grama e você mal consegue ver a porta da frente. Junto à rede caída de badminton, há uma velha piscina plástica coberta de folhas, gnomos, anões, fontes de pássaros, e um Abe Lincoln em tamanho natural, com cartola e tudo. Esta noite, os proprietários penduraram fios de luz colorida cobrindo todas as estátuas e ficou parecendo um campo de golfe em miniatura.

Através da janela, dá pra ver a árvore de Natal de Tiff, toda enfeitada com lâmpadas multicoloridas e gotas prateadas. As meias personalizadas, feitas em tricô, estão penduradas em cima da lareira, como sempre, como se as crianças tivessem 5 e 6 anos. O Tio Guy costumava fazer enfeites com as caixinhas de Marlboro vermelho, mas agora isso não é politicamente correto, nem para eles.

Guy Jr. está no porão, na sala de recreação, com um colega, jogando video game com um Xbox 360 novo, que o tio Guy deixou todo montado para ele, antes de sua chegada. Dá para ouvir as vozes empolgadas e explosivas, ecoando pelos corredores lá de baixo, depois muitas gargalhadas, misturadas com palavrões bem cabeludos.

– Guy, a Cassie chegou! – A tia Ethel grita lá para baixo, enquanto leva minha mãe até a cozinha.

Eu desço e vejo Guy e seu amigo tensos, sentados no velho sofá xadrez, de pernas separadas, controles no colo, freneticamente sacudindo os bastões para cima e para baixo, de um lado para o outro, como se fossem dois epiléticos dirigindo um carro de corrida a mais de 150 quilômetros por hora.

– Caramba! Você está usando um rifle de mira, sua bicha desesperada? – seu amigo berra.

– Tiro na cabeça! Rá! Não preciso de rifle de mira pra arrombar teu rabo nazista! Morte instantânea – continue falando, continue falando.

– Você é muito ruim nisso – vou acabar com você.

– Merda. Eu vi isso. Você está olhando a minha tela, seu viadinho trapaceiro!

– Ah, e aí, Cassie? – Guy Jr. diz, dando um aceno, ainda remexendo o controle, movendo os dedos freneticamente. Eu percebo uma nova tatuagem em seu bíceps que diz "Sacrifício".

– E aí, Guy? – eu digo, dando-lhe um beijinho na bochecha. A tela está toda ensanguentada com soldados da Segunda Guerra Mundial e nazistas. Quando alguém morre, a tela mostra rajadas de sangue. Ouço gritos de dor e morte, enquanto figuras rastejam de bruços, entrando em prédios e trincheiras, empunhando armas, granadas, metralhadoras e rifles. Ele me apresenta a seu amigo Carlos, um cara de queixo projetado e lábios finos, que me dá uma sensação inquietante.

Guy Jr. me diz que estão jogando *Call of Duty II*, um "jogo da pesada". Ele diz que há uma porção de novos jogos iraquianos – um com uma visão aérea "apavorante" da Guerra do Golfo, e bombas legais, mas ele prefere os jogos da Segunda Guerra, porque "nós estávamos unidos contra um inimigo de verdade – e o mundo inteiro não tinha ódio da gente – dava pra ser um maldito herói, sabe?"

Ele desvia os olhos da tela, por um segundo, e me olha de cima a baixo, depois vira de volta ao jogo.

– Ei, Cassie, você está ótima, igual a uma modelo. Eu não te reconheceria.

– Ora, obrigada – respondo, surpresa. De forma alguma, eu poderia dizer o mesmo sobre ele. Para começar, ele está magro e abatido, mas com muito mais músculos do que eu me lembro, como um guerreiro faminto. Sua pele parece corada, áspera e vermelha, como se estivesse queimada pelo vento. A cabeça está raspada, com um pouquinho de cabelo espetado crescendo, no alto. Seus olhos estão com olheiras azuladas. A velha avidez envolvente se dissipou, tornando-se algo que se assemelha a uma resignação hostil.

Guy Jr. sempre me pareceu o tipo de garoto que, se tivesse a oportunidade certa, talvez estrelasse uma novela diurna, ou algo do tipo. Ele tinha aquele charme de um cara grandalhão com um rosto meigo, que sempre o ajudou a se dar bem – as pessoas tendiam a fazer vista grossa para seus erros e geralmente os deixavam passar batido. Eu costumava imaginá-lo viajando para o exterior, arranjando algum emprego exótico – com um futuro livre e glamouroso. E talvez ele tenha pensado da mesma forma, e por isso se alistou para a reserva. E também por causa das bolsas de estudo que ofereciam. Tiff disse que eles prometeram uma bolsa integral quando ele saísse da Marinha.

A ceia de Natal começou bem. Mas, conforme a noite foi avançando, havia um tipo de alegria forçada em tudo – como se a chegada de Guy não fosse bem o tipo de regresso que todos esperavam.

A tia Ethel tenta agir como se tudo fosse como antes.

– Seu lar é onde está seu coração, meninos – disse ela, pousando o imenso peru recheado na mesa. Seu rosto está rosado e com pó de arroz.

– Então, filho – diz o tio Guy – como é por lá? – Os dois garotos se olham expressivamente, e há algo inquietante no sorriso de Carlos. Quase selvagem. Guy Jr. dá uma grande garfada de recheio, depois lambe o garfo.

– O noticiário está simplesmente terrível – tia Ethel entra na conversa. – Estou tão contente que vocês estejam bem, meninos.

– Mãe, eu acho que eles não querem falar sobre isso – diz Tiff.

– Tudo bem. Você meio que se acostuma à violência. Lançar um torpedo já não é grande coisa – diz Guy Jr., de forma casual, com os olhos passando pela sala, como uma bolinha de máquina de pinball.

– É. Nós costumávamos ficar por lá, tendo umas conversas surreais. Escutávamos um grande *bum*! – Carlos ri, quando levamos um susto. E depois apostávamos de que tamanho era, quando aquela merda ainda estava vindo.

Guy Jr. ri, cheio de uma energia nervosa. Seu joelho fica sacudindo e batendo na perna da mesa, como um metrônomo.

– É, foi um de 60, ou 80? Eu ganhei cinco pratas dizendo que era um de 120.

– Não existe uma zona de segurança? Meu Deus do Céu! – diz Tiff.

– Não importa aonde você vá – diz Carlos. – Esquadrões da morte estão por toda parte. Todo mundo é tão paranoico. Nós dormimos com pistolas 9 milímetros embaixo do travesseiro.

– E ninguém encarregado liga a mínima – diz Guy Jr. – Eles voam até lá durante uma hora, recebem instruções, depois vão embora. Tiram o deles da reta, ficam em segurança. Não têm a menor noção.

A chaleira apita na cozinha e todos nós caímos em silêncio. Diante disso, minha mãe dá um tapinha em meu ombro e sussurra:

– Não estou me sentindo muito bem, querida. Você pode pegar um pouco de chá de gergelim para mim?

Minha mãe dificilmente reclama quando não se sente bem. Ela culpa a água clorificada, ou o planeta plutão sendo extinto do sistema solar. Mas, neste caso, eu acho que ela só está aborrecida. Nós todos achamos que essa seria uma mudança tão boa para Guy Jr., porém, às vezes, as mudanças são para pior.

Quando o tio Guy levanta para tocar piano, Guy Jr. e seu amigo voltam lá para baixo. Minha mãe cuidadosamente coloca seus presentes embaixo da árvore, para amanhã. Este ano são pacotes de sementes, bulbos exóticos e sua própria mistura de pot-pourri, com varinhas de maçã e canela. Tiff já me deu seu presente, um pacote aromatizado de baunilha, com perfume, loção corporal e uma vela.

– A moça no balcão de maquiagem me disse que é literalmente impossível que um ser humano não goste de baunilha – diz Tiff, como se isso fosse uma verdade categórica.

O primeiro presente que Tiff me deu, quando eu tinha 9 anos, foi um batom rosa Cutex Chiffon, com purpurina. Ela sempre esteve na vanguarda da moda. Eu lhe dei um suéter preto de muito bom gosto e sofisticado, que ela vai usar quando eu estiver por perto e, provavelmente, não vai usar mais.

Eu me ofereço para ajudá-la a recolher e a limpar as coisas, mas digo que preciso ir embora em seguida, porque tenho que levar minha mãe para casa. Nós duas ainda estamos meio abaladas pela conversa do jantar, e Tiff está estranhamente quieta.

– Você acha que Guy está usando alguma coisa? – Tiff sussurra, com o rosto murcho, quase pesaroso.

– Eu não sei, mas o amigo dele é bastante estranho – digo.

– Sem brincadeira, tudo tem sido muito tenso por aqui. Eles dormem o dia inteiro, depois andam circulando só de cueca, e só ficam lá na salinha de jogos, bebendo caixas de Montain Dew, fumando cigarros e jogando video games.

– Ele está deprimido, você não ficaria?

Tiff fica quieta por um tempo. Robotizadas, nós limpamos os restos dos pratos. Ela decide mudar de assunto.

– Então, como vai você? Está se sentindo um pouco melhor?

– Na verdade, não.

– Sabe, eu achava que, se você simplesmente se livrasse do Frank, então ficaria feliz. Mas você não ficou. Você continua se sentindo como se tivesse que se autoafirmar, e pra quê?

– Eu não sei – digo. – Eu só queria um vislumbre do outro lado e tive. Estava lá, pra mim. Depois fui exilada.

– Eu lamento tanto... – Tiff começa a dizer, mas eu a interrompo.

– Não tem a ver com a perda do emprego... Mesmo, Tiff.

– Tem, sim.

– Não, não tem. Tem a ver com homens, pássaros, com a vida... Ah, esquece. Eu não tenho energia para falar de bicos-de-marfim.

– Eu gostaria de poder ajudar – diz Tiff, frustrada.

– Eu também – digo.

Minha mãe e eu caminhamos em silêncio de volta para casa. O tipo de silêncio que vem depois de um solavanco nos sentidos e que pode partir seu coração. É uma daquelas noites de inverno em que você pode ver todas as estrelas no céu. Até Orion, o guerreiro, e seu cinturão brilhante.

CAPÍTULO 48

Janeiro é supostamente a temporada dos novos começos, mas eu ainda estou chafurdando na temporada do arrependimento. Uma onda de vapor paira no ar do vale, e mesmo quando o sol irrompe, é embaçado por nuvens descoloridas. As árvores estão curvadas com folhas meio mortas, e a grama que perfila a estrada está marrom e ríspida.

Não consigo deixar de pensar em como teria sido, o que teria acontecido, se eu tivesse feito as coisas de forma diferente. Depois que Tiff se acalmou um pouquinho com relação a seu papel na minha infelicidade, eu novamente levantei a questão de que simplesmente deveria ter dito a verdade.

– A questão quanto à verdade é que – disse ela, refletindo -, você tem que escolher uma versão que funcione.

Eu respondi:

– Não existe "versão" da verdade.

– Ah, existe, sim – disse ela. – Você é inteligente. Você pode consertar isso. Pense em alguma coisa acreditável.

– Não, Tiff, não tem mais nada que eu possa dizer.

– Bem, por exemplo, em *CSI*, ou em *Law & Order*, sempre têm circunstâncias atenuantes.

– E, nesse caso, qual seria?

– Você queria o emprego.

Minha mãe fica me perguntando como vou indo. Não tenho certeza do que dizer a ela. Que me sinto de volta ao ponto de partida. Que nada nunca muda. Que você é quem você é, goste ou não. Ela acha que eu perdi minha perspectiva. Mas eu simplesmente não consigo mais ver as possibilidades. Talvez você só tenha um momento em sua vida, quando tudo muda. É isso. Um para cada cliente.

* * *

Às vezes, para superar um arrependimento, você precisa fazer a coisa que mais o amedronta. Pegar o caminho difícil. Correr para dentro do fogo.

Pouco antes de voltar ao centro de vida selvagem, tomei uma decisão. Liguei para a linha privativa da professora Pearce, no meio da manhã, e perguntei se podíamos conversar. Houve uma pausa, o que fez minha adrenalina disparar em meu âmago, depois ela disse, naquele tom britânico impositivo:

– Que tal quatro horas?

Quando entro no escritório, dando um solavanco naquela porta imbecil, pela milésima vez, é hora do chá, claro. Alison não está – uma benção – e Pearce até sorri, quando senta em sua mesa e me serve uma xícara de chá em sua porcelana transparente, e gesticula para que eu sente na cadeira à sua frente.

– Mas isso é uma pena, minha querida – diz ela, corando ligeiramente, por causa do vapor que sobe da xícara. (Nada de frascos à vista para essa conversinha.) – Gostei de você de cara e fiquei tão triste ao saber...

– Nem posso lhe dizer o quanto lamento por tudo isso – eu interrompo, quase sem conseguir ouvir suas palavras. – Obviamente não espero meu emprego de volta, mas eu queria que soubesse que eu realmente não tive a intenção... – O telefone toca ecoando pelo ar e Pearce atende, de uma forma surpreendentemente ansiosa.

– Vocês já descobriram alguma coisa? – diz ela, olhando além de mim. Há um longo silêncio e eu a vejo sacudir a cabeça, aflita. Agora ela dá um longo suspiro.

– Está certo. Obrigada. Sim... Eu ligo mais tarde. – Ela desliga e olha para mim.

– Desculpe por ter atendido essa ligação, minha querida, mas eu acabei de ter uma conversa muito frustrante com a companhia aérea. Marion e eu fomos a um seminário, na Flórida, semana passada, tenho de dizer que nos divertimos muito.

Eu me sinto como se tivesse acabado de entrar no tribunal errado, mas fico atenta, tentando agir com interesse, meu estômago estrangulado por dentro, auferindo a sentença iminente.

– Tudo foi tão adorável – ela prossegue. – Palestras interessantes, bom hotel, depois, ao voltarmos para casa, a mala dela chega e a minha não. É claro que minha pulseira antiga predileta estava na mala. Você ouve que essas coisas acontecem, mas eu sempre supus que fosse diferente comigo.

OK, está bem, chega. Estou morrendo, aqui.

– Então, de qualquer forma, eu tenho ligado para o setor de achados e perdidos, todos os dias, lendo para eles meus números, falando com uma moça agradável e um cavalheiro agradável, e nada acontece. Nada, de modo algum! Como pode ser? Eles ficam me garantindo que a mala vai acabar chegando, mas não chega. Então, eu pergunto a eles, onde fica a contabilidade, aqui? É espantoso. Nós fizemos tudo certo, de nosso lado, por que eles não assumem a responsabilidade e simplesmente admitem que fizeram uma lambança geral?

Eu a olho, inexpressiva. Perdi completamente a minha linha de raciocínio. Entrei como uma colegial, esperando ser expulsa e, em vez disso, tudo que ouço é sobre a droga da companhia aérea. Agora ela muda de tom. Fico quase grata. Pronta para a execução. É rápida e eficiente.

– Se coubesse a mim – diz ela –, eu a manteria. Mas, lamentavelmente, me foi dito para contratar uma nova assistente qualificada, após as festas. Por mais injusto que seja, eles exigem diploma, mesmo para a equipe administrativa. – Graças a Deus que ela não foi mais sagrada que tu.

Eu respondo que compreendo e que, se tivesse de fazer novamente, eu contaria a verdade. Realmente não há mais nada a ser dito, de nenhum dos lados. Acho que ela realmente gostava de mim, mas isso está fora de questão. Ou talvez ela gostasse de quem achava que eu fosse. Mas eu sou quem ela pensa que eu era. Mais ou menos. Pare!

Eu a conheço há cinco meses. O que eu esperava? Talvez, se fosse por mais tempo, ela teria lutado por mim, mas eu desconfio que o veredicto teria sido o mesmo. Mas é engraçado. No fim, todos são pegos entre as suas próprias coisas – envolvendo nesse torvelinho todas as pequenas frustrações e aborrecimentos que conseguem infiltrar na vida de alguém, independentemente do quanto você batalhe para que aquilo não aconteça. Para Pearce, Alison e o resto das pessoas naquele escritório, eu sou apenas um cisco no universo. E agora, eu parti.

CAPÍTULO 49

Estou de volta ao centro de vida selvagem, trabalhando em horário integral, e passando cada vez menos tempo em casa. Às vezes, levo Sam comigo, mas, outras vezes, tem uma porção de pássaros doentes na enfermaria, e fico com medo que ele pegue alguma coisa, então, o deixo para trás. Passo escondida por ele, mas ele sempre sabe.

– Olá, Cassie. Olá. Olá – ele grasna. Depois dá um uivo de lobo.

– Ouça – eu digo a ele -, não fique dando ataques, mas eu não posso levá-lo hoje. Só ficarei fora algumas horas.

Ninguém que já viveu com um papagaio duvida que eles tenham emoções humanas. Sam solta um grito pesaroso, depois começa a murmurar com ele mesmo, como um velho. Papagaios são capazes de ficar amuados interminavelmente. Eles querem o que querem, na hora que querem e, às vezes, isso é simplesmente irritante.

Nesta manhã, quando me pega saindo, ele faz sua pose de "última trincheira", caindo de costas, com a barriga para cima, totalmente exposta. Tão dramático!

Ele não me dá escolha. Casualmente volto ao quarto e abro o pote onde guardo seus petiscos. Minha mãe os embrulha em papel laminado para parecerem Hershey's Kisses, e procuro guardá-los para emergências. A audição de Sam é aguçada e ele sabe o que estou fazendo. Eu o ouço pular de volta no balanço e ficar dançando, subitamente deixando de lado o mau humor.

Jogo para ele alguns petiscos, depois abro a porta da gaiola e a coloco perto de seu poleiro, para que ele possa subir ali, durante o dia. Enquanto caminho até a porta, eu o ouço desembrulhando o laminado prateado com seus dedos longos, e gorjeando de alegria.

Tentei não pensar em Conner, nessas três últimas semanas, enquanto dirigia, toda manhã, pela trilha rochosa e sem sinalização, que conduz ao centro de vida selvagem. Neste momento, a estrada está perfilada com centenas de caixas para cães, engradados e gaiolas de arame, na expectativa da temporada movimentada que começa em março. Esse é o mês em que as aves mães começam a chutar os filhotes do ninho.

A universidade deve ter voltado do recesso, e eu imagino Zack e o restante dos garotos, que geralmente sentavam perto de mim, se perguntando o que teria acontecido com aquela moça estranha que costumava acompanhar as aulas com eles. Sou como a mulher que entrou num cruzeiro para o México, depois desapareceu, em algum lugar entre Puerto Vallarta e Baja, e ninguém sabe do seu paradeiro. Nossa, ela estava se empanturrando no bufê, ontem à noite – não consigo imaginar o que aconteceu.

Parece que, hoje em dia, todo mundo desaparece. Tiff esteve lá em casa ontem, e me disse que alguns policiais militares bateram na casa dela, à procura de Guy Jr. Ele não apareceu de volta à base. Ausente, sem desertar.

– Fico contente – diz Tiff, desafiadora. – Ninguém queria mesmo que ele voltasse.

– Mas ele não pode ir para a cadeia, por isso?

– Somente se o encontrarem. De qualquer forma, meu pai já ligou para seu advogado e para um psiquiatra que está representando uma porção de outros soldados que estão protestando contra a guerra.

– Ai, meu Deus.

– O homem disse que temos um bom argumento para o caso. Guy tem um monte de alergias, além de enxaquecas e síndrome de estresse pós-traumático, e ele não consegue dormir nada.

– Você não tem que levantar essas coisas antes de alegar ausência sem desertar?

– Bem, o advogado mencionou isso, sim. Mas, de qualquer forma, eles jamais o encontrarão – diz ela, depois hesita.

– Cassie, eu queria lhe pedir um favor. Você acha que poderia deixar a sua porta destrancada, pelos próximos dias, só no caso de, você sabe – isso seria, tipo, algum problema? – Dá pra ver que ela está meio constrangida.

– Acho que está tudo bem. Eu não costumo trancar a porta – apenas diga a Guy para tomar cuidado com Sam e com o Cachorro Preto.

– Muito obrigada.

– Não se preocupe – eu respondo, depois penso, só vou acrescentar "favorecimento", ao restante de minhas infrações.

CAPÍTULO 50

É um tanto irônico que eu trabalhe num lugar que deliberadamente tenta manter as pessoas do lado de fora. O centro de vida selvagem se esconde num trecho isolado de mata nas montanhas de Santa Monica, portanto, as pessoas não podem simplesmente deixar todo falcão, coruja, gambá, e coiote ferido que encontram caídos ao lado da estrada. Fazemos a mesma coisa com os telefones. Não se pode simplesmente ligar para o lugar e dizer a eles que há uma coruja doente em nossa quadra de tênis. Os estagiários filtram as ligações. Nós discutimos, ao fim do dia, e decidimos quem vai viver e quem deve morrer. Bem, talvez não seja assim tão radical, mas é quem achamos poder salvar com nossos recursos limitados. A sobrevivência daqueles que estão mais em forma é um grande tema por aqui. De qualquer maneira, Deus não pode estar em toda parte.

Conner ligou para o centro de vida selvagem, pela primeira vez, alguns dias atrás. Um estagiário atendeu a ligação e deixou o recado numa pilha de mensagens não emergenciais. Só quando minha mãe olhou a pilha que eu soube a respeito.

– Esse não é o seu professor? – ela me disse.

Eu peguei o recado e disse a mim mesma que ligaria para ele quando chegasse em casa. Depois, quando enfim cheguei em casa, eu disse a mim mesma que ligaria depois do jantar. Depois peguei no sono. Na manhã seguinte, decidi que não poderia fazê-lo. Ainda não. Talvez em dez anos.

O segundo recado que ele deixou foi mais específico.

– Cassie, nós precisamos conversar sobre os diários. Por favor, me ligue. – Ele deixa novamente o número de seu celular.

Então, ele só quer devolver os diários. Eu ignoro uma pontada de decepção. De qualquer forma, o que eu esperava? "Cassie, por favor, volte?" Vou retornar amanhã, quando ele estiver em aula, e simplesmente deixar meu endereço.

Estou no trabalho desde às seis horas, tentando consertar os erros tolos cometidos pelos estagiários, como colocar as gaiolas dos coelhinhos ao lado dos falcões e pôr toalhas esburacadas nas gaiolas dos filhotes de passarinhos, para eles prenderem a cabeça e morrerem estrangulados. Agora já são oito e vinte. Olhei a grade de Conner e neste momento a aula deve estar a pleno vapor. Caminho pela rua, na direção da rodovia, tentando encontrar um lugar onde meu celular funcione. Geralmente é perto da caixa de correio. Imagino Conner no palco do auditório com Ahab, falando sobre Emerson ou Thoreau, ou cocô de vaca como combustível. Digito seu número.

– Alô? – diz ele, baixinho. Merda.

– Ah. Conner. Achei que você estivesse em aula. Eu só ia deixar um recado.

– Não desligue – sussurra ele. Então, eu o ouço dizer à turma que já volta. Merda dupla. Que professor atende um celular no meio da aula?

– Cassie. Eu preciso vê-la. Por que você não retornou minhas ligações?

– Desculpe. Mesmo. É que eu não tenho tido vontade de falar.

– Você pode me encontrar amanhã à noite?

– Ah. Não sei, Conner. Pra quê?

Há um longo silêncio. É aquela hora da manhã, quando há uma pontada cruel no ar e uma brisa fria bate em meu corpo. Eu olho para o céu e gostaria que houvesse uma forma de apagar os pecados do passado.

– Está bem. Onde você quer me encontrar?

Nós combinamos no bar perto de Topanga, às sete da noite, amanhã. Eu tenho pequenas ondas de trepidação, depois foco em outra coisa completamente diferente – tipo, o que vou vestir.

Saio do trabalho mais cedo, vou para casa correndo, e percebo a porta aberta. Meu primeiro pensamento é que talvez Guy ainda esteja aqui com seu amigo espasmódico maluco. Não tenho tempo para isso. Não que eu não tenha compaixão. Só quero tomar um banho.

Minha mente está consumida, passando e repassando os possíveis cenários do meu encontro com Conner. O que eu direi. O que ele dirá. Como ele vai me olhar.

Sigo para o meu quarto, largo a mochila e começo a tirar a roupa. O Cachorro Preto entra e vem me cheirar. Eu afago seu pescoço, distraída, então, a ficha cai. Está tudo tão quieto, é assustador. Onde está Sam? Saio correndo até a sala. Meu coração está disparado. Ele não está no poleiro. Não está na gaiola. Não está em lugar nenhum.

– Sam? Onde está você?

CAPÍTULO 51

Uma vez, eu ouvi um ataque fatal. Ouvi antes de ver. Houve um golpe abafado, depois uma série de gritos roucos e agudos. Um falcão tinha prendido um coelho do chão. Tudo aconteceu tão rápido e tão perto que eu pude ouvir o bater das asas, como um tambor indígena, de guerra. Quando virei, eu vi o coelho de barriga para cima e as garras do falcão sendo cravadas em seu estômago, o bico de gancho mirando o pescoço. Por um momento, ficaram cara a cara. Judas equilibrado e esperando para dar o beijo em Jesus.

Eu olho em volta para o grupo variado de pessoas pesarosas, ouvindo minha história. Elas não sabem onde vou chegar com isso. Mas, com certeza, pensam que tem algo a ver com um ente amado que faleceu. E estão certas.

Esta é minha primeira sessão no Serviço de Aconselhamento Comunitário ao Luto de Topanga. Achei o cartão na gaveta da minha cômoda, com uma porção de outros papéis relativos à morte de Frank e decidi que aquilo poderia ajudar durante a minha convalescência. Em vez disso, minha mãe sugeriu o aconselhamento de pesar por animais. Ela me disse que eu poderia ofender as outras pessoas, se elas soubessem que eu estava falando de um papagaio. Mas eu não suportaria sentar ao lado de alguém que estivesse de luto por um gatinho ou uma tartaruga. Sam era humano.

Ontem à noite, eu peguei o livro *Quando Deus não faz sentido.* Lentamente o li do começo ao fim. Isso me ajudou, na hora, mas quando fechei o livro, eu me senti da mesma forma que antes.

Então isso que é o luto. Estou girando, de cabeça para baixo. Meu estômago está em minha boca. Meus ossos estão trepidando em meu corpo. Tudo está estilhaçando, dissolvendo, virando líquido. Eu adormeço e sonho que ele ainda está comigo. Vou acordar e afagar suas penas macias, servir sua tigela de cereais e discutir os acontecimentos do dia.

Eles me fazem perguntas sobre Sam. Há quanto tempo estávamos juntos. Ficam surpresos quando eu digo que há mais de vinte anos. Como ele morreu. Acham que a história do falcão é só uma simbologia para uma morte horrenda. Eu digo a eles que não consigo falar a respeito – ainda não. Não conto que encontrei um chumaço de penas verdes espalhadas pelo quintal. Que havia pequenos respingos de sangue, aqui e ali, que o acontecido era óbvio. Guy Jr. deixou a porta aberta. Sam voou pra fora de casa e um falcão o pegou. Ou talvez um coiote, ou um dos gatos dos vizinhos. A essa altura, não importa. Eu tento não pensar nessas coisas, porque, quando penso, ainda posso ouvi-lo chamando meu nome.

– Sinto falta dele – eu digo ao grupo. Ouço outras pessoas falando sobre sua tristeza e penso como é estranho quando alguém com quem você compartilhou a vida se vai. Pouco depois que Frank morreu, minha mãe me disse coisas que eu nunca soube, sobre a morte de meu pai – que ela ficava remexendo seus papéis e roupas que nem uma maluca, puxava os seus bolsos pra fora, procurando por... o quê? Qualquer coisa que pudesse trazer de volta aquela sensação familiar, moedas, chaves, fragmentos de mensagens em pedaços de papel. Mas a sensação familiar só aprofundava seu desespero, disse ela, atravancando sua vida e tornando tudo à sua volta sem graça e insípido. As pessoas sorriam por tempo demais, os casais apaixonados na rua a deixavam constrangida e a obrigavam a desviar. Ela me disse que se sentia destripada como um peixe, e que não tinha ideia de como conseguiria viver sozinha. Eu lamentei ser tão pequena para ajudar, ou nem sequer notar.

Agora, é minha vez com Sam, lidar com o peso morto da decepção, toda vez que entro na cozinha e vejo que ele não está lá. Há arranhões no ladrilho da bancada, onde sua gaiola ficou, durante anos, e a borda de madeira está calcada com a ponta de seu bico. Não consigo passar pela janela da sala, onde ficava seu poleiro e, pior de tudo, ainda sinto a pegada de seus dedos longos e o peso de seu corpo em meu ombro.

Não tive vontade de falar com ninguém, embora eu tenha ligado para o celular de Guy Jr. e deixado um recado – Vai se ferrar. – Depois, liguei de novo e disse – Vai se ferrar até morrer. – Não me interessa onde ele está, nem se for pego.

Quando Tiff soube de Sam, ligou para dizer que falou com Guy Jr. e ele disse que só esteve em minha casa por uma hora, e "não viu pássaro algum". Eu não tive energia suficiente para brigar com ela por isso, então, não discuti. Acho que há coisas na vida que você nunca descobre. Independentemente do que você faça, nem quando, a recompensa não vale a pena.

Minha mãe limpou a gaiola de Sam e a colocou na garagem. Mas eu não queria que ela ficasse ali. Eu carinhosamente a coloquei no banco traseiro do meu carro e a levei para o centro de vida selvagem. Ela andou fazendo estardalhaço sobre um papagaio órfão e eu não quero que ela tenha nenhuma ideia nova nesse sentido.

Quando Sylvia, amiga de minha mãe, ligou, para dizer que lamentava pela morte do meu bicho de estimação, disparei que ele não era um bicho de estimação. Que ele era uma criatura de inteligência superior. Meu amigo de infância. Cresci junto com ele e nós passamos por tudo juntos.

É engraçado. Quando Frank morreu, eu ficava constrangida porque não sentia nenhuma dor. Agora, fico constrangida porque não consigo parar de sentir.

Aproximadamente uma semana depois que tudo aconteceu, minha mãe e eu compramos uma escultura abstrata em madeira, numa liquidação de quintal, na Pacific Coast Highway, juntamente com uma rede de corda em macramê. Nós prendemos a rede entre duas imensas árvores antigas do quintal dos fundos, e colocamos a escultura ao lado. Agora, aquele é o lugar de Sam e, num dia bonito, eu penduro as pernas na rede e fico balançando. Uma canção fica entoando em minha cabeça,sem parar, como uma elegia.

Vou guardar meus cuidados e aflição,
Cantar baixinho essa canção,
Adeus, pássaro do meu coração.

CAPÍTULO 52

Na noite em que Sam foi levado eu fiquei tão abalada que esqueci de ligar para Conner, até que já era bem tarde. Quando lembrei, já eram quase nove horas, e ele provavelmente pensou que eu lhe dei um bolo. Deixei um recado em seu celular dizendo que houve uma morte na família e que ligaria, quando me sentisse melhor. Ele ligou de volta imediatamente e deixou um recado bem legal, dizendo que ele lamentava e que eu ligasse a qualquer hora.

Alguns dias depois eu me arrastei de volta ao trabalho, passando minha primeira manhã fazendo tarefas, pegando suprimentos, e soltando uma coruja que tinha ficado presa na lareira de alguém, durante o brunch de domingo. Quando encosto o carro no centro de vida selvagem, vejo uma silhueta conhecida, em pé, na frente, conversando com a minha mãe. O que Conner está fazendo ali? Eles estão conversando profundamente e ele está envolvendo minha mãe, como faz com todo mundo, prendendo seu olhar, usando as mãos para dar ênfase.

– Você está aqui – eu digo, com os olhos fixos nos diários, embaixo do braço dele.

– Você não foi fácil de achar – diz ele. Minha mãe está olhando para nós dois, sorrindo como uma tola.

– Lamento muito em ouvir sobre sua perda – diz Conner, me dando um beijinho na bochecha.

– Cassie e aquele pássaro eram simplesmente inseparáveis – diz minha mãe. – Ficamos de coração partido ao perdê-lo – acrescenta ela. Eu gostaria que ela saísse. Conner me olha intensamente, tentando calcular o efeito de sua presença.

Ele se destaca, como sempre – uma figura que domina qualquer paisagem. Toda sua postura parece perguntar: "Você não está impressionada por eu estar aqui?"

Então Conner nos conta sobre um amigo próximo que perdeu seu papagaio *African gray* no dia em que partiu para a faculdade. O pássaro estava com ele desde que ele nascera, e era como um irmão.

– Até hoje, meu amigo não consegue falar dele sem ficar com lágrimas nos olhos – eles eram como almas gêmeas. – Minha mãe está entusiasticamente assentindo que sim! Como se ela estivesse numa reunião de revivificação. Eu lanço um olhar. Ela entende a dica, inventa uma desculpa e se afasta.

– Então, como você *realmente* está? – Conner me pergunta. – Você está bem? Pearce me disse que você conversou com ela. Eu gostaria que você tivesse falado comigo primeiro.

– O que você poderia ter feito?

– Cassie, eu compreendo por que você inventou esse diploma. É um sistema manipulado. Todo mundo sabe disso. Ele é capaz de cortar as pessoas, antes mesmo que elas tenham qualquer chance. Eu poderia ter convencido Pearce a lutar por você.

– Acho que não. Ela estava bem firme a respeito. De qualquer forma, eu não quis colocar você, e nem ela, nessa posição.

– Você deveria ter confiado em mim. – Eu o olho, cética. Ambos sabemos que eu estou pensando no bico-de-marfim.

– De qualquer forma, eu preciso falar com você sobre isso. – Ele segura meus diários.

– O que há para falar? – eu respondo.

– Eu não consegui largá-los. – Ele abre e começa a ler.

– O macho voa ao nível dos olhos, apenas quatro metros à minha frente. Quando ele finalmente se empoleira num galho, fica com as patas separadas, e recosta no rabo, como o Cachorro Preto, com as asas abertas. Suas penas pomposas são tão negras que quase parecem ter um brilho arroxeado sob a luz do sol. Agora ele está chamando seu par, de forma suave e íntima. O tom de outro mundo quase altera o estado cerebral da fêmea, como uma droga.

– Você até faz citações de Keats, aqui: ...como se eu tivesse bebido a cicuta."

– Um dos meus professores adorava Keats – eu interrompo.

– Bem, é perfeito.

Conner pousa aquele diário e folheia outro, com o polegar.

– Ah, esta parte, eu gostei desta parte. – Ele começa a ler novamente. – Ele voa com a cabeça e o pescoço esticados, como um ganso selvagem, seguindo veloz e direto, e não oscila. Outro voou passando à minha frente. Eu olho acima e vejo seu bico; deste ponto vantajoso, ele parece do tamanho de uma pequena canoa. Esses pássaros são nômades soprados pelo vento... Conclusão: Cassie, isso é fantástico.

– Eu posso ter copiado de alguma outra pessoa, lembra?

– Acho que não. É sua voz... suas observações singulares. Nem por um minuto, eu achei que você tivesse copiado isso.

– Talvez eu estivesse apenas vendo algum outro pássaro. Ou uma marmota. Ou um fantasma. Ou nada.

– Talvez. Mas quando eu fiz um pouco de pesquisa, e reli a história do pássaro, fiquei vendo a mesma coisa, repetidamente. Todos que avistaram os bicos-de-marfim, mesmo os que conseguiram filmá-los, voltavam ao local e os pássaros tinham sumido. *Puf!* Nunca houve nenhuma explicação. Ninguém podia entender. Nenhum sinal de predadores, nenhum sinal de parasita, ou doença. Os pássaros simplesmente partiam. Depois, não havia mais nenhum.

Percebo alguns dos estagiários olhando para nós, conforme passam carregando algumas gaiolas para os fundos. O carro de alguém está ligado, ruidosamente, no estacionamento, e alguns voluntários estão seguindo rua acima, com algum tipo de bicho marinho resgatado, preso à traseira da caminhonete. Eu o pego pelo braço e o levo até lá atrás, onde os engradados empilhados criam um tipo de parede de privacidade.

– Oh, Conner, não sei por que eu te arrastei pra dentro disso tudo, eu lamento muito.

– Não lamente. Quando você é um cientista, você se depara com todo tipo de coisa. E você tem que fazer uma escolha. É ter fé no intangível. É como Galileu, dizendo às pessoas que a Terra revolve ao redor do Sol, quando ninguém podia sequer imaginar, muito menos ver. É Leonardo da Vinci explicando como ele podia voar. É Darwin. É o buraco negro. É qualquer coisa na ciência, que seja nova ou invisível. Você só precisa escolher acreditar. E depois, viver com sua escolha. Falando nisso, belo trabalho sobre o falcão.

– O quê? Como sabe disso?

– Eu conheço seu jeito de falar. Conheço a forma incomum como você descreve as coisas. Isso, e o fato de que havia um Post-it colado entre as páginas que dizia "E aí, Zack, eu espero que isso ajude. Cassie". Eu começo a rir.

– Que lesma preguiçosa. Ele nem se deu ao trabalho de redigitar, ou pelo menos tirar o Post-it. Então, você sabia de tudo isso, quando fez aquela declaração, para a turma?

– É claro, por isso que a convidei para a viagem de observação dos pássaros. Achei que talvez um de vocês fosse confessar. Eu estava pensando em dizer alguma coisa, mas depois não pareceu tão importante. – Ele me olha com uma intensidade silenciosa.

– Então, você acredita em mim? – eu pressiono.

– Não é importante, se eu acredito em você. Você não entende?

– Então, você não acredita em mim.

– Eu não disse isso.

– Ora, então, o que está dizendo?

– Estou dizendo que é possível.

– Certo. Entendi – eu estrilo.

– Cassie, vamos. Não seja tão dramática.

– Não estou sendo dramática. Ninguém *nunca* me chamou de dramática.

– Bem, você não está sendo sensata. Quem liga para as porcarias dos passarinhos! Eu só quero ver você. Não seja idiota.

Então, eu simplesmente saio.

CAPÍTULO 53

Thoreau foi a Walden porque ele queria deliberadamente "viver face a face com os fatos essenciais de sua vida". E, pelo que eu aprendi neste último ano, isso lhe deu paz e acalmou sua alma. Tudo bem, é uma noção romântica, o fato de ir para um chalé isolado na floresta, mas, nesse momento, é o que mais me atrai.

Por sorte, Sylvia, amiga da minha mãe, me ofereceu seu chalé, pelo tempo que eu quisesse. Ela não irá usá-lo até a primavera, quando começa novamente a estação de observação de pássaros. O local fica a duas horas daqui, ao norte de Los Angeles, na outra ponta de Lake Arrowhead, a alguns quilômetros do vizinho mais próximo. Basta pegar a rodovia San Bernardino, seguindo direto até o fim. Depois você para no posto 76, coloca as correntes nos pneus, e lentamente serpenteia seu caminho subindo a estrada de duas faixas do Departamento de Serviço Florestal Americano.

Lá não tem luz elétrica nem telefone e os celulares não funcionam. Uma enorme lareira provê o aquecimento e os eletrodomésticos funcionam com gás propano. Quando escurece, você precisa acender todas as velas e dormir com as lanternas perto de sua cama. Nada de barulho, nem vizinhos com quem falar, mas você pode ouvir os cachorros e coiotes latindo, a distância, e o ruído ocasional do motor de um carrinho de neve. É o tipo de lugar que eu queria, o tipo de lugar para onde você vai quando não sabe o que fazer a seguir.

Eu faço um estoque de mantimentos – comidas saudáveis que minha mãe insistiu que me dariam uma nova energia e entusiasmo. No último minuto, quando estou entrando no carro, dou uma olhada para o Cachorro Preto, amuado num canto. Ah, que diabos, eu o coloco no carro também. Toda criatura viva pode aproveitar uma semana na natureza.

Só chego ao chalé quase às dez horas da noite. Sylvia pediu a um rapaz do restaurante que deixasse a chave embaixo do tapete e o lugar estava abastecido com água fresca, lenha para a lareira e uma lista de instruções de como ligar o forno a propano e abrir o cano da chaminé. A primeira coisa que faço é preparar a lareira e esperar que o lugar aqueça. Acendo algumas velas, coloco-as no parapeito da janela e olho em volta. Há uma velha estante lotada de brochuras, caixas de jogos, e vários livros sobre as trilhas locais de caminhada. Um violão surrado está recostado à parede. Ainda bem que minha mãe não está aqui, ou iríamos ficar cantando "Michael Row the Boat Ashore" e "Blowin' in the Wind", *ad nauseam*.

O piso de madeira tem um ligeiro declive, como se a casa tivesse sido construída sem uma fundação. Dá a impressão de ser uma casa dentro de um parque de diversões, um pouquinho instável, quando você caminha. Sylvia me disse para usar o lampião a propano apenas para ler. Assim, eu o coloco cuidadosamente no banco, perto da parede. Enquanto isso, o Cachorro Preto não saiu de perto da porta da frente, desde que chegamos. Então, eu resolvo levá-lo para dar uma volta rápida, antes de dormir. Lá fora está completamente escuro e ele está tremendo, nervoso, grudado ao meu lado. Não dou mais que 15 passos, quando ele dá meia-volta e sai correndo até o carro, e fica ali em pé, latindo.

– Nós não vamos pra casa! – eu digo a ele, em voz alta, e minha voz ecoa ao outro lado do lago. Nem posso imaginar que tipo de vida esse cachorro deve ter tido, antes de entrar sem pedir licença e se instalar em cima de mim, naquela noite tempestuosa. Eu finalmente desisto e volto ao chalé, com o Cachorro Preto trotando atrás de mim. Estou morta de cansaço. Decido me trocar e ir pra cama. Eu olho em volta. Onde está o banheiro? Xi. Eu noto um assento de vaso sanitário, num gancho, perto da lareira. Isso não é um bom sinal. Sylvia se esqueceu de mencionar esse pequeno detalhe. Eu olho lá fora e, a uns cinquenta passos adiante, há uma casinha de três paredes. Merda. Literalmente.

Eu lavo o rosto na cozinha, escovo os dentes, adiando o inevitável. Depois me embrulho toda, coloco minhas botas de neve, me preparo e pego o assento aquecido. Lá vai. O caminho até a casinha não é limpo há meses. Dou um passo na superfície granulosa da neve, afundo até os joelhos e vou seguindo em montes de neve, até chegar à casinha. A porta está meio aberta, parece estar congelada dessa forma. Eu jogo o assento no buraco aberto e sento, olhando os picos da montanha sombreada. Vejo que há uma revista velha no chão, que eu não tocaria nem por um milhão de dólares.

Quando finalmente chego de volta à cabine, o Cachorro Preto está fora de si. Ele me cumprimenta como se eu estivesse fora há dez dias. Nós acabamos lado a lado, na cama de armação de ferro fundido, com o Cachorro Preto se encolhendo sob o edredom toda vez que ouve uma coruja ou um coiote. Nenhum de nós dois consegue dormir muito.

Na manhã seguinte, eu faço uma xícara de café e olho algumas fotos na parede. Há uma foto antiga de Sylvia com o ex-marido, pendurada perto da porta, tirada há cerca de vinte anos. Ela parece uma versão retrô de uma comissária de bordo escandinava – loura, cabelo esvoaçante, cheia de maquiagem e vestindo um tipo de conjunto vermelho e branco. Seu ex parece um lenhador, com a barba cheia e uma camisa de flanela. Mas que casal estranho eles deviam ser. Hoje, ela tem um cabelo escuro entremeado por fios grisalhos, como minha mãe, e eu acho que nunca a vi vestindo nada além de jeans e camiseta.

Sento num dos degraus largos de madeira que levam à varanda, e aqueço as mãos na caneca. O céu está carregado, manchado de cinza, e o Cachorro Preto ainda está uma pilha de nervos. Ele fica alerta, com as orelhas para trás, depois praticamente pula em meus braços, quando uma cobra de jardim põe a cabeça para fora do acolchoado de uma cadeira da varanda.

Eu havia planejado dar uma caminhada matinal ao redor do lago, fazer almoço,tirar um cochilo e depois pegar o carro e ir até o restaurante ligar para minha mãe. Mas eu não consigo fazer nada até depois das onze e, a essa altura, o tempo já piorou. Uma neve cruel, fomentada por rajadas de vento ártico sopra em meu rosto, quando coloco a cabeça para fora da porta, então, concluo que é melhor eu ficar em casa. Ponho mais lenha na lareira, pego meu baralho de bicicletas e jogo um pouco de paciência.

Não sei por que minha mãe gosta desse jogo. É frustrante e tedioso. Você não consegue ganhar, a menos que trapaceie e se trapacear não tem graça. Agora eu tenho que ir ao banheiro novamente. Parei de beber água e café. Dou uma olhada lá fora, para a tempestade. Estou me segurando até o máximo que der.

Pego meus livros sobre natureza e começo a ler. A voz terna e sussurrada de Conner reverbera em minha mente. Não consigo parar de pensar nele. Nem sobre a briga. Ele me chamou de idiota, mas isso *pode* ter sido só uma expressão. Do mesmo jeito que Sam costumava me chamar de porra doida. Sam. Agora estou verdadeiramente infeliz. A neve está caindo em rajadas gélidas. A temperatura caiu vertiginosamente e, com o vento, deve estar abaixo de zero. Eu penso se há alguma bebida neste lugar.

Encontro uma garrafa de vodca no congelador, como se Sylvia precisasse de um congelador. O Cachorro Preto continua inquieto e agora está cavando em alguma coisa emperrada no canto do piso de madeira, arranhando a porcaria do negócio sem parar. Então, eu jogo um biscoitinho para ele e me sirvo de uma bela dose. Estou pensando em reverter o quadro. Deixá-lo um pouco relaxado. Certo. A hora é agora.

Eu pego a garrafa de vodka, penduro a tampa da privada no ombro, como se fosse uma bolsa de grife, e sigo pra dentro da tempestade. Até que não é tão ruim. Quando volto, tiro minha roupa molhada, me arrasto até a cama e ouço os pinheiros centenários batendo contra o telhado. O Cachorro Preto finalmente relaxou o suficiente para se deitar na frente da lareira. Está um frio de matar, mesmo com o fogo. Vejo que as sombras das chamas estão dançando como ninfas de madeira, sobre a parede.

Dou outro gole na vodca e olho ao redor da sala. O lugar é bem vazio, exceto por uma fileira de ganchos de casacos e um espelho, ao lado da cama de ferro, onde posso ver meu reflexo.

Há um antigo mito que diz que o mundo um dia foi dividido em dois reinos. O reino dos espelhos e um reino dos homens. Os habitantes eram bem diferentes uns dos outros, mas viviam em paz e podiam viajar livremente, de um lado para o outro. No entanto, a certa altura da história, o povo do espelho invadiu o reino dos homens. Depois de uma batalha atroz, eles foram derrotados e sua punição foi ficarem aprisionados em seu próprio reino, transformados em reflexos. Eu me lembro que a história termina com a esperança de que, algum dia, as pessoas do espelho rompam a maldição e voltem a ser indivíduos[5]. Isso realmente seria o máximo.

---

[5] Jorge Luis Borges, *O livro dos seres imaginários.* [*N. da A.*]

CAPÍTULO 54

Adormeço num sono agitado, acordando várias vezes durante a noite. No dia seguinte, levanto ao amanhecer, coloco mais lenha na lareira, ponho o casaco por cima da camisola de flanela e vou lá para fora. O céu tem um tom azul vitrificado, tão limpo que parece que se pode penetrá-lo. Há também sons de milhões de canoros pelo lago. O ar está com o perfume da primavera, mesmo que estejamos no meio do inverno. É uma manhã perfeita. Até o Cachorro Preto está alegre e esperto.

Decido fazer uma caminhada matinal e sigo na direção da colina íngreme atrás do chalé. A neve parece pelo felpudo de coelho e há um vento em redemoinho soprando pela superfície do lago. A água radiante reflete os pinheiros. Enquanto isso, o Cachorro Preto e eu caminhamos em silêncio, pelo que parecem horas.

Quando voltamos, a casa está quieta e inundada pelo sol da manhã. Bato a neve pesada das minhas botas e as tiro do lado de dentro da porta. Meu rosto está úmido de suor e os músculos de minhas pernas doem pelo esforço da descida rápida.

Sento no sofá e fico olhando para o nada. Enquanto isso, o Cachorro Preto se acomoda num canto e pega no sono, com sua respiração ofegante lentamente se estabilizando. Pouco a pouco, ele vai entrando em um transe canino. Agora ele está sonhando – pode-se, de fato, ver um animal sonhar. Ele solta pequenos ruídos, seus globos oculares reviram por baixo das pálpebras, seu focinho remexe, suas patas se movem numa corrida fantasma. O Cachorro Preto provavelmente está fugindo de algum confronto. Talvez não.

Talvez ele esteja sonhando com uma refeição de cinco pratos. Salchichas, creme chantili, bifes com ossos. Talvez uma caixa inteira de Kleenex pra ele rasgar. Agora ele está mexendo o rabo. Está feliz com alguma coisa. Talvez esteja com o focinho para fora da janela do carro, suas orelhas estão se agitando como cataventos na brisa. Ele está correndo na praia, rolando na areia. Um carinho na barriga. Ele adora comemorações. Rasgar papel de presentes. Talvez ele esteja sonhando com aniversários, Natal, 4 de Julho. Não. Esqueça isso. Os fogos o matariam de susto.

O que eu adoro sobre os cachorros é que tudo é muito simples. Eles sabem o que os tornam felizes. O meu professor da aula de filosofia disse que isso é o que impulsionou a civilização ocidental durante milhares de anos – descobrir o que faz o homem feliz. Os gregos antigos acreditavam que tudo tinha a ver com o destino – quer os deuses sorrissem ou não para você. Aristóteles e Platão consideravam a felicidade um estado de perfeição quase impossível de se alcançar. Os primeiros cristãos acreditavam que o homem só podia ser feliz no céu. O Iluminismo desafiou essa teoria – o homem pode ser feliz aqui na terra, contanto que ele seja sagrado, artístico, brilhante, e muitas outras coisas que a maioria das pessoas não é. Os românticos insistiam que tinha tudo a ver com os sentidos – estar apaixonado, ficar inebriado, beber um bom vinho. Depois veio Freud, o corta onda, que disse que o homem *jamais* será feliz. Eu não acredito nisso. Frank passava no guichê do pedágio, dava uns trocados para o cara e dizia "Por que raios ele está tão feliz?"

Eu guardo uma imagem recorrente de minha mãe, em Joshua Tree, me dizendo que em qualquer noite você pode olhar a nossa galáxia, ver outra galáxia, e depois outra, até o infinito. Essa é a coisa mais próxima que já vi da felicidade – naquele momento, minha mãe estava completamente contente, fazendo exatamente o que ela queria.

Eu ouço escavadeiras de neve a distância. Se eu esperar mais cerca de uma hora, nem vou precisar de correntes nos meus pneus. Vou para casa.

Antes de partir, corro de volta até o chalé e coloco água na vodca, para manter a garrafa no mesmo nível. Vou mandar uma bela planta para Sylvia.

CAPÍTULO 55

Quando chego em casa, sento no computador e me inscrevo para duas turmas noturnas de inverno – Literatura Inglesa e Filosofia 240.

Depois resolvo ir ver Conner amanhã, durante à tarde. Saio cedo do centro de vida selvagem e chego à universidade a tempo de sua palestra de quatro horas.

O sol da tarde está atravessando as janelas altas, enquanto subo a escada até a sala de aula de Conner. Então vejo meu reflexo através do vidro – talvez eu seja uma das pessoas do espelho, ganhando vida. O andar determinado, as botas, o ar de aluna estudiosa. Para dizer a verdade, eu não a reconheço.

Olho os rostos ao meu redor, conforme os garotos vão lotando o auditório e tomando seus lugares – a mesma seleção de cavanhaques, lábios rachados, roedores de unha, calças largas, tênis sem cadarço e expressões vagas. Alguns se remexem, procurando seus amigos, mudando de um pé para o outro, como se esperassem um ônibus. Outros, a maioria caprichosa e ávida, segue direto à frente, onde Conner espera, e ele não decepciona. Apresenta os fatos com a mesma divagação fascinante e habilidade interpretativa, passando de um assunto a outro, e a turma apenas flutua junto com ele. Eu, inclusive.

O assunto de Conner desta tarde é o efeito do aquecimento global no comportamento animal, especificamente, por que os ursos pararam de hibernar no inverno. Tenho dificuldade de imaginar quanto tempo passou, enquanto estou ali, sentada na fileira mais alta. A certa altura, enquanto ele falava, chegou a me ocorrer que, quando eu estava no chalé, achei ter visto um urso a distância, e me perguntei o que ele estaria fazendo ali? Ele deveria estar encolhido numa caverna, em algum lugar, queimando suas camadas de gordura corporal.

– Esse pode ser um dos sinais mais fortes de como a mudança climática está afetando o reino animal. Ursos deveriam dormir durante o inverno, perdendo 40% de seu peso – diz Conner, conforme começa a subir os degraus.

– A população de ursos na Espanha parou completamente de hibernar. Não podemos provar que isso é causado pelo aquecimento global, mas, esse ano, um... – Ele me vê e para. A turma está quieta.

– Desculpem – ele diz à turma. – Eu fiquei momentaneamente distraído...

Ele continua a subir a escada, em direção a mim, com uma expressão de profunda concentração no rosto. Eu noto que ele está com a barba por fazer e o cabelo bagunçado. Também noto que seu casaco está pousado de um modo estranho nos seus ombros, o colarinho aberto, mas eu me restrinjo ao ímpeto súbito e surpreendente de tocar e acariciar o seu cabelo.

– Como eu estava dizendo, esse ano provou ser o mais quente já registrado... Certo. Por hoje, é só.

Os garotos estão olhando seus relógios, surpresos. Ainda restam vinte minutos de aula. Alguns deles erguem as mãos, mas não forçam, já que a maioria levanta e passa por eles. Conner sorri sem se justificar e continua a subir a escada, até chegar à minha fileira.

Ele anda até a cadeira ao lado da minha, senta e fica me olhando, por um longo segundo. Há um ligeiro tom de cinismo em sua expressão – uma inclinação em seu queixo. Eu me sinto exposta e controlo o ímpeto de voar dali e nunca mais voltar.

– Eu te liguei – diz ele. – Duas vezes.

– Eu sei.

– Você não me ligou de volta.

– Meu celular não funcionava onde eu estava e... eu não sei. Eu só quis falar pessoalmente.

– Sua mãe me disse que você estava num chalé. Como o Thoreau, é?

– Mais do tipo Sylvia Plath, só que meu fogão era a propano, não a gás.

– Muito engraçado, Cassie. – Há uma ternura inesperada na voz dele. Quaisquer emoções que eu havia esperado, raiva, impaciência, se foram. Ele sorri.

– Toda vez que eu te vejo, sinto que preciso de um cigarro. Por que será?

– Eu te irrito? – Ele põe a mão no meu pescoço e começa a brincar com meu cabelo.

– Você me deixa maluco. – Ele me beija tão suavemente que me tira o ar. – Evasiva, como os seus malditos passarinhos.

Mas nós não falamos sobre eles enquanto atravessamos o campus, por entre os prédios cobertos de hera, seguindo o facho de gramado até o pátio de tijolinhos, onde o vi pela primeira vez. Passamos pelos alunos que estão deitados sobre as mochilas, lendo romances na sombra de imensos olmos, os pátios pontilhados pelo sol. Dá para sentir o calor do corpo dele ao lado do meu, o ouço falando naquele tom irônico e, quando olho em volta, tudo que consigo pensar é, bem, aqui estou eu.

EPÍLOGO

Às vezes, quando estou dirigindo para casa, vindo da universidade, o sol reflete numa faixa roxa sobre o Pacífico, com as gaivotas gritando seus chamados ternos e melancólicos, eu olho as montanhas e penso em meus pássaros. De vez em quando, eu gostaria que houvesse uma forma de voltar no tempo e vê-los novamente, a magia silenciosa, a liberdade, os mistérios infinitos. Mas, então, penso em minha vida de agora, meu futuro se revelando como uma benção do céu, e sei que meu destino está em outro lugar.

Mais um semestre e eu terei meu diploma. Tem sido difícil, com os nossos compromissos e, ao mesmo tempo, mudando para uma casa nova no vale. Ahab e o Cachorro Preto dormem na cozinha, lado a lado, como saleiro e pimenteiro. Acho que se pode dizer que temos uma vida um pouco comum, e eu gosto disso. É confortante saber o que vem a seguir, dia após dia, deitar ao lado dele na cama, à noite, e ouvir sons familiares do tráfego bem distante. Saber que ele me liga quando chega em seu destino, ou quando está a caminho de casa, ou se está atrasado, ou preso no trânsito, e quando só quer ouvir a minha voz, da forma como quero ouvir a dele.

Quando saímos, o que não é frequente, minha mãe vem ficar com nossa filha. Elas leem sobre mitos, olham as estrelas cadentes, e ela conta histórias de Philomela, que foi transformada num rouxinol e os pássaros que acreditavam ser mensageiros de Zeus. Eu até flagrei minha mãe no quintal dos fundos, numa noite, mostrando a ela uma pegada que parecia "suspeitamente de Pé Grande".

De vez em quando, ainda tenho aqueles ímpetos, de levantar ao amanhecer, calçar minhas botas e me aventurar floresta adentro, até minha clareira secreta. Sento em meu lugar, pego meus diários e visito meus queridinhos. Mas, em algum lugar bastante remoto dentro de mim, um pensamento formiga na minha mente.

Ouço esse pensamento como um sussurro. Ouço como um alerta. Talvez os pássaros realmente nunca tenham estado ali.

1ª edição Setembro de 2011
impressão Sermograf
papel de miolo Offset 90 g/m²
papel de capa Cartão Supremo 250 g/m²
tipografia Minion